Scandaleuse alliance

MARY BRENDAN

Scandaleuse alliance

Les Historiques

éditions HARLEQUIN

Collection : LES HISTORIQUES

Titre original : THE WANTON BRIDE

Traduction française de GERALDINE PART

HARLEQUIN®
est une marque déposée par le Groupe Harlequin

LES HISTORIQUES®
est une marque déposée par Harlequin S.A.

Photo de couverture
Sceau : © ROYALTY FREE/FOTOLIA

83-85, boulevard Vincent-Auriol, 75646 PARIS CEDEX 13.
Service Lectrices — Tél. : 01 45 82 47 47
www.harlequin.fr

ISBN 978-2-2802-4483-1 — ISSN 1159-5981

Chapitre 1

— C'est absurde, ma chérie ! Il n'y a aucune raison de s'alarmer. Les jeunes gens aiment partir en quête d'aventures galantes de temps à autre. Tu te fais du souci bien inutilement, crois-moi…

Cecil Beaumont adressa un sourire radieux à sa fille Emily et conclut :

— Il finira bien par rentrer à la maison.

Mais Emily n'en était pas convaincue.

— Tarquin n'est plus un garçon, papa. C'est un homme de vingt-sept ans passés et j'ai le terrible pressentiment qu'il s'est encore attiré des ennuis. Peut-être qu'il est de nouveau poursuivi par ses créanciers et qu'il se trouve en ce moment même dans une situation très délicate.

Ce ne serait pas la première fois que les jeux d'argent et la vie de débauche de son frère aîné lui attireraient des embarras. Mais, jusqu'à présent, il n'avait jamais disparu plus de quelques jours avant de reparaître, dégrisé et tout penaud.

— Tu ne penses pas que nous devrions nous assurer auprès des autorités qu'il ne se trouve pas en prison ? insista-t-elle.

Cecil Beaumont fit un geste dédaigneux de la main.

— Non, ce n'est vraiment pas la peine, ma chérie, je t'assure…

Il reprit sa plume, prêt à noircir les pages de son livre de comptes.

Mais Emily ne se sentait pas apaisée pour autant. Elle alla se poster à la fenêtre du bureau de son père, regarda dans le vide quelques instants, puis revint d'un pas nerveux dans la pièce. Loin d'être aussi confiante que son père, elle se laissa tomber dans un vieux fauteuil avec un grand soupir, en proie à des sentiments contradictoires.

Voilà cinq jours maintenant que Tarquin aurait dû passer chez ses parents, rue Callison Crescent, pour accompagner leur frère Robert en maison de confection et le conseiller sur l'achat d'un nouveau costume. Mais il avait manqué à ses engagements et n'était pas venu. Il n'avait même pas pris la peine de contacter sa famille pour justifier cette absence et présenter ses excuses. Emily trouvait cette conduite extrêmement irrespectueuse, même de la part de quelqu'un d'aussi égoïste que son frère.

Le jour dit, leur mère avait simplement marmonné que son fils était une canaille sans cervelle, puis elle avait chargé le valet de son mari d'accompagner Robert chez le tailleur. Quand Emily avait tenté, un peu plus tôt dans la journée, de s'entretenir avec elle au sujet de la longue absence de Tarquin, Mme Beaumont n'avait pas manifesté davantage d'inquiétude que son mari.

Cecil Beaumont leva les yeux et regarda sa fille avec une indulgence toute paternelle.

— Allez, ma chérie, ne fais pas cette tête, je t'en prie. Si Tarquin était sous le coup d'un mandat d'arrêt, tu penses bien qu'il m'aurait déjà demandé de l'aide.

Il eut un petit rire désabusé et reprit :

— Ce n'est pas moi qui vais me lancer à sa recherche pour régler ses problèmes, si tant est qu'il en ait. Je m'en occupe toujours bien assez tôt.

Sur ce, il se remit au travail. Un assez long silence s'ensuivit. Au bout d'un moment, il jeta un coup d'œil furtif dans la pièce et s'aperçut que sa fille se trouvait toujours là, le visage tourmenté.

— Emily ! protesta-t-il. Cesse de te soucier de lui ! Si cela peut te tranquilliser, je m'arrêterai Westbury Avenue pour demander à sa logeuse si elle sait où il peut être.

A ces mots, le visage d'Emily s'éclaira.

— Tu le feras, tu me le promets, papa ?

Cecil Beaumont acquiesça d'un hochement de tête.

— Oui, je te le promets ! J'y passerai en chemin tout à l'heure, en allant à mon club.

Un sourire de soulagement détendit immédiatement les traits délicats d'Emily. Son père se pencha de nouveau sur son livre de comptes, toussotant deux ou trois fois pour lui faire comprendre qu'il entendait ainsi mettre un terme définitif à leur conversation.

Soucieuse de ne pas l'importuner davantage, Emily se leva avec grâce de son fauteuil et monta dans sa chambre.

Mais elle restait bien trop inquiète pour lire, malgré la promesse de son père. Machinalement, elle alla se poster devant la fenêtre. Le valet de pied de leur voisin se pavanait sur le trottoir dans l'espoir d'attirer l'attention de la bonne aux cheveux roux qui frottait consciencieusement le seuil de la maison d'en face. Son manège la fit sourire, d'autant que la jeune fille, les joues écarlates, avait fort à faire et ne semblait nullement d'humeur à badiner.

De gros bourgeons verts commençaient à éclore sur les tilleuls, en bordure des maisons. Après une longue semaine de pluie ininterrompue, il faisait beau, enfin. Pourquoi ne pas sortir prendre l'air, se dit-elle alors, et rendre visite à son amie Sarah Harper qui habitait à quelques rues seulement ? Celle-ci se laisserait sûrement séduire par la perspective de passer l'après-midi à bavarder et à regarder les vitrines des magasins. Et puis sortir calmerait sans aucun doute son agitation.

Elle était déjà près de la porte d'entrée, en train de revêtir son manteau, quand sa mère apparut.

— Emily, il faut absolument que tu emmènes Millie avec toi si tu vas en ville, la sermonna cette dernière. La vieille enquiquineuse d'à côté a tenu à me faire savoir que, dernièrement, elle t'avait vue dans la rue, sans même une bonne pour t'accompagner. Tu te rends compte !

Emily haussa les épaules. Elle savait pertinemment à laquelle de leurs voisines sa mère faisait allusion car les deux femmes étaient à couteaux tirés depuis fort longtemps et passaient leur temps à se chamailler.

— Eh bien, tu diras à Violet Pearson que je ne suis plus une gamine. J'ai vingt-quatre ans et je pense être parfaitement capable de me débrouiller toute seule !

— Ton âge n'a rien à y voir et tu le sais très bien, rétorqua Mme Beaumont en poussant un profond soupir.

Elle savait qu'il était vain de vouloir rappeler les règles de bienséance à sa fille, notamment celles concernant les jeunes femmes non mariées. Emily n'en faisait de toute façon qu'à sa tête et ne se préoccupait guère du qu'en-dira-t-on. Du reste, elle dévalait déjà les marches de l'escalier en sautillant, et lui adressa un petit signe de la main en disparaissant, laissant la porte claquer derrière elle.

Penelope Beaumont soupira de nouveau : à sa manière, sa fille était une rebelle et il y avait bien longtemps qu'elle s'y était faite. Cela ne l'ennuyait vraiment que lorsque de vieilles mégères, qui n'avaient rien de mieux à faire que de semer la zizanie dans leur entourage, venaient insidieusement le lui rappeler. Elle revint sur ses pas et se dirigea vers le boudoir pour y prendre un petit remontant.

*
* *

— Tout ceci est bien curieux, commenta Sarah d'un air songeur, lorsque Emily l'eut mise au courant de ce qui la préoccupait. Tout de même, ton frère ne partirait pas sans vous avoir au moins laissé un petit mot !

Bras dessus, bras dessous, les deux jeunes femmes se dirigeaient vers Regent Street dans l'idée d'aller admirer la vitrine du nouveau magasin de mode français qui avait récemment ouvert ses portes.

— Ne t'en fais pas, reprit-elle d'un ton plus enjoué, Tarquin est certainement tombé amoureux et poursuit sa dulcinée de ses assiduités.

Emily poussa un gloussement amusé.

— J'aimerais croire qu'une noble cause puisse justifier son absence. Malheureusement, mon frère s'est entiché de lady Luck, et aucune femme ne pourrait rivaliser avec une maîtresse aussi possessive.

Elle esquissa un sourire forcé.

— Je suppose que papa a raison, je m'inquiète certainement pour rien... Tarquin doit encore faire la noce quelque part avec l'un de ses acolytes, c'est tout. Mais je reste étonnée qu'il ait négligé Robert. Ils s'entendent très bien malgré leur différence d'âge.

A cette évocation, son visage se rembrunit.

— Pauvre Robert... Sa déception m'a fait beaucoup de peine.

Mais Sarah la tirait par la manche pour l'entraîner vers le magasin de Mme Joubert et elle se tut. Derrière de petites fenêtres à meneaux, de chatoyantes soieries étaient savamment drapées et agencées pour que leur éclat soit mis en valeur.

— Regarde ! Cette couleur vert d'eau est sublime... mais la dorée change de l'ordinaire...

Emily passa la tête par la porte du magasin.

— Il y en a d'autres à l'intérieur. Si on allait jeter un coup d'œil ?

Mais une exclamation de Sarah la fit se retourner.

— Regarde qui vient par là ! s'écria celle-ci en lui donnant un coup de coude. C'est à lui que tu devrais demander s'il sait où se trouve Tarquin. Ils sont amis après tout.

Emily parcourut rapidement la rue du regard et ses yeux se posèrent sur l'homme dont Sarah avait parlé d'une voix presque fébrile. Il aurait été bien difficile, du reste, de ne pas le remarquer. Avec sa haute stature, ses cheveux noir de jais et ses larges épaules, Mark Hunter était un homme terriblement séduisant, et nombreuses étaient les femmes qui se retournaient sur son passage. Emily reconnut également la femme élégante qui se trouvait à son côté. Elle avait la main posée fermement sur son bras, comme pour témoigner de ses droits sur lui, même si, en réalité, c'était un secret de polichinelle dans la bonne société que Barbara Emerson était la maîtresse de Mark Hunter.

— Je vois que M. Hunter est avec sa chère amie, murmura Sarah.

— Je crois qu'elle est un peu plus que cela, répliqua Emily en laissant échapper un petit rire. J'ai entendu dire qu'il avait l'intention de l'épouser. Je présume qu'elle se prend pour sa fiancée, même si les bans n'ont pas encore été publiés.

Sarah se renfrogna légèrement.

— Je me demande vraiment qui a pu lancer une telle rumeur, dit-elle sèchement. En tout cas, et jusqu'à ce qu'il rende l'annonce officielle, l'espoir est encore permis pour nous toutes. Dieu qu'il est beau ! Je crois que je vais défaillir !

Sarah s'était exprimée avec une telle grandiloquence

qu'Emily lui jeta un regard désapprobateur. Elle exagérait, vraiment ! Elle n'ignorait pas, pourtant, qu'elle n'aimait pas cet homme.

— Il n'est de véritable beauté qu'intérieure, dit-elle, alors que ses yeux s'attardaient bien malgré elle sur l'imposante silhouette de celui qu'elle n'était pas loin de considérer comme un ennemi personnel.

Mark Hunter était sans conteste un homme de belle prestance, mais elle avait de bonnes raisons de le croire cynique et sans cœur. N'était-ce pas lui qui avait fait mettre Tarquin en prison par le passé uniquement parce qu'il lui devait de l'argent ? En dépit de cette trahison, son frère continuait néanmoins à l'apprécier et même à le considérer comme l'un de ses amis. Les rares fois où Emily l'avait interrogé sur son étrange amitié avec un homme qui l'avait livré à la police, Tarquin lui avait simplement répondu que Mark n'avait pas un mauvais fond.

Elle n'avait donc aucune raison de souhaiter lui parler, mais s'avisa que le conseil de Sarah était très pertinent. Mark Hunter saurait peut-être effectivement si son frère était récemment parti à Brighton ou aux courses de Newmarket ou ailleurs, dans le genre de lieux où les gentlemen à la mode ont l'habitude de se retrouver.

Elle se décida donc à l'aborder pour lui parler de son frère, mais eut un léger mouvement de recul tandis que le couple, d'une rare élégance, arrivait à leur hauteur.

— Miss Beaumont… Miss Harper…

Mark Hunter inclina la tête et ralentit son allure pour les saluer. Sarah fit immédiatement la révérence en lui souriant timidement.

Emily, quant à elle, fit un bref salut de tête en marmonnant un vague bonjour. Mark Hunter en profita pour la fixer ouvertement et leurs regards se croisèrent. Il avait les yeux d'un bleu peu commun, qui lui rappelaient la soie lustrée bleu paon qu'elle avait quelques instants plus tôt admirée dans la vitrine de Mme Joubert.

Sans doute remarqua-t-il le peu d'empressement qu'elle avait mis à le saluer, car elle crut apercevoir une lueur d'amusement passer dans ses yeux vifs. Il savait pertinemment qu'elle ne l'aimait pas : elle le lui avait un jour avoué en toute franchise. Elle espérait aussi qu'il avait bien compris qu'elle n'était pas réceptive à son charme, contrairement à Sarah qui n'était pas loin de se pâmer.

Consciente apparemment que son amant gardait les yeux rivés sur Emily Beaumont plus que de raison étant donné qu'il ne paraissait pas décidé à lui faire la conversation, Barbara Emerson s'empressa de rompre le silence.

— Je ne vous ai pas rencontrée depuis quelque temps, miss Harper. Comment se porte votre mère ? La dernière fois que nous nous sommes vues, vous m'avez dit qu'elle souffrait de rhumatismes.

— Elle va mieux, je vous remercie beaucoup, madame, répondit Sarah. Quand le temps est plus clément, sa santé s'améliore.

Barbara Emerson enchaîna sur quelques banalités d'usage avant de se retourner vers Emily.

— Vous avez l'air en pleine forme, miss Beaumont. Votre famille se porte bien ?

Emily lui répondit par l'affirmative et lui adressa un sourire froidement poli. Elle présumait que Barbara Emerson ne devait pas être beaucoup plus âgée qu'elle — un an ou deux, tout au plus — et pourtant elle respirait la sophistication et lui donnait l'impression d'être une toute jeune fille en comparaison.

Barbara avait épousé un homme très riche à dix-neuf ans. Veuve à vingt et un ans, elle avait perdu terres et fortune, mais elle pouvait désormais s'enorgueillir d'être la maîtresse d'un des meilleurs partis de la haute société et elle comptait de toute évidence l'épouser. Une certitude à laquelle elle devait sans doute de pouvoir afficher cet air de supériorité tranquille.

Pas si tranquille que cela, cependant, car Emily nota qu'elle pressait légèrement le bras de Hunter — lequel ne l'avait pas quittée des yeux — pour l'inciter à entrer dans le magasin. Quant à Sarah, elle lui donnait un coup de coude afin de lui rappeler qu'elle devait parler de Tarquin.

D'un geste ferme mais néanmoins courtois, Mark se dégagea de l'étreinte de sa compagne, dont le visage s'empourpra un court instant, et qui s'avança vers la vitrine pour admirer les soieries qui avaient retenu un moment auparavant l'attention d'Emily et de Sarah. Cette dernière s'approcha à son tour et entreprit de lui montrer les modèles qu'elle préférait.

— Votre frère est-il chez vous, miss Beaumont ?

— Non, il est retourné au lycée ce matin, répondit Emily.

Mark sourit avec amusement.

— C'est de votre frère aîné dont je parlais…

— Oh… Je pensais que c'était à Robert que vous faisiez allusion. Tarquin n'est pas à la maison ; j'étais persuadée que vous le saviez…

Embarrassée tout à coup, Emily s'humecta les lèvres de la langue. Elle ne savait ce qui la troublait le plus : constater que Mark Hunter ne pourrait calmer ses alarmes à propos de la disparition de son frère ou bien qu'il la fixait toujours avec une insistance déconcertante.

— A vrai dire, monsieur, je m'apprêtais même à vous demander si vous aviez une idée de l'endroit où il pouvait bien se trouver.

Sa question parut le surprendre. Il cessa de sourire,

comme s'il percevait tout à coup l'inquiétude contenue dans sa voix.

— Je n'ai pas eu de nouvelles de lui depuis notre partie de cartes de la semaine dernière. Je suis passé le voir ce matin dans sa chambre de Westbury Avenue, mais sa logeuse m'a appris qu'elle ne l'avait pas vu depuis quelques jours. J'en ai conclu qu'il devait passer un peu de temps en famille. Je tiens à vous assurer je ne lui cours pas après pour récupérer une quelconque dette de jeu, ajouta-t-il avec douceur, remarquant la mine subitement inquiète de son interlocutrice. Tarquin m'avait fait part de son envie de m'accompagner à Cambridge, voilà tout…

Emily se souvint alors que Mark Hunter possédait des terres dans la région. Tarquin s'y était déjà rendu et, à son retour, en avait parlé avec beaucoup d'enthousiasme. Songeant à la conversation qu'elle avait eue plus tôt avec son père, elle laissa échapper une grimace de déconvenue.

— Papa a dit qu'il se rendrait Westbury Avenue cet après-midi. Si j'en crois vos paroles, ce sera une pure perte de temps.

Elle le regarda soudain avec anxiété.

— Avez-vous la moindre idée du lieu où il pourrait se trouver en ce moment ? Il a disparu depuis plusieurs jours sans une explication. Je sais bien qu'il a parfois des distractions peu communes, mais tout de même… Avez-vous connaissance de combats de boxe ou de coqs, ou quoi que ce soit dans le genre, qui pourraient expliquer son absence ?

Elle semblait complètement perdue. Il la regarda, ému. Elle lui demandait clairement de l'aider et il aurait beaucoup aimé pouvoir le faire. Malheureusement, il ne savait pas où était Tarquin.

Malgré l'inimitié qu'Emily Beaumont lui avait toujours témoignée s'en sans cacher, il avait toujours eu un petit faible pour elle. Ce n'était pas uniquement sa beauté qui l'attirait, bien qu'elle fût tout à fait ravissante et eût beaucoup d'allure. Ses formes étaient sagement dissimulées sous son manteau de velours, mais, en d'autres occasions, il l'avait vue plus légèrement vêtue et avait pu alors admirer le galbe parfait de sa silhouette, ressentant, simplement à la regarder, un émoi qui l'étonnait un peu et lui donnait l'envie de trouver un moyen de paraître à ses yeux sous un jour plus favorable. Il sourit en son for intérieur : la tâche risquait de se révéler particulièrement ardue ; la demoiselle était réputée pour n'avoir pas un caractère complaisant ni frivole. Mais c'était aussi pour cela qu'elle le fascinait. Emily Beaumont avait une forte personnalité et n'hésitait jamais à dire ce qu'elle pensait. Elle l'avait même défié plusieurs fois. Ce qui le changeait de toutes ces jeunes femmes qui se mettaient à rougir et à minauder en sa présence. A l'occasion, elle n'avait pas hésité à le foudroyer du regard et à lui dire haut et fort ce qu'elle pensait de lui.

Mais elle l'implorait en silence maintenant et cela signifiait peut-être que son opinion sur lui était en train de changer.

En fait, il était à peu près sûr que, fidèle à ses habitudes, Tarquin ne donnait plus signe de vie pour éviter de payer quelque dette. Mais il préféra taire ses soupçons et endosser le costume du chevalier servant.

— Je suis navré, mademoiselle Beaumont, je n'ai pas entendu parler de quoi que ce soit. Mais je peux me renseigner et essayer de retrouver votre frère si tel est votre désir, proposa-t-il d'une voix soudain rauque.

Emily lui sourit chaleureusement cette fois.

— Merci, monsieur, c'est très gentil à vous ! J'aimerais tellement que vous parveniez à le retrouver. Cela nous rassurerait de savoir que tout va bien et que Tarquin agit simplement sans penser à rien ni à personne d'autre qu'à lui-même, comme à son habitude.

Avec un pincement de remords, elle prit conscience qu'elle venait de critiquer ouvertement son frère. Et cela en présence d'un homme devant qui elle avait au contraire toujours eu à cœur de prendre sa défense. Mais la patience avait des limites. Chaque fois que Tarquin avait fait des erreurs, des faux pas, toute la famille lui avait apporté soutien et protection. La reconnaissance n'était cependant pas son fort et leurs parents eux-mêmes semblaient se lasser de cette situation. Elle comprenait que le peu d'intérêt qu'il portait à cette nouvelle disparition était moins de l'indifférence que le soulagement de se voir pour un temps délivré de problèmes.

Elle soupira. Elle aussi aimerait pouvoir oublier Tarquin, ou du moins ne plus se sentir concernée par ses frasques ! Qu'avait-il fait pour elle, au fond ? Rien. Il avait même fait fuir le seul homme qu'elle eût jamais aimé.

Emergeant de ses tristes pensées, Emily prit de nouveau conscience des yeux bleus qui l'observaient. Mark Hunter devait être surpris par son soudain défaut de loyauté vis-à-vis de son frère. Sans doute devait-il aussi se demander ce qui expliquait ce subit accès de sympathie à son égard.

Elle l'avait salué avec une froideur non dissimulée et, à présent, elle se tenait devant lui, très mal à l'aise, dans l'attitude de celle qui quémande. Ils savaient tous les deux que ce revirement s'expliquait aisément : elle avait besoin de son aide, mais elle était convaincue que cette lueur moqueuse au fond de ses yeux indiquait qu'il la prenait pour une véritable hypocrite. Pourquoi l'en blâmer ? Elle n'était pas loin de le reconnaître elle-même. Elle lui fit brusquement un signe de tête et s'éloigna d'un pas.

— Etiez-vous sur le point d'entrer dans le magasin

pour faire quelques achats ? demanda alors Mark pour relancer la conversation, cherchant manifestement à retarder le moment de la séparation.

— Non, nous regardions simplement les nouveautés exposées en vitrine. Si par hasard vous veniez à rencontrer mon frère, monsieur, je vous serais très reconnaissante de lui rappeler où habitent les Beaumont. Il pourrait peut-être penser à venir nous saluer. Bonne journée…

Un large sourire fendit le visage de Mark.

— Je n'y manquerai pas, mademoiselle. Dès que je le saurai, je vous ferai savoir où Tarquin se trouve. Vous pouvez compter sur moi.

Après l'avoir chaleureusement remercié, Emily rejoignit son amie et Barbara Emerson qui se trouvaient toujours devant la vitrine. Sarah n'avait pas abandonné ses tentatives d'engager la jeune femme dans une conversation sur la mode française, mais celle-ci se cantonnait à des réponses laconiques, l'air pincé.

Emily et Sarah prirent congé poliment et poursuivirent leur promenade dans Regent Street. Quelques mètres plus loin, Sarah ne put résister au désir de jeter un dernier coup d'œil par-dessus son épaule.

— Il ne t'a pas encore quittée des yeux, chuchota-t-elle à l'oreille d'Emily avec une certaine excitation dans la voix. Et cette chère Barbara, au mépris des bonnes manières, fait une tête de six pieds de long !

— Et pourquoi ne serait-ce pas toi qu'il regarde ? Quant à Barbara, je pense qu'elle est surtout fâchée d'avoir été freinée dans ses folles dépenses. Et ce n'est pas moi qui le lui reprocherais. Ces soieries avaient vraiment l'air magnifiques. Il est bien dommage que nous n'ayons pas vu ce qu'il y avait d'autre à l'intérieur.

— Retournons-y, dit Sarah dans un souffle. Pourquoi

y renoncer ? Nous étions les premières au magasin, après tout.

— Ne sois pas bête, veux-tu ? Ils auraient l'impression que nous les suivons.

Emily tira Sarah par la manche pour l'entraîner.

— Et arrête de les dévisager, pour l'amour du ciel !

Chapitre 2

— Arrête de les regarder comme ça, bon sang !

Sans ménagement, Jenny Trent donna un coup de bottine dans le tibia de son compagnon, qui glapit en réponse quelques injures à voix basse.

— Pourquoi t'as fait ça, Jenny ?

Elle lui décocha un regard furieux.

— Pour que tu ne restes pas la bouche grande ouverte comme un imbécile ! Ce n'est vraiment pas le moment de se faire remarquer. J'ai l'impression que le rupin avec qui elle discutait tout à l'heure nous a repérés. Vaut mieux ne pas avoir affaire à ces gens-là !

Mickey Riley jeta alors un coup d'œil furtif de l'autre côté de la rue, et croisa de nouveau le regard aiguisé de Mark Hunter.

Il se pencha vers sa compagne.

— Le type est en train de te reluquer, Jenny, dit-il en laissant son regard s'attarder sur elle avec concupiscence. Je les connais bien tous ces hommes de la haute. Pleins aux as, avec un faible pour le jupon. Celui-là comme les autres…, ajouta-t-il en connaisseur.

Il parut songeur un instant, lorgna Jenny et reprit :

— On aurait pu en cueillir un plus riche que Beaumont…

— C'est un peu tard pour revenir là-dessus maintenant, tu ne crois pas ? Toi et tes idées stupides ! se moqua-t-elle.

Elle lui pinça le bras pour le forcer à avancer. Mais en s'éloignant, Mickey Riley ne put s'empêcher d'observer attentivement Mark Hunter. Celui-ci se tenait adossé au montant de la porte du magasin de nouveautés et ne semblait guère s'intéresser à ce que sa dulcinée lui montrait avec enthousiasme dans la vitrine. Il le vit jeter un nouveau coup d'œil vers eux.

— J'ai l'impression que tu lui fais de l'effet, Jen. Laisse-le donc se rincer l'œil…

Jenny lui jeta aussitôt un regard mauvais, mais remonta tout de même sa jupe avec un naturel assez bien feint, dévoilant ainsi une paire de mollets et de chevilles au galbe absolument parfait. Elle se passa ensuite la main dans les cheveux pour replacer ses boucles cuivrées et leur donner un peu de volume, sous les plumes qu'elle avait savamment fixées sur le dessus de sa tête, mouvement qui lui permit par la même occasion de faire valoir les courbes généreuses de sa poitrine.

— T'es une gentille fille, la complimenta Mickey avec un large sourire, puis il se remit en marche en la prenant par le bras.

Mark Hunter regarda le couple se perdre dans la foule compacte de Regent Street. Si Mickey Riley avait su ce qui se tramait dans sa tête, sans doute aurait-il eu l'air moins sûr de lui. Car ce n'était pas Jenny et ses formes délicieuses qui avaient retenu son attention, mais bel et bien lui.

Lorsque Barbara parvint à l'entraîner à l'intérieur du magasin, Mark se laissa faire. Il alla même jusqu'à s'extasier devant les étoffes qu'elle semblait admirer, mais il avait la tête ailleurs.

La coïncidence lui semblait pour le moins curieuse. Alors qu'Emily Beaumont venait juste de lui parler de Tarquin et de sa grande passion pour les combats de coqs, il avait reconnu dans la rue un individu avec qui Tarquin était justement en train de se quereller, la dernière fois qu'il l'avait vu. Et c'était lors d'un combat de coqs qui se tenait à Spitalfields Market. Les propos alors échangés entre les deux hommes avaient été suffisamment vifs pour qu'il s'enquît de l'identité de l'individu en question. Si Tarquin lui avait fourni sans problème l'information quand, par la suite, il l'avait rejoint près du ring lors d'un combat de boxe, il avait en revanche rechigné à lui en révéler davantage sur Mickey Riley et sur la nature de leur différend.

Cet incident remontait à plusieurs semaines déjà, mais Mark avait la mémoire des visages, et Riley un physique qu'on n'oubliait pas facilement. Dans les trente-deux ans, lui aussi, les cheveux déjà bien gris cependant et la peau tannée par la vie au grand air. Il avait également un nez difforme qui semblait indiquer qu'il était, ou avait été, boxeur. Mais en dépit de ces petites imperfections, il fallait bien avouer qu'il était bien bâti ; un bel homme, sans conteste, même si ses manières n'étaient pas exactement celles d'un gentleman…

Lorsqu'il avait été témoin de la violente altercation entre Tarquin et Riley, Mark n'avait manifesté ni surprise ni inquiétude. Il savait que la passion de son ami pour les jeux d'argent l'amenait régulièrement à côtoyer toutes sortes de gens, un peu n'importe où. En outre, il le connaissait suffisamment pour ne pas oublier qu'il était parfaitement capable de parier sur une bagarre de rue comme sur une course de pur-sang à Epsom. La seule chose à déplorer était que Tarquin s'ingéniait à miser immanquablement sur le mauvais cheval !

Avec un palmarès aussi consternant, n'importe qui aurait fini par se lasser et se tourner vers des divertissements différents, moins dévoreurs d'argent. Mais ce n'était hélas pas le cas de Tarquin qui, après une décennie passée à dilapider une petite fortune, continuait de croire qu'il se referait au prochain coup.

S'il devait de l'argent à ce Mickey Riley — il avait peut-être fait un pari cette nuit-là à Spitalfields, qui sait ? — ce dernier ne paraissait pas être le genre d'individu à le laisser s'en tirer à si bon compte. Les dettes de Tarquin ne le regardaient certes pas… du moins tant qu'il ne lui demandait pas de lui rembourser l'argent qu'il lui avait prêté l'année précédente, mais l'inquiétude commençait à le gagner. Ce Riley et sa compagne avaient observé Emily avec beaucoup trop d'attention à son goût. Et cela ne lui disait rien qui vaille. Il aurait aimé croire qu'ils s'étaient seulement intéressés à Sarah Harper, tout en sachant bien, au fond de lui, que ce n'était pas le cas.

Il lui semblait insensé que Riley pût accoster Emily en pleine rue tout simplement parce que son frère lui devait de l'argent. Mais il avait malheureusement déjà entendu parler d'histoires de ce genre par le passé.

Malgré sa carrure et son impétuosité, Riley n'avait peut-être pas le cran d'aller se plaindre auprès de M. Beaumont père, par conséquent il traquait sa fille dans la rue, espérant la trouver plus facilement manipulable.

Mark commençait maintenant à s'impatienter dans le magasin ; Mme Joubert allait et venait dans la boutique, les bras chargés d'étoffes, dans l'unique espoir de tenter Barbara. Les yeux fixés sur la pile inimaginable de bagatelles qui s'amoncelaient sur le comptoir, il se demanda s'il n'était pas en train de se laisser emporter par son imagination. Ses craintes reposaient sur très peu de chose finalement.

Tout d'abord, rien ne prouvait que Riley et sa compagne n'étaient pas simplement en train de passer leur après-midi à flâner tranquillement. Même si leurs regards s'étaient attardés sur Emily et son amie Sarah, ce n'était pas forcément dans le but de leur nuire. Deux séduisantes jeunes femmes, de condition assurément enviable, ne manquent pas d'attirer l'attention de ceux qui ont moins de privilèges, c'était bien connu.

De premier abord, cette explication paraissait pleine de bon sens, mais, en définitive, elle ne parvenait pas à faire taire ses soupçons, bien au contraire, et il eut soudain un besoin irrépressible de quitter le magasin sur-le-champ, d'aller à la recherche de Tarquin et d'exiger que celui-ci lui dise immédiatement ce qu'il avait bien pu fabriquer ces derniers temps.

— C'est l'homme qu'est là-bas qui me l'a donné. Il m'a dit de vous l'apporter…

Le jeune garçon en haillons qui avait eu quelques instants plus tôt l'insolence de tirer sur son manteau de velours pour obtenir son attention lui tendit alors de sa main crasseuse le message qu'il tenait fermement. Non sans hésitation, Emily prit la feuille de papier et scruta dans la direction que lui indiquait l'enfant. Elle ne vit absolument personne qui aurait pu correspondre à la situation.

Le garçon fronça son nez constellé de taches de rousseur, parcourant lui aussi la rue du regard.

— Il est plus là, reconnut-il en haussant les épaules. Mais il était quelque part par là… Il m'a donné le mot et ça, ajouta-t-il pour lui prouver qu'il ne mentait pas.

Il ouvrit sa main sale, laissant voir quelques pièces de monnaie.

— Vous aussi, vous allez me donner un petit quelque chose ? eut-il l'audace de demander en regardant Emily d'un air inquiet.

Elle se ressaisit et murmura :

— Oh, oui, bien sûr.

Puis elle farfouilla dans sa bourse et donna quelques piécettes au gamin en guise de pourboire. Un sourire jusqu'aux oreilles, il les fit tinter sur celles qu'il avait déjà dans sa paume noircie. Ses doigts se refermèrent ensuite immédiatement sur les pièces et il détala, comme s'il craignait qu'elle pût les lui arracher de la main pour les récupérer.

Emily se remit en route à pas lents vers Callison Crescent. Elle venait à peine de raccompagner Sarah et n'était plus qu'à cinq minutes à peine de chez elle quand le gamin l'avait interpellée. Elle examina le mot avec une certaine curiosité. Le papier était scellé, mais ne comportait aucun nom ni aucune autre indication. Il y avait juste des traces de saleté laissées par les doigts de l'enfant. Elle allait le décacheter puis se ravisa, souriant intérieurement : avait-elle un admirateur secret ? Si tel était le cas, il lui fallait absolument découvrir à tête reposée de qui il s'agissait. Aussi glissa-t-elle le mot dans une de ses poches. Le gentleman qui lui faisait actuellement une cour assidue ne pouvait en être l'instigateur… Qui, alors ?

Car Stephen Bond ne versait pas dans le romantisme et n'était pas du genre à envoyer un gamin des rues lui porter un billet doux. Mais même s'il était de nature prévisible, elle devait bien admettre qu'il n'en était pas moins un homme charmant. Homme, se rappela-t-elle alors en poussant un léger soupir, qui était attendu pour le dîner le soir même et qui serait, comme d'habitude, extrêmement ponctuel.

Ce qui n'était pas son cas… comme s'empressa de le lui faire remarquer sa mère dès qu'elle ouvrit la porte d'entrée.

— Je pensais que tu rentrerais plus tôt, Emily… Tu

n'as pas oublié que nous avons de la compagnie ce soir, j'espère ?

— Non, maman. Je sais bien que M. Bond est attendu à 19 heures.

— Eh bien… tant mieux… Non mais, tu as vu ta coiffure ! Demande à Millie d'arranger un peu tes boucles avant le repas. Stephen sera accompagné de sa grand-mère ce soir. Augusta Bond vient de Bath et elle a la réputation d'être plutôt excentrique. Elle m'a été présentée au théâtre et je n'ai pas pu faire autrement que de l'inviter quand, au cours de la conversation, Stephen a mentionné son invitation ici ce soir. Elle portait la robe la plus laide que j'aie jamais vue ! Du violet avec des rayures fauves… a-t-on idée ? Et un chapeau vert par-dessus le marché !

Un sourire espiègle aux lèvres, Emily répondit :

— Si elle porte le même ensemble ce soir, peut-être pourrions-nous lui demander ce qui a justifié ce choix…

Penelope Beaumont étouffa un petit rire, mais sa bonne humeur fut de courte durée. Elle avait les yeux rivés sur la porte d'entrée, et reprit sa mine sévère.

— Et ton père qui est en retard, lui aussi ! Il est bientôt six heures moins le quart.

— Il m'a dit tout à l'heure qu'il passerait sûrement chez Tarquin. C'est probablement ce qui l'a retardé, expliqua Emily.

— Justement, à propos de Tarquin, un homme le cherchait tout à l'heure. Millie est allée faire des commissions pour moi cet après-midi et, en rentrant, elle m'a raconté qu'un individu l'avait abordée dans la rue. Il l'avait probablement vue sortir de notre maison, autrement comment aurait-il su que Millie est à notre service ? Elle m'a dit qu'il s'était montré très poli avec elle, même si j'ai compris qu'il semblait du genre un peu fruste.

Cecil Beaumont entra à ce moment-là, se tapotant les épaules pour faire tomber l'eau de son pardessus.

— La pluie est de retour, on dirait, commenta alors Mme Beaumont d'un air ravi. Les Pearson vont devoir annuler leur feu d'artifice…

— Quelle chance ! Tu n'y étais pas invitée, maman ! ironisa Emily.

Sa mère et Violet Pearson passaient le plus clair de leur temps à se critiquer et à se réjouir chacune des petites misères de la vie de l'autre. Elles se détestaient cordialement depuis l'époque où, en jouant, Robert avait blessé le fils Pearson, lui faisant tomber deux dents de devant. Les pères de famille s'étaient contentés de hausser les épaules à l'incident. Mais Penelope Beaumont et Violet Pearson, elles, semblaient déterminées à ne laisser la querelle s'éteindre à aucun prix.

— Aucun signe de Tarquin, j'en ai bien peur, confessa M. Beaumont d'une voix fatiguée, déposant son manteau humide sur une chaise.

Il avait l'air las et sa voix avait changé depuis le matin. Emily pouvait maintenant y déceler une inquiétude certaine.

— Tu es allé à Westbury Avenue, papa ?

— Oui, et la logeuse de Tarquin n'était apparemment pas mécontente que j'y fasse un saut, je peux te le dire. Je n'ai d'ailleurs pas eu à lui demander quoi que ce soit. C'est elle qui a insisté pour que je lui dise où se trouve Tarquin. Elle pense qu'il a déménagé sans l'en avertir et qu'il ne reviendra pas de sitôt.

Il secoua tristement la tête et précisa :

— Une grande partie de ses affaires ont manifestement disparu et il lui doit deux mois de loyer. Elle est par ailleurs sans nouvelles depuis presque deux semaines et semble très remontée contre lui.

— Mais que va-t-on faire de ce garçon, à la fin ? se lamenta Penelope Beaumont. Quand va-t-il se décider à se ranger et à agir de manière enfin responsable ? Je me doutais bien qu'il fuyait ses dettes encore une fois !

Le visage grave, Cecil Beaumont reprit :

— A mon avis, ce n'est pas le loyer qu'il doit à sa logeuse qui le fait se terrer Dieu sait où. Mme Dale m'a dit qu'un individu au nez cassé était lui aussi passé à Westbury Avenue et avait demandé à le voir. Selon elle, il avait l'air d'un type assez peu recommandable.

Penelope Beaumont serra le bras de son mari, l'air terriblement anxieux tout à coup.

— Un homme au nez tordu a arrêté Millie dans la rue dans la journée. Il cherchait Tarquin. Millie a dit qu'il semblait plutôt poli, ajouta-t-elle comme pour se rassurer.

— Ma chère, les créanciers sont toujours extrêmement polis quand ils viennent réclamer leur argent, lui fit remarquer M. Beaumont avec un rire cynique. C'est quand ils n'arrivent pas à le récupérer qu'ils deviennent grossiers et brutaux.

Devant la mine déconfite de ses parents, Emily sentit sourdre en elle un malaise bien connu. Voilà… Le bref répit prenait déjà fin. Les problèmes de Tarquin refaisaient surface. Et même si son frère n'était pas présent physiquement, le seul fait d'imaginer quel désastre il avait encore pu causer les torturait, elle le voyait bien. Il fallait malheureusement avouer qu'avec Tarquin, le pire était presque toujours certain…

— Je ne comprends pas pourquoi il ne nous a pas contactés. Quand il a besoin d'argent, en général, c'est moi qu'il vient voir en premier. Peut-être l'un de ses amis l'a-t-il renfloué. La dernière fois, je l'ai prévenu qu'il ne m'y reprendrait plus. Il a dû me prendre au mot…

— J'ai rencontré Mark Hunter tout à l'heure, à propos

d'amis de Tarquin. Lui aussi est passé le voir à Westbury Avenue, dit alors Emily.

Elle dissipa aussitôt les craintes de ses parents en spécifiant :

— Rassurez-vous, cela n'a strictement rien à voir avec le remboursement d'une dette quelconque, M. Hunter me l'a assuré. Lui non plus n'a pas vu Tarquin depuis quelque temps, mais il a eu la gentillesse de me m'assurer qu'il se renseignerait et nous tiendrait au courant s'il venait à découvrir quoi que ce soit.

Cecil Beaumont hocha lentement la tête.

— Mark Hunter est quelqu'un de bien. Je suis sûr qu'il tiendra parole. Je suppose maintenant qu'il nous faut attendre le courrier : on ne sait jamais, on pourrait recevoir une lettre de Tarquin annonçant de mauvaises nouvelles. D'habitude, il se contente de rentrer à la maison et son visage parle de lui-même, mais là…

Cecil Beaumont se dirigea d'un pas traînant vers son bureau tandis que sa femme partait en toute hâte vérifier si le dîner était bientôt prêt. Mais avant de disparaître en cuisine, elle rappela à sa fille :

— Pour l'amour du ciel, Emily, arrange-toi un peu ! Tu sais quelle heure il est ? Les Bond seront là dans moins d'une heure !

Quand la porte se referma et qu'elle se retrouva seule dans l'entrée, Emily glissa la main dans sa poche. Elle en retira le billet et sentit son cœur s'emballer. Un admirateur secret, pour sûr ! se moqua-t-elle.

Elle avait à présent la quasi-certitude de savoir qui lui avait envoyé cette lettre. Les circonstances montraient clairement que c'était son frère et qu'il ne voulait pas que ses parents en fussent informés. Mais pourquoi ne s'était-il pas montré ? Pourquoi ne lui avait-il pas donné le message en mains propres ? S'il était sur ses gardes au point de ne pas l'aborder dans la rue, même pour un court instant, c'était qu'il devait avoir de sérieux problèmes, songea-t-elle, les mains tremblantes. Elle remit brusquement le message dans sa poche et se précipita dans sa chambre.

— Vous êtes tout à fait ravissante, mais n'êtes certainement plus dans la fleur de votre beauté...

L'hommage était pour le moins ambigu ! Retenant une irrépressible envie de rire, Emily se dépêcha d'avaler sa gorgée de vin pour éviter de s'étrangler. Bien décidée cependant à garder son sérieux, elle toussa avec délicatesse, puis sourit à Augusta Bond en reposant son verre sur la table. Mme Beaumont, cependant, ne paraissait pas disposée à laisser passer la remarque sans réagir.

— Emily n'a pas encore vingt-cinq ans, répliqua-t-elle assez sèchement. Elle me semble encore loin d'être gâteuse !

Augusta prit ses lorgnons, regarda la mère et la fille à tour de rôle de ses yeux de myope, insistant :

— Elle a beaucoup moins de chances de trouver un mari que les demoiselles qui viennent de faire leur entrée dans le monde.

Puis elle ajouta, poursuivant son examen critique sans se démonter :

— Elle tient de son père, on dirait.

Elle affecta alors de ne pas remarquer le regard glacial que ce commentaire provoqua chez la maîtresse de maison, reposa ses lunettes sur sa large poitrine et se remit tranquillement à manger.

« Quelle vieille harpie », songea Emily. Elle sentait le regard de Stephen fixé sur elle. Il tentait de lui communiquer son chagrin à la dérobée. Sa grand-mère n'avait pas mâché ses mots, et il y avait vraiment de quoi être choqué. Elle eut pitié de lui, de la position inconfortable dans laquelle il se trouvait, et lui adressa un sourire discret. Il lui renvoya immédiatement une petite grimace d'excuse et prit sa défense.

— Miss Beaumont chante divinement bien, dit-il à sa grand-mère.

Cette louange n'étant pas parvenue à arracher à cette dernière un compliment, il poursuivit, de plus en plus nerveux :

— Et je n'ai jamais rencontré de jeune femme jouant aussi bien au piano, et sans partition qui plus est.

— Cela ne fera pas d'elle une bonne épouse pour autant, dit Mme Bond à son petit-fils en aparté, suffisamment fort cependant pour être entendue.

Faisant fi des convenances, Emily but alors une longue gorgée de vin, d'un trait. Curieusement, elle avait une folle envie d'appliquer au petit-fils la sentence que la grand-mère venait de laisser tomber sur elle. Stephen était un homme tout à fait charmant, elle en convenait aisément, mais à moins qu'elle ne pût vraiment faire autrement, elle ne l'épouserait pas. Il méritait d'être aimé par sa future compagne, non pas d'être choisi faute de mieux.

Elle leva les yeux vers lui. Il avait l'air terriblement gêné à présent. Quant à sa mère, son visage exprimait l'indignation à son paroxysme.

Si elle avait été d'humeur un peu plus joyeuse, comme elle aurait davantage apprécié ce divertissement inattendu ! Peut-être même aurait-elle participé à ce jeu de massacre de bon cœur et cette vieille femme malveillante en aurait-elle pris pour son grade. Mais elle ne pouvait s'empêcher de regarder à la dérobée son père, qui présidait silencieusement la table. On aurait dit qu'il s'était retiré dans son propre monde et elle en avait le cœur tout retourné.

Même les regards insistants que lui jetait fréquemment son épouse ne parvenaient pas à l'y soustraire.

Emily devinait aisément ce qui tourmentait son pauvre père. Il essayait sans aucun doute de se figurer dans quelle sorte de pétrin son fils aîné s'était fourré. Avant le dîner, elle avait cru trouver la clé de cette énigme. Mais hélas, la lettre qu'elle avait reçue ne provenait finalement pas de Tarquin, même s'il en était, il est vrai, le sujet principal. Bien malgré elle, Emily ne pouvait s'empêcher de penser au curieux message qu'elle avait reçu et à la raison pour laquelle c'était elle qui en avait été la destinataire.

En général, lorsque les créanciers de Tarquin ne le retrouvaient pas, ils se tournaient vers son père. Mais cette fois, étrangement, c'était elle qui avait reçu la requête, encore que formulée en termes obscurs.

Une personne, qui ne lui avait même pas révélé son identité, l'enjoignait de la retrouver le lendemain matin devant la boutique du prêteur sur gages de Whiting Street pour lui confier des informations importantes au sujet de son frère. Il était également stipulé dans la lettre qu'en aucun cas elle ne devait divulguer cette affaire afin d'éviter tout scandale.

L'audace de cet individu l'avait laissée pantoise. Elle en avait conclu que l'auteur du message devait être l'un des créanciers de Tarquin et qu'il espérait la contraindre à honorer la dette de son frère. Elle en avait aussi déduit que l'homme au nez cassé dont il avait déjà été par deux fois question en était probablement l'instigateur.

Elle n'avait pas la naïveté de croire que son frère faisait des paris uniquement avec de parfaits gentlemen dans des clubs sélects, mais elle était terriblement affligée à l'idée qu'il fréquentât un homme arborant un nez cassé et ayant une si piètre connaissance de la grammaire anglaise.

Elle avait toutefois pris la décision de se présenter au rendez-vous et de n'en parler à personne.

Elle jeta de nouveau un coup d'œil à son père alors que celui-ci était en train de pousser la nourriture dans son assiette, l'esprit ailleurs. Il approchait des soixante-cinq ans et portait les problèmes de Tarquin comme un fardeau depuis trop longtemps. Elle n'avait cependant nullement l'intention de prendre la relève et le ferait très clairement savoir à son égoïste de frère dès qu'elle le reverrait.

— Avez-vous déjà reçu une demande en mariage, miss Beaumont ?

Emily reprit ses esprits ; Augusta Bond la regardait de nouveau avec ses yeux de fouine.

— Un homme vous a-t-il déjà demandé votre main ? insista la vieille dame.

Emily s'aperçut que sa mère arborait un air outragé. Quant à Stephen, il en était resté la fourchette en l'air, extrêmement troublé par la tournure que prenaient les événements. Elle eut le plus grand mal à réprimer le fou rire qui vibrait dans sa gorge. Elle s'obligea à inspirer profondément afin de répondre le plus calmement possible.

— Cela m'est effectivement arrivé, madame Bond. Je me suis fiancée à l'âge de vingt ans.

— Et votre prétendant a tout annulé ?

— Hum… non… C'est moi qui ai tout annulé, dit Emily en posant sa serviette.

— Emily était promise au vicomte Nicholas Devlin, fit savoir Mme Beaumont d'un ton cassant.

La vieille dame remit ses lorgnettes sur son nez et regarda Emily avec une lueur de respect cette fois.

— Alors, comme ça, vous aviez réussi à passer la corde au cou d'un noble ? Aucune chance de le récupérer maintenant qu'il a épousé la petite Corbett ! J'ai entendu dire que son ventre s'arrondissait déjà.

— Je vais voir en cuisine si le prochain plat est prêt, annonça Penelope Beaumont avec froideur, en sortant majestueusement de table.

Emily jeta un coup d'œil à son père pour voir s'il avait pris la mesure de la tension qui régnait dans la pièce. Il regardait justement dans sa direction, l'air inquiet, comme s'il redoutait qu'elle fût bouleversée. Elle le rassura d'un sourire et, croisant alors le regard d'Augusta Bond qui laissait retomber ses lunettes, elle eut la très étrange impression que la vieille dame lui avait fait un clin d'œil.

Chapitre 3

— Cette Augusta Bond est la femme la plus mal élevée que j'aie jamais rencontrée ! Une véritable langue de vipère ! gémit Mme Beaumont à peine Emily était-elle entrée le lendemain matin dans le petit salon pour y prendre son petit déjeuner.

Emily espérait en avoir fini avec la soirée de la veille et constata, désappointée, qu'elle s'était trompée : malgré une bonne nuit de sommeil, sa mère n'avait pas décoléré, bien au contraire.

Lorsque les invités étaient partis, à 22 heures, Penelope Beaumont était dans un tel état d'agitation qu'Emily et son père avaient dû lui administrer un bon petit remontant et avaient fait tout ce qu'ils pouvaient pour la calmer avant qu'elle aille se coucher.

— Stephen est pourtant si aimable, si prévenant… Tu ne penses pas qu'elle est un peu gâteuse ? Elle a bien dans les soixante-dix ans, non ? Elle n'a peut-être plus toute sa tête.

— Moi, je crois qu'elle est parfaitement consciente de tout ce qu'elle dit. Elle prend juste un malin plaisir à se montrer odieuse, répondit Emily avec un sourire tranquille.

Penelope Beaumont prit une mine dégoûtée.

— C'est vrai qu'elle n'est plus toute jeune, poursuivit Emily en tartinant avec application son toast de confiture de mûre, mais elle m'a paru en pleine forme, et pour être tout à fait honnête je l'ai même trouvée plutôt sympathique.

Sa mère fit entendre un gloussement indigné.

— Allez, maman, tu ne peux pas nier qu'avec elle, on ne risque pas de s'ennuyer au moins… Et puis elle se débrouille très bien aux cartes, papa peut en témoigner.

— Et ça lui donne le droit de t'insulter ? Comment a-t-elle pu te parler de la sorte ? Tu es d'une beauté éclatante ! s'insurgea Mme Beaumont.

— Tout ce qu'elle a dit était pourtant vrai, maman.

Emily regarda sa mère avec une tendresse teintée de vague culpabilité. Il y avait si longtemps que cette dernière caressait l'espoir de voir un jour un prince charmant emporter sa fille unique dans les beaux quartiers pour qu'elle y mène une vie de château. Mais la mauvaise fée des contes avait dû lui jeter un sort et il s'était perdu en chemin. Emily savait bien ce que cela signifiait : sa mère n'allait plus tarder à la presser d'accepter la main de Stephen, se résignant à la voir mener en fin de compte une existence plus modeste en périphérie de Londres.

— Maman, tu ne peux pas nier que je fais pâle figure à côté des jeunes filles qui font leur entrée dans le monde. Et pour revenir à Augusta Bond, elle a raison : je tiens beaucoup de papa. Je ressemble comme deux gouttes d'eau à grand-maman Beaumont.

— Et que fais-tu de l'incroyable cruauté avec laquelle elle a parlé de tes fiançailles rompues ?

— Elle n'en avait jamais entendu parler, j'en suis convaincue. Elle voulait seulement savoir si j'avais déjà reçu des demandes en mariage.

— Je n'en crois pas un mot ! Elle connaissait toute l'histoire, j'en mettrais ma main au feu. C'était de la pure provocation. Quelle abominable bonne femme ! Remuer ces vieux souvenirs et risquer de te faire fondre en larmes !

— Allons, cela fait bien longtemps que ce n'est pas arrivé, dit Emily dans un souffle. Et je te promets bien que ça ne se produira plus jamais. Quant à Augusta, je crois sincèrement qu'elle n'était au courant de rien. Elle vit à la campagne, loin de Londres, et le scandale n'est certainement pas parvenu jusque-là. Franchement, qui cela aurait-il intéressé, à Bath, de savoir que Tarquin Beaumont a flanqué une correction au vicomte Nicholas Devlin, anéantissant ainsi les espoirs de bonheur conjugal de sa propre sœur ? Cette affaire n'y a guère alimenté les conversations mondaines, crois-moi ! Même à Londres, Dieu merci, les commérages n'ont pas duré plus d'une semaine…

— Si les gens se sont lassés si rapidement, c'est parce que cette traînée d'Olivia Davidson a pris la poudre d'escampette avec le mari de sa sœur… Cette histoire a beaucoup fait jaser.

— Et m'a grandement rendu service ! Cette pauvre Olivia a si vite pris ma place sur l'autel du déshonneur…, dit Emily avec une moue de compassion pour la jeune femme en question. Je ne peux pas m'empêcher d'avoir des remords chaque fois que je croise son visage ravagé maintenant.

— N'exagère pas ! Elle l'a bien cherché quand même ! Il n'était pas difficile de deviner qu'elle se retrouverait mise au ban de la société, y compris par sa propre famille. Cette pauvre idiote aurait dû se douter que le bougre filerait et que tout cela finirait dans les pleurs. Oh, et puis ça suffit, toute cette histoire ! C'est de ton fiasco à toi dont nous parlions, pas de celui d'Olivia Davidson… Je persiste à croire que tu as pris ta décision trop précipitamment et que tu t'es montrée trop orgueilleuse. Tu aurais vraiment dû épouser le vicomte, tu sais.

— Ah, vraiment ? répliqua Emily, un goût d'amertume

dans la bouche. Nicholas a pourtant fait clairement savoir, après son altercation avec Tarquin, qu'il ne voulait plus rien avoir affaire avec notre famille. Je n'allais quand même pas l'obliger à tenir ses engagements et épouser un homme qui, à la longue, m'aurait méprisée. Si ? C'est ce que j'aurais dû faire ?

Mais comme d'habitude, Penelope Beaumont ne voulut absolument rien entendre et, comme Emily n'était pas disposée à contrer ses arguments, elle coupa court à la conversation.

— Nous en avons déjà parlé à de multiples reprises, maman, et je refuse de remuer cette histoire encore une fois. Tout ça, c'est du passé.

Bien décidée à en rester là, elle se leva avec grâce et ajouta :

— Je vais sortir un moment ce matin. Il y a de nouvelles soieries chez Mme Joubert et…

— Je viens avec toi. Il faut que j'achète des boutons…

— Non, ce n'est pas possible.

Emily se rendit compte avec effroi qu'elle avait refusé la proposition de sa mère de l'accompagner bien trop sèchement. Comme celle-ci la fixait, l'air déconcerté, elle ajouta en toute hâte :

— Pour tout te dire, j'avais l'intention de te trouver quelque chose pour ton anniversaire. Ce ne sera plus une surprise si tu viens avec moi.

— Oh, je vois… murmura sa mère, subitement rose de plaisir.

Emily se sentit un peu honteuse d'avoir eu à inventer une telle excuse, même si, au fond, elle n'avait pas véritablement menti. Elle avait bien l'intention de passer au magasin de Regent Street acheter quelque chose pour l'anniversaire de sa mère. Mais si elle allait en ville aussi tôt, c'était surtout pour ne pas manquer son rendez-vous à Whiting Street avec la personne qui lui avait envoyé la lettre. Tant qu'elle ne saurait pas précisément en quoi ce rendez-vous mystérieux avait à voir avec son frère, elle n'allait certainement pas en parler à sa mère.

Celle-ci était bien capable de se mettre dans tous ses états juste pour une broutille, alors, si les dettes de Tarquin venaient à lui occasionner des ennuis sérieux, il serait avisé de la tenir à l'écart le plus longtemps possible.

— M. Bond demande si vous pouvez le recevoir, madame, annonça Millie tout à coup.

Il était encore un peu tôt pour avoir de la visite. Penelope Beaumont jeta un regard interrogateur à sa fille.

— Je suppose qu'il est venu présenter ses excuses pour le manque de délicatesse de sa grand-mère, dit Emily en faisant signe à sa mère qu'elle ne voyait aucun inconvénient à cette entrevue.

— Nous le recevrons dans le boudoir, Millie, dit alors Penelope à la jeune servante.

Une fois installés, tandis que Penelope servait le thé, Emily et Stephen commencèrent par commenter poliment les caprices du temps. Puis, sans autre préambule, Stephen se lança :

— Je vous prie d'excuser cette visite très matinale, mais je ne savais pas si… c'est-à-dire que…

Il les regarda avec insistance, l'une après l'autre, comme s'il cherchait de l'aide. Puis il s'éclaircit la voix, se décida, et poursuivit d'une seule traite :

— Je tenais à vous remercier chaleureusement pour le sens de l'hospitalité dont vous avez fait preuve hier soir et à m'assurer que vous n'aviez pas été… contrariées par les propos qu'a tenus ma grand-mère, car on peut dire qu'elle ne mâche pas toujours ses mots…

Quelque chose dans l'expression de Penelope Beaumont poussa Stephen à ajouter vivement :

— Elle n'avait pas de mauvaises intentions, croyez bien, mais elle n'est pas très délicate.

— Il ne lui vient donc jamais à l'esprit que son franc-parler puisse blesser les autres ? demanda Penelope sèchement.

Stephen rougit, toussa pour se donner une contenance et répondit :

— Je crains malheureusement que non, madame. Mais si vous estimez avoir été offensée de quelque manière que ce soit, je vous présente mes excuses les plus sincères en son nom.

Emily reposa sa tasse de thé et eut la gentillesse de le tirer d'embarras.

— J'ai trouvé que votre grand-mère avait un sacré tempérament. J'ai été enchantée de faire sa connaissance.

Stephen eut l'air des plus surpris.

— Si elle reste encore quelque temps à Londres, il faut absolument que vous lui présentiez Mme Pearson, poursuivit Emily, les yeux pétillants de malice. Maman, tu ne penses pas que ce serait une excellente idée ? Je suis sûre que Violet Pearson et Mme Bond s'entendraient à merveille.

Enfin ! songea-t-elle, en constatant qu'elle avait réussi à faire sourire sa mère l'espace d'un instant.

— Vous reprendrez bien une tasse de thé, monsieur Bond, proposa alors aimablement Penelope.

Emily regarda la pendule et se leva brusquement. Il fallait absolument qu'elle se mette en route si elle ne voulait pas manquer son rendez-vous.

— Je dois sortir faire quelques emplettes, dit-elle.

Comme Stephen se levait à son tour, elle ajouta :

— Mais surtout ne partez pas et prenez le temps de finir votre thé…

— Je peux vous déposer en ville, ce serait avec grand

plaisir, offrit Stephen avec empressement. A vrai dire, il faut, moi aussi, que je me mette en route. J'ai quelqu'un à voir à Holborn.

— J'accepte volontiers, dans ce cas, répondit Emily.

Même si son nez cassé et mal ressoudé attirait immanquablement l'attention, ce n'était pas l'apparence de l'individu qui intrigua Emily de prime abord, mais son comportement : il se conduisait comme s'il avait oublié qu'il se trouvait au milieu de la rue, à la vue de tous. Il faisait les cent pas devant la boutique du prêteur sur gages et, de temps à autre, il regardait attentivement les véhicules qui passaient. Quand un fiacre s'immobilisa soudain le long du trottoir à quelques mètres de lui, il fila se cacher dans l'embrasure de la boutique pour finalement réapparaître quelques instants plus tard.

Emily comprit qu'il ne s'attendait pas à être repéré le premier. Il imaginait certainement qu'elle arriverait en voiture plutôt qu'à pied. Mais c'est qu'elle avait voulu éviter toute question indiscrète. Stephen aurait trouvé bien étrange, en effet, de la déposer dans un quartier dépourvu de toute boutique où une dame de qualité était susceptible de se rendre. Aussi lui avait-elle demandé de la laisser dans un quartier bien plus recommandable, à distance raisonnable de Whiting Street. Elle avait bien entendu refusé sa proposition de la retrouver un peu plus tard pour la raccompagner chez elle. Elle avait ensuite pris la précaution de suivre sa calèche des yeux, puis d'attendre de la voir complètement disparaître à l'angle de la rue, avant de se diriger à grands pas vers le lieu de son rendez-vous.

Bien qu'elle ne fût pas le moins du monde intimidée par ce grand gaillard qui l'attendait, elle avait les nerfs à fleur de peau. Les hommes venaient en général dans ce quartier gérer leurs affaires. A n'en pas douter, une femme seule qui flânait là ne pouvait qu'éveiller la curiosité. Elle savait que son propre père venait régulièrement dans cette rue s'entretenir avec son avocat. Que se passerait-il s'il venait à la surprendre ? Elle pria alors avec ferveur pour qu'il n'eût aucune obligation de la sorte ce jour-là.

— Emily ? Emily Beaumont ?

Oh ! Cet accent distingué qu'elle avait si bien connu jadis, et aimé… Elle se figea et ne sut que faire l'espace d'une seconde. Puis elle pivota lentement sur elle-même.

Le vicomte Nicholas Devlin était en train de monter dans une calèche portant les armoiries de sa famille. Bien que l'ayant interpellée, il semblait maintenant hésiter à s'attarder pour lui parler. Finalement, il sauta sur le trottoir pour la rejoindre.

Emily s'était toujours demandé comment elle réagirait si elle venait à le rencontrer. Bien évidemment, depuis l'annulation de leur mariage quelques années auparavant, ils avaient été amenés à se revoir. Mais chaque fois les circonstances — soirée privée, événement mondain — les avaient contraints à des échanges brefs et codifiés par les convenances, les préservant d'un tête-à-tête qui pouvait s'avérer embarrassant.

Même si elle avait appris qu'il était maintenant marié et bientôt père de famille (et cela, elle l'avait appris bien avant les indiscrétions d'Augusta Bond), elle ne savait pas si, en sa présence et libérée du regard curieux des autres, elle serait toujours sous l'emprise de son charme délicieusement vénéneux. Plus il s'approchait d'elle, plus elle craignait de ne pouvoir y résister, car il était toujours aussi beau, avec ses cheveux blonds joliment ébouriffés et ses yeux noisette… A trente et un ans, il aurait facilement pu passer pour un jeune homme de vingt-cinq.

— Tu attends ton père ? lui demanda-t-il l'air surpris, parcourant la rue du regard, s'attendant sans doute à voir Cecil Beaumont émerger d'un bâtiment ou d'un autre.

— Non.

Embarrassée tout à coup, Emily se mit à chercher une excuse qui expliquerait sa présence incongrue à Whiting Street. Mais elle n'eut aucun besoin de se donner cette peine car Nicholas Devlin semblait maintenant tout à fait absorbé par le bout de langue rose dont elle humectait ses lèvres sèches.

Ce qu'elle ne manqua pas de remarquer, et elle sentit alors son cœur s'emballer. Il la dévorait littéralement des yeux, si bien qu'en un clin d'œil lui revinrent à la mémoire des images d'autrefois dont elle pensait à tort s'être débarrassée depuis bien longtemps. Elle en fut tout d'abord euphorique, puis très gênée en comprenant brusquement que le vicomte la désirait toujours.

— Quand nous sommes-nous rencontrés pour la dernière fois ? lui demanda-t-il d'une voix rauque, ses yeux détaillant avec avidité les courbes de son corps. Cela doit faire à peu près un an, il me semble… Et je peux t'assurer, Emily, que tu es de plus en plus belle.

Emily sentit son cœur battre plus fort, mais la remarque étant parfaitement déplacée vu les circonstances, elle l'accueillit avec un regard froid.

— Et moi, je peux vous assurer, monsieur, que vous ne devez pas être dans votre état normal pour me parler ainsi.

— Alors, comme ça, je ne peux plus te faire de compliments ? Pourquoi es-tu sur la défensive ? La blessure ne s'est-elle toujours pas refermée ?

Emily se trouva incapable de lui répondre. D'un côté, elle mourait d'envie d'afficher le mépris que lui inspiraient ses propos. Mais d'un autre, et elle n'en était pas très fière, elle souhaitait encore l'écouter flatter sa beauté.

Elle reprit soudain ses esprits et s'écarta d'un pas. Il pouvait bien lui dire qu'elle était jolie, songea-t-elle, et la regarder comme s'il mourait d'envie de l'embrasser, elle n'avait pas la mémoire aussi courte que lui. Quelques années plus tôt, après que Tarquin l'avait roué de coups, ses yeux n'étaient plus que dégoût et colère dès qu'il apercevait un membre de la famille Beaumont, elle y comprise. Une attitude qui ne s'oubliait pas si facilement.

— Tout cela c'est de l'histoire ancienne, monsieur, et il n'y a certainement plus rien à y ajouter, répondit-elle d'un air guindé.

Elle lui fit un rapide signe de tête, bien résolue à se remettre en marche. C'était sans compter sur la vivacité du vicomte qui l'arrêta d'une main.

— Je t'en prie, ne te sauve pas, Emily… Moi, j'ai des choses à te dire…, la supplia-t-il avec douceur. Je pense depuis longtemps que tout n'est pas totalement fini. J'ai tellement rêvé de pouvoir te voir un jour, seul à seul. J'ai tellement espéré te rencontrer à l'improviste, comme aujourd'hui. Je pense si souvent à toi. Je pense à ce qui aurait pu…

Emily dégagea brusquement son poignet et recula vivement de deux pas, scrutant les environs pour vérifier si quelqu'un les avait vus. Elle remarqua avec dépit que c'était bel et bien le cas. Cette espèce de boxeur qui l'avait fait venir dans ce quartier maudit l'avait maintenant repérée ! Elle fronça les sourcils et poussa un léger soupir. Tout cela était vraiment grotesque à la fin. Et maintenant, elle ne risquait plus d'apprendre quoi que ce soit sur Tarquin !

— Tu le connais ? demanda Nicholas.

— Qui ? répondit-elle avec brusquerie.

— Ce type, de l'autre côté de la rue, qui t'observe depuis tout à l'heure…

Elle fit non de la tête. Elle ne lui mentait pas vraiment : elle ne le connaissait pas encore. Mais il s'en était réellement fallu d'un cheveu ! Nicholas Devlin avait tout fait capoter. Mais en un sens, il était arrivé à point nommé car, à une minute près, il l'aurait sans aucun doute vue en pleine conversation avec cet individu, ce qui aurait incontestablement soulevé ensuite des questions fort embarrassantes.

Car Emily savait que Tarquin et Nicholas étaient toujours en froid. Ce dernier lui avait certes manifesté sympathie et intérêt un instant plus tôt, mais Tarquin, lui, n'aurait sans doute pas eu droit à de tels égards. Et s'il avait de sérieux soucis encore une fois, elle était persuadée que Nicholas se délecterait de la nouvelle.

Le vicomte regarda un instant Mickey Riley d'un air songeur ; il le connaissait et savait comment il gagnait sa vie. Il avait, par le passé, fait appel à ses services car Riley savait obtenir à de jeunes gentlemen la compagnie de femmes extraordinairement jolies. Nicholas savait aussi qu'en général, si on avait affaire à cet homme, les ennuis n'étaient jamais loin. Mais il n'avait pas peur de lui. En fait, il savait que Riley était suffisamment rusé pour garder ses distances. Son regard fixe le rendait nerveux, se rendit-il compte, et finit même par le faire décamper.

Emily aussi remarqua le départ de Riley, et enrageait de l'imbroglio. D'une part, elle voyait ses efforts pour arriver à l'heure complètement anéantis — son rendez-vous n'aurait donc pas eu lieu finalement —, d'autre part, Nicholas avait de toute évidence compris la situation… Il allait maintenant la questionner sur les raisons de sa présence à Whiting Street, toute seule qui plus était.

Elle repéra alors une entrée imposante quelques mètres

plus loin sur sa droite, et déchiffra sur une plaque en cuivre : Woodgate et Wilson, avocats. La porte était entrouverte et on pouvait entrevoir un hall d'entrée très sombre.

— Il faut absolument que j'y aille ou je risque d'être en retard, dit-elle en saluant Nicholas d'un rapide signe de tête.

— Vous avez un rendez-vous ?

— Oui… avec M. Woodgate. Il s'agit d'une affaire privée. Bonne journée, monsieur.

Elle pivota sur ses talons en toute hâte, monta l'escalier d'un pas décidé et ouvrit la porte qui, elle l'espérait sincèrement, menait aux bureaux de MM. Woodgate et Wilson. Que dirait-elle à l'un ou l'autre de ces messieurs s'ils lui demandaient ce qu'elle faisait là ? Elle ne l'avait pas encore décidé… Mais le plus urgent, pour l'instant, c'était de s'éloigner du vicomte. Cette rencontre inopinée l'avait tellement troublée !

Nicholas regarda Emily s'éloigner, le sourire aux lèvres. Pas de doute possible. Mickey Riley en avait forcément après elle, et elle en était parfaitement consciente. Elle était même probablement venue dans le quartier pour le rencontrer. Elle lui avait servi un mensonge en invoquant un rendez-vous avec M. Woodgate, or le cabinet ne s'occupait presque exclusivement que de droit marin et d'assurance. Et à moins que M. Woodgate lui-même n'ait été déterré expressément pour l'occasion, il ne voyait pas comment Emily Beaumont le trouverait dans ce bâtiment. Il était en effet décédé depuis quelques mois déjà…

Il se dirigea vers sa calèche à grandes enjambées et y monta, intrigué. Il s'affala sur la banquette en cuir. Que diable se passait-il ? Sa curiosité était assez piquée pour qu'il ait envie de se lancer dans des recherches et essayer de découvrir ce qui se tramait.

Le couloir sentait le renfermé. Emily y avança à pas de loup, mais battit bien vite en retraite en apercevant un jeune employé qui était en train de griffonner sur un livre de comptes. On le voyait à peine derrière la pile de paperasse en équilibre précaire sur le bord de son bureau. Il avait dû apercevoir son ombre, car il tourna la tête dans sa direction avant de se remettre au travail. Ouf, décidément, il était moins une !

Elle retourna à pas lents dans le hall d'entrée. Il lui fallait inventer quelque chose, vite, pour justifier sa présence. Si on l'interrogeait, elle dirait simplement qu'elle s'était perdue et était entrée dans le mauvais bâtiment, résolut-elle. Encore quelques instants à s'attarder à l'intérieur… Dès que le vicomte serait parti, elle se faufilerait dehors.

Il s'en était fallu de peu… Quelle barbe tout de même cette rencontre ! Une journée de plus sans nouvelles de son frère, à cause du vicomte. Car elle n'avait rien appris de nouveau, si ce n'est que l'individu au nez cassé, qui avait traîné autour de leur maison et s'était lancé à la recherche de Tarquin, était bien celui qui lui avait envoyé la lettre. De toute évidence, être repéré ne lui avait pas plu puisqu'il avait filé dès qu'il s'en était rendu compte.

Emily se mit à faire les cent pas dans le hall, se demandant si elle pourrait réussir à le suivre et découvrir en quoi il était lié à la disparition de son frère. Il ne s'était pas passé tant de temps que cela entre le moment où l'homme s'était éclipsé et celui où elle était entrée dans l'immeuble.

Elle se dirigea alors vers la porte aussi discrètement que possible. Si la voie était libre, elle était bien décidée à rattraper ce gredin, coûte que coûte.

— Miss Beaumont ? Mais que faites-vous ici ?

Chapitre 4

— Je me cache, monsieur.

Malgré l'incongruité de la situation, Emily pensa qu'elle s'en était plutôt admirablement sortie : elle s'était exprimée d'une voix ferme et claire et son trouble était à peine perceptible… Il ne lui restait plus maintenant qu'à détacher ses yeux du visage de Mark Hunter et elle pourrait paraître tout à fait à son aise.

Négligemment appuyé sur le mur du hall d'entrée, ce dernier semblait bien décidé à lui soutirer tous les éclaircissements possibles. Il semblait même prêt à y consacrer tout son temps… Et elle, de son côté, demeurait totalement interdite, incapable de prononcer un mot. De plus, à la tête qu'il faisait, Mark Hunter prenait clairement son silence pour un refus catégorique d'engager plus avant la conversation.

Et puis que faisait-il là ? Il ne l'espionnait pas, tout de même ! Le coup de la surprise passé, elle s'avisa qu'il venait de sortir de l'un des bureaux et faisait donc partie des clients de MM. Woodgate et Wilson. Sa présence dans ce bâtiment prenait tout son sens : il était venu pour affaires et avait par conséquent — contrairement à elle — des raisons légitimes de se trouver là.

— Vous vous cachez ? répéta-t-il posément, comme s'il trouvait tout à fait naturel de bavarder avec elle dans un immeuble qui sentait le renfermé, plutôt que dans un élégant salon de réception des beaux quartiers.

— Oui. La porte était ouverte et je m'y suis engouffrée pour éviter qu'il ne m'adresse la parole une nouvelle fois.

— Qui que ce « il » soit, s'il vous ennuie, je peux facilement lui en faire passer l'envie…

Il avait parlé calmement, mais semblait si déterminé qu'Emily prit peur. Il paraissait décidé à sortir dans la rue en découdre sur un simple mot d'elle.

— Non, n'en faites rien ! Merci beaucoup pour votre sollicitude, mais vous n'y êtes pas du tout…

Rien que d'imaginer que le vicomte puisse ne pas être encore parti et qu'il se retrouve accusé de harcèlement envers elle, elle en eut de véritables haut-le-cœur. Aussi, lorsque Mark Hunter passa devant elle pour sortir, le saisit-elle vivement par le bras pour l'en empêcher et éviter tout esclandre.

A peine avait-elle posé ses doigts délicats sur son bras musclé qu'un frisson la parcourut tout entière. Elle se sentit brusquement toute petite et très fragile face à son imposante carrure. Et elle n'était pas non plus insensible à cette délicieuse odeur musquée qui semblait émaner de son corps chaud…

Son esprit, déjà troublé par leur rencontre inopinée, se mit alors à divaguer complètement. Nicholas Devlin était certes un homme bien bâti, mais, de fait, il n'arrivait pas même à la cheville de Mark Hunter. Et puis Nicholas avait les cheveux blonds, alors que Mark était aussi brun que le prince des ténèbres. Emily laissa doucement glisser son regard de ses larges épaules jusqu'à son visage très anguleux. Puis elle se troubla plus encore quand elle s'aperçut que les yeux de Mark semblaient rivés sur ses lèvres.

Mark, quant à lui, sentit tout à coup un afflux de sang dans ses veines et une envie irrépressible de la plaquer contre le mur et de l'embrasser à pleine bouche. C'était la femme la plus incroyablement désirable qu'il ait jamais vue, même dans cet épais manteau qui masquait ses formes si délicieuses. Elle lui avait fait cette étrange confidence — je me cache, monsieur — sans que la défiance qui avait jusque-là marqué son rapport à lui en fût atténuée, mais cette froideur n'apaisait en rien les élancements dans ses reins. Manifestement, Emily Beaumont ne l'appréciait toujours pas, alors que lui, de son côté, commençait à l'apprécier peut-être un peu trop…

Alors que l'atmosphère devenait terriblement tendue, ils entendirent quelqu'un tousser derrière eux. A la vitesse de l'éclair, Emily ôta sa main du bras de Mark et s'écarta d'un pas ou deux.

— Tout va bien, monsieur Hunter ? demanda quelqu'un d'une voix chargée de sous-entendus.

Emily tourna brusquement la tête : un homme les observait par-dessus la monture de ses lunettes. D'âge moyen et vêtu de sombre, il avait une mine sinistre et la regardait d'un drôle d'air. Tout dans son attitude trahissait le dégoût qu'elle lui inspirait.

— Je peux vous assurer, monsieur Hunter, que cette dame ne fait absolument pas partie de nos clients. Je vais faire appeler un agent et la faire chasser immédiatement si elle vous importune…

— Vous vous trompez, monsieur. Madame est une amie et je la raccompagne chez elle, répondit Mark d'une voix calme, mais avec une certaine froideur.

Emily sentit le rouge lui monter aux joues. Quoi ? Cet avocat la prenait pour une… une… Jamais on ne lui avait fait pareil outrage ! Elle n'avait rien à faire dans ce quartier, elle voulait bien le concéder, mais tout de même ! Elle tenait certes Mark Hunter par le bras lorsque l'homme les avait surpris et leurs corps pouvaient peut-être paraître un peu serrés l'un contre l'autre dans l'obscurité… De là à imaginer qu'elle l'abordait à des fins… vénales… c'était tout à fait choquant… Non. Inutile de se voiler la face. L'erreur était compréhensible. Les gestes que l'homme avait surpris étaient de fait très équivoques. A cette seule pensée, elle eut de nouveau les joues en feu.

M. Wilson paraissait maintenant tout aussi embarrassé qu'elle, voire davantage. Il marmonna des excuses inaudibles tout en triturant ses lunettes sur son nez crochu. Puis il disparut brusquement derrière une porte. Juste à temps, songea Emily dont l'embarras s'était mué en colère. Car son indignation était à son comble et elle était sur le point de sermonner ce faux dévot qui se mêlait de ce qui ne le regardait pas.

Mark avait-il soudain senti la sourde animosité qui l'agitait ? Toujours est-il qu'il la tira par le coude sans ménagement vers la sortie. Ils dévalèrent les marches à toute vitesse, puis il parcourut la rue du regard. Il n'y avait personne en vue.

— On dirait que votre trouble-fête est parti. Qui était-ce ? Une de vos connaissances ? Un inconnu ? demanda-t-il simplement.

Il fit un signe de la main et une voiture à deux places, prodigieusement élégante, s'arrêta devant eux le long du trottoir. Le cocher en descendit prestement, tendit les rênes à son maître et attendit patiemment la consigne de prendre place à l'arrière.

Emily fit un pas de côté, l'esprit tourmenté. Elle avait commencé la journée sens dessus dessous par la faute de son frère, et elle se poursuivait, tout aussi troublante. Deux autres hommes perturbaient sa tranquillité d'esprit, et chacun pour le même motif exactement : ils avaient eu tous les deux clairement envie de l'embrasser.

Quelques minutes plus tôt, Nicholas Delvin l'avait trouvée très séduisante, et il le lui avait même carrément dit. Mark Hunter, quant à lui, n'avait pas cherché à la flatter verbalement, mais lui aussi l'avait regardée avec les yeux pleins de désir, elle en était certaine… Alors, pour ce qui était de la morale, ce tartufe d'avocat aurait mieux fait de s'en prendre à son client, pas à elle ! D'autant qu'elle n'éprouvait aucune sympathie pour Mark Hunter… Elle ne risquait pas de le laisser l'embrasser ! Et pourtant… Bien malgré elle, elle se remit à frissonner légèrement à la pensée de ce qu'elle avait éprouvé lorsque leurs corps s'étaient touchés dans le couloir.

Mark observait avec attention les émotions fugaces qui animaient le ravissant visage d'Emily, devinant sans mal ce qui la perturbait. Que l'avocat ait pu un seul instant la prendre pour une catin en train de racoler dans l'entrée de l'immeuble avait dû profondément la choquer. C'était terriblement grossier et humiliant et elle était tout à fait en droit de s'en indigner.

— M. Wilson n'est qu'un pauvre imbécile ! dit-il tout à coup. Comment a-t-il pu avoir l'insolence de supposer qu'une femme de votre beauté et de votre rang pût être une femme de mauvaise vie ? Tout ce que je peux dire pour excuser cet idiot, c'est que, dans l'obscurité, il n'a pas pu distinguer quoi que ce soit.

A la simple évocation de l'incident, l'embarras avait de nouveau fait rougir Emily.

Il ajouta avec gentillesse :

— J'admets par ailleurs que cet homme n'est pas du genre très charitable. Mais c'est un excellent avocat, voilà ce qui le sauve… Voulez-vous que j'aille le chercher et que je lui demande de venir s'excuser auprès de vous en bonne et due forme ?

Emily voyait bien que cette histoire le chagrinait, qu'il était embarrassé pour elle et qu'il faisait tout ce qu'il pouvait pour l'apaiser. Elle en fut émue.

— Vous feriez cela, vraiment ? demanda-t-elle.

— Mais bien entendu ! A la seule condition cependant que vous me promettiez de m'attendre ici afin que je vous raccompagne chez vous.

Ah, ça non, alors ! Il n'était absolument pas question qu'elle se retrouve une nouvelle fois seule avec cet homme !

Elle répondit aussitôt :

— Je vous remercie sincèrement de cette délicate attention, monsieur, mais ne vous donnez pas tout ce mal. Je peux héler un fiacre.

Mark s'avança pour l'empêcher de passer et elle dut s'immobiliser pour ne pas le bousculer. Il dit d'un ton mi-sérieux, mi-amusé :

— J'espère que vous n'allez pas me faire passer pour un menteur, miss Beaumont. M. Wilson est très certainement en train de nous espionner, derrière sa fenêtre. Il tient certainement à s'assurer que nous sommes vraiment amis. J'ai donc bien l'intention de vous ramener chez vous.

Emily jeta alors un coup d'œil rapide vers le bâtiment. Quelqu'un venait effectivement de remettre en place un store en toute hâte. Elle se sentit davantage humiliée.

— Quel homme insupportable, murmura-t-elle.

— J'espère que vous parlez de M. Wilson, et non pas de moi, déclara Mark, pince-sans-rire.

Emily lui accorda un petit sourire.

— Voulez-vous que je lui fasse la leçon avant de partir ? demanda-t-il une nouvelle fois.

— Non, surtout pas, n'en faites rien. Ce n'était pas tout à fait sa faute s'il s'est mépris sur mon compte. Ce qu'il a vu a dû lui sembler… assez étrange…

Elle se mordit la lèvre et fronça les sourcils, regardant de l'autre côté de la rue pour masquer son embarras.

Mark lui tendit la main pour l'aider à monter en voiture et elle accepta de bonne grâce.

— Les jeunes femmes de bonne famille ne viennent que très rarement dans ce quartier. En général, elles sont accompagnées d'un homme de leur entourage si elles y viennent pour affaires.

Emily crut percevoir une intention cachée dans cette explication qui sonnait comme un préambule : Mark Hunter allait sûrement enchaîner sur un tas de questions concernant sa présence pour le moins insolite dans la rue. Comme elle ne tenait pas du tout à se justifier, elle ajouta rapidement :

— Je présume que M. Woodgate est plus sympathique que M. Wilson. Je ne me trompe pas, c'était bien M. Wilson qui nous a interpellés ?

— C'était bien lui, en effet. Et vous avez raison de supposer que M. Woodgate était un homme très affable. M. Wilson avait bien meilleur tempérament avant la mort de son associé. J'imagine sans peine qu'il trouve la charge de travail trop importante depuis que M. Woodgate est mort.

— M. Woodgate est mort ? reprit Emily, atterrée.

— Oui. Il est décédé brutalement il y a quelques mois déjà. D'une crise cardiaque.

Quelle espèce d'idiote elle faisait ! Nicholas Devlin savait sans aucun doute que l'avocat était mort. Il l'avait prise en flagrant délit de mensonge. Qu'allait-il s'imaginer, maintenant ?

— Vous ne voulez vraiment pas me dire qui vous cherchiez à éviter ? C'est un si lourd secret ? insista Mark.

— Un secret ? Grands dieux, non... C'était juste une connaissance, un gentleman que je n'avais pas vu depuis quelque temps.

Pour couper court à d'autres questions, elle ajouta :

— Il faut impérativement que j'aille acheter un cadeau d'anniversaire à ma mère. Auriez-vous la gentillesse de me déposer dans Regent Street ? J'aimerais aller chez Mme Joubert.

La mention de la modiste française lui rappela alors la dernière fois qu'ils s'étaient rencontrés. Ce jour-là, Mark s'était proposé de tout mettre en œuvre pour retrouver Tarquin, tandis que son amie Sarah et Barbara Emerson s'étaient éloignées pour admirer les soieries. Pourquoi ne pas saisir alors l'occasion de lui demander s'il avait appris quelque chose à propos de son frère ? Qui sait, il aurait peut-être quelques informations à lui donner... Avec un peu de chance, parler de Tarquin détournerait d'elle son attention et lui ferait passer l'envie de la questionner plus avant. Elle se sentait mal à l'aise car, à la vérité, elle n'avait pas la moindre raison qui pourrait justifier son refus d'expliquer pourquoi elle avait essayé d'éviter Nicholas Devlin, l'homme qu'elle avait failli épouser autrefois.

— Nous n'avons toujours aucune nouvelle de Tarquin à la maison. Avez-vous découvert quoi que ce soit, de votre côté ?

Elle s'assombrit en songeant à l'inquiétude de ses parents. Tarquin n'avait pas donné signe de vie depuis si longtemps !

— Mon père semble maintenant très préoccupé. D'habitude, Tarquin vient assez vite quémander de l'aide auprès de lui quand il a des problèmes. Mais pas cette fois. Or, des problèmes il en a, nous en sommes tous intimement persuadés. Sa logeuse ne l'a pas vu depuis des semaines et, apparemment, il est parti sans payer son loyer.

Mark la regarda du coin de l'œil. Elle ne cherchait plus à lui cacher sa nervosité, se mordillant la lèvre inférieure et se pressant les mains sur les genoux. Elle paraissait même l'implorer du regard, ce qui provoqua en retour chez lui une onde de désir. Mais ce qui le troublait bien plus que sa beauté, c'était la nature de ce qu'il éprouvait pour elle : un intérêt qui allait bien au-delà de la simple et banale attraction physique.

Dans l'entrée de l'immeuble, il avait été à deux doigts de l'embrasser et, pour être tout à fait honnête, il avait maintenant une folle envie de trouver un endroit tranquille pour reprendre là où ils en étaient restés… Il voulait tout autant retrouver Tarquin et l'accabler de reproches. Comment pouvait-il tourmenter ainsi sa sœur ?

Il avait sa petite idée du lieu où son ami avait sûrement trouvé refuge. Il avait déjà réussi à récolter quelques renseignements et se doutait bien de ce que ce mécréant avait pu faire avant de disparaître de la circulation. Mais ce n'était pas le genre de choses que l'on pouvait raconter à une jeune fille de bonne famille.

Sir Jason Hunter, son frère aîné, n'avait fait aucune difficulté à lui dire tout ce qu'il savait au sujet de Tarquin. Un soir qu'il rentrait d'un spectacle donné à Drury Lane avec Helen, son épouse, ils l'avaient aperçu dans une ruelle sombre, apparemment ivre mort et en très mauvaise compagnie. Jason avait aussi ajouté qu'une catin particulièrement avenante avait tout l'air de lui avoir mis le grappin dessus.

Un sourire amer contracta soudain les lèvres de Mark. Peut-être bien que Tarquin avait fini par suivre son conseil à la lettre ? Quelques mois plus tôt, il lui avait en effet suggéré, non sans ironie, de s'adonner à d'autres vices que celui qui consistait à dépenser bêtement tout son argent au jeu.

Emily semblait maintenant attendre patiemment sa réponse. Il lui raconta donc ce qu'il savait, dans les grandes lignes, et avec beaucoup de précautions.

— Mon frère et ma belle-sœur ont vu votre frère il

y a deux semaines environ. Quant à moi, je vous renouvelle ma promesse : je vais faire tout ce qui est en mon pouvoir pour poursuivre mes recherches et obtenir un maximum d'informations.

— Où l'ont-ils vu ?

En son for intérieur, Emily se promit de passer voir Helen le plus rapidement possible pour l'interroger. Elles étaient amies depuis très longtemps, bien avant le mariage de cette dernière avec Jason Hunter.

— A Covent Garden, alors qu'ils étaient en train de sortir de l'opéra.

— Lui aussi allait au théâtre ?

Sans lui laisser le temps de répondre, elle poursuivit, la voix chargée d'émotion :

— Avec qui se trouvait-il ? Nous pourrions peut-être en apprendre davantage en nous adressant à ceux qui l'accompagnaient.

— Il n'était pas au théâtre, malheureusement. Et ses compagnons, j'en ai bien peur, n'étaient pas de ceux que l'on retrouve facilement… Jason n'a fait que l'entrevoir de sa calèche alors qu'il rentrait chez lui. Mais je retrouverai votre frère, miss Beaumont. Faites-moi l'honneur de croire que je suis un homme de parole…

Ils étaient arrivés devant le magasin de Mme Joubert et Mark arrêta la voiture.

Ainsi Tarquin avait été vu deux semaines auparavant… Elle aussi avait récolté quelques informations, mais elle hésitait à les divulguer. Devait-elle raconter à Mark Hunter qu'elle avait reçu une lettre lui enjoignant de se rendre à Whiting Street ? Peut-être qu'en lui décrivant l'individu au nez cassé, il pourrait la renseigner sur cet homme et sur ses liens supposés avec Tarquin.

Elle choisit finalement de se taire. Avec lui, elle préférait rester sur ses gardes.

Il avait déjà fait emprisonner son frère et pour quoi ? Pour une somme dérisoire, une dette de cent livres sterling à peine ! Ils étaient certes redevenus amis par la suite, mais Mark Hunter avait-il véritablement l'intention d'aider Tarquin ? Elle ne lui avait jamais pardonné ce geste qu'elle ne comprenait toujours pas de la part de quelqu'un qui s'honorait du titre d'ami, et elle ne parvenait pas à lui faire entièrement confiance.

Mark Hunter et Nicholas Devlin avaient une chose en commun : tous deux semblaient s'intéresser bien plus à sa personne qu'à son frère et c'était pourquoi la promesse de Mark restait pour elle entachée de soupçon. Elle n'avait nullement l'intention d'encourager les deux hommes dans cette voie, ni de devenir d'une quelconque façon la débitrice de Hunter. Par ailleurs, ils avaient beau n'être pas libres, tous deux avaient prouvé aujourd'hui que mari ou amant, ils étaient tout aussi prêts à l'inconstance. Si elle les avait encouragés et s'ils s'étaient trouvés dans un endroit plus intime, l'un comme l'autre l'aurait certainement embrassée. Et cette pensée la faisait littéralement bouillir d'indignation. Etait-ce parce qu'elle approchait de l'âge où bientôt on la considérerait comme une vieille fille qu'ils se figuraient qu'elle leur serait reconnaissante de leurs attentions pour le moins ambiguës ?

— Je vais attendre devant le magasin, proposa Mark, interrompant sa réflexion, et quand vous aurez fini vos emplettes et trouvé un cadeau pour votre mère, je vous reconduirai chez vous.

Emily accepta volontiers son aide pour descendre de voiture. Oui, songea-t-elle, Mark Hunter lui témoignait incontestablement plus de considération qu'on en attendrait de la part de l'ami d'un frère. Il cherchait à la séduire, et à n'en pas douter, pensait que sa beauté et sa richesse suffiraient à la faire tomber dans ses bras. Peut-être même s'imaginait-il qu'elle était désespérée par la disparition de son frère au point de se conduire avec lui comme la dernière des écervelées. Or cette bêtise, elle l'avait déjà commise une fois par le passé, avec Nicholas Devlin, et elle s'était fait le serment solennel de ne plus jamais recommencer !

Il était d'ailleurs de notoriété publique que les frères Hunter étaient des libertins, bien que Jason se soit rangé quand il avait épousé Helen Marlowe. Il s'était même transformé en mari tendre et dévoué, et Emily se demanda si Mark en ferait de même, lorsque Barbara Emerson aurait réussi à l'amener devant monsieur le curé.

— Merci beaucoup de m'avoir conduite jusqu'ici, monsieur, et merci également de proposer de m'attendre, mais j'ai bien d'autres choses à faire après mes emplettes chez Mme Joubert, dit Emily en se dirigeant déjà vers le magasin.

Sur le point d'y entrer, elle hésita, assaillie par l'irrésistible envie de tourner la tête pour voir s'il était toujours en train de la regarder. Elle s'y risqua en définitive. La voiture n'avait pas bougé d'un centimètre et Mark non plus… Leurs regards demeurèrent accrochés l'un à l'autre quelques instants, puis elle détourna les yeux. Il lui fallait maintenant tenter d'expliquer pourquoi elle s'était retournée pour le regarder. Elle chercha, fébrile…

— Bien entendu, dit-elle enfin, si vous veniez à apprendre quoi que ce soit concernant Tarquin, nous vous serions reconnaissants de nous informer au plus tôt, que les nouvelles soient bonnes ou mauvaises.

Puis, sans plus attendre cette fois, elle entra dans la boutique.

Chapitre 5

— Alors, qu'est-ce qu'elle a dit ? demanda Jenny Trent, tout excitée.

Mickey Riley se contenta de la toiser méchamment du regard, sans lui répondre. Visiblement très contrarié, il fit un mouvement brusque d'épaule pour se débarrasser de la main qu'elle y avait délicatement posée et se laissa lourdement tomber dans un canapé élimé. Un poêle était allumé dans la pièce minuscule qu'ils occupaient, mais du linge étendu devant, sur une chaise, les empêchait d'apprécier la maigre chaleur qui en émanait. D'humeur décidément irascible, Mickey donna un grand coup de pied dans la chaise qui se renversa, si bien que tous les vêtements s'éparpillèrent sur le plancher crasseux.

— C'est un vrai taudis, ici ! Ça t'arrive de faire le ménage, espèce de souillon ?

Soudain sur ses gardes, Jenny se risqua à remettre la chaise branlante sur ses quatre pieds tout en gardant un œil sur Mickey. Elle ramassa ses bas et ses jupons, les épousseta, puis les étendit de nouveau soigneusement sur la chaise pour les faire sécher.

— Elle ne va pas jouer le jeu, c'est ça ? demanda-t-elle.

— Je ne sais pas encore, fit-il d'un ton bourru.

— Si je comprends bien, elle s'est même pas pointée, murmura-t-elle d'un ton méprisant. Je te l'avais bien dit que c'était une perte de temps.

Mickey Riley se leva d'un bond, les poings serrés.

— J'ai fait tout ce qui fallait ! hurla-t-il. Elle est bien venue au rendez-vous, et même qu'elle était parfaitement à l'heure, mais il y a un rupin de malheur qui l'a accostée dans la rue. Il m'a vu et m'a regardé d'un air un peu trop curieux. Alors, je n'ai pas demandé mon reste et j'ai filé vite fait. Je le connais ce type en plus. Toi aussi d'ailleurs. C'était le vicomte Devlin et je ne tiens vraiment pas à me le mettre à dos, je peux te le dire !

— Devlin ? répéta Jenny, ébahie.

Ah, ça, oui, pour le connaître ce type-là, elle le connaissait ! Et beaucoup trop bien. Il fut un temps où il l'avait trouvée à son goût et chaque fois qu'il était monté avec elle, elle avait vraiment détesté ça. Derrière son apparence de dandy très élégant se cachait une grosse brute aux tendances perverses.

Elle demanda tout à trac :

— Tu crois que la sœur de Tarquin lui a parlé de la lettre que tu lui as envoyée ?

— Non, sûrement pas ! Quand il m'a repéré, je suis parti, mais je ne suis pas allé très loin. Je me suis caché dans une ruelle et je les ai observés. Ils n'ont pas parlé très longtemps. Je crois bien qu'elle, elle ne demandait qu'à s'esquiver, en fait. Je l'ai vue entrer en trombe dans l'immeuble de l'avocat Wilson. Devlin ne l'a pas suivie. Il est reparti dans son carrosse.

— Et alors ? T'as fait quoi, après ? T'as attendu qu'elle ressorte de l'immeuble ?

Mickey acquiesça.

— Mais c'était encore du temps de perdu. Quand elle est sortie de chez Wilson, elle était en compagnie d'un autre type. C'était le même que l'autre fois, quand on était devant le magasin chic dans Regent Street… Il doit l'avoir à la bonne… Et inversement, d'ailleurs, car elle est montée dans son cabriolet sans se faire prier et ils sont ensuite partis comme des flèches. Du coup, je n'ai même pas eu l'occasion de m'approcher d'elle.

— Tu vas retenter ta chance un autre jour ?

— Evidemment ! répondit-il sèchement.

— Je crois que ça ne servira à rien de faire ça, si tu veux mon avis. Ce n'est pas en s'y prenant comme ça qu'on va retrouver Tarquin. Faudrait l'oublier celui-là et commencer à chercher un autre pigeon à plumer.

A ces mots, Mickey lâcha un chapelet de jurons. Ce qui n'empêcha pas Jenny de réitérer sa proposition avec un certain bagout.

— Mais tu vas te taire, pauvre sotte ! Tu ne vois pas que je réfléchis ? rugit-il.

— A quoi est-ce que tu penses ?

Les yeux rivés au plafond, Mark finit par émerger lentement de sa torpeur tandis que sa maîtresse, entièrement nue, se penchait sur lui pour l'embrasser goulûment sur les lèvres. Ce baiser lui arracha un léger frémissement, mais il garda pourtant les mains derrière la nuque, plutôt indifférent à cette ombre qui semblait s'agiter frénétiquement au-dessus de lui.

— Mark, à quoi tu penses ? insista Barbara en s'étirant voluptueusement à travers le lit.

Elle dessina du bout d'un doigt le contour de ses muscles bien dessinés sur son torse puis, lentement, descendit plus bas.

Elle lui avait délibérément parlé sur un ton irrité, mais, au fond, elle savait qu'il aurait été plus judicieux de ne pas lui exprimer ouvertement son mécontentement. Cela faisait maintenant de longues semaines que l'emprise qu'elle exerçait sur lui semblait doucement faiblir, et elle n'y songeait pas sans inquiétude. Cela n'arrangeait pas ses petites affaires, mais alors pas du tout. Car ce qu'elle voulait, c'était que Mark la demande en mariage dans les plus brefs délais et qu'il lui fasse un enfant ! Après toutes ces années passées avec lui, elle en avait assez de son statut de maîtresse ; elle voulait enfin pouvoir accéder au rang d'épouse.

Ils avaient tous les deux à peu près le même âge et dix ans plus tôt, ils avaient même fait des projets de mariage, sans pour autant fixer de date précise. Puis, en dépit de ses vives protestations, Mark avait soudain pris la décision de partir pour un grand voyage autour du monde. Cette nouvelle l'avait plongée dans la plus profonde désolation car, outre la séparation qu'elle n'envisageait pas sans appréhension, elle avait alors compris qu'il n'était pas aussi dépendant de ses charmes qu'elle le croyait.

Peu de temps après son départ, elle était encore si terriblement en colère contre lui qu'elle avait accepté sans sourciller la demande en mariage d'un homme bien plus âgé et plus fortuné que lui. Sur le moment, cela lui avait paru une très bonne idée de punir ainsi Mark de l'avoir abandonnée, mais, en fait, cette union s'était révélée être un choix complètement stupide qu'elle n'avait eu cesse de regretter par la suite.

Lorsque Mark était rentré en Angleterre, il avait pris la nouvelle de son mariage avec beaucoup de calme et de philosophie. Beaucoup trop, et elle avait vécu cette absence d'émoi comme une insulte ; elle en avait été cruellement blessée. Sans compter que les aventures galantes de Mark la rendaient malade de jalousie. Pourtant, malgré tout, à la mort de son mari, ils étaient redevenus amants.

Il n'y avait pas si longtemps encore, pensa-t-elle avec une grande tristesse, une simple caresse ou un simple baiser d'elle suffisait amplement à éveiller son désir. S'ensuivaient alors de longues heures durant lesquelles il lui faisait l'amour passionnément. Mais depuis plusieurs semaines, il lui fallait sortir le grand jeu chaque fois, si elle voulait parvenir à ses fins. Oubliant cependant sa rancœur, elle se mit à le masser, effectuant de grands mouvements voluptueux sur son corps ferme. Lorsqu'elle le sentit prêt, elle se rapprocha et se balança doucement au-dessus de lui, effleurant sa poitrine de ses seins, avec sensualité. Réagissant d'instinct à ses lèvres avides, Mark lui passa machinalement une main derrière la tête, la laissant faire monter son excitation tandis que, sous ses paupières closes, une femme aux longs cheveux blonds bouclés et aux yeux bleus entamait une danse érotique rien que pour lui. Il jura tout à coup à mi-voix et chassa fermement de son esprit l'image importune d'Emily Beaumont pour pouvoir s'intéresser à la femme qui se trouvait dans son lit.

Manifestement, Mark Hunter ne fut pas le seul homme ce soir-là à manquer d'attention envers sa compagne, hanté et accaparé tout entier lui aussi par l'image d'Emily.

Nicholas Devlin souffrait du même mal.

En rentrant chez lui, il n'avait guère passé plus de dix minutes à accomplir son devoir conjugal dans la chambre à coucher de sa femme. Il avait ensuite enfilé son peignoir de soie et nonchalamment quitté la pièce, sans dire un mot. Et s'il avait par hasard remarqué que son épouse avait les yeux brillants de larmes, ni la frustration ni la tristesse de celle-ci n'avaient paru l'affecter en aucune manière.

Il l'avait épousée cinq mois plus tôt et lui avait fait un enfant presque aussitôt. Mais sans réel plaisir. Et, pensa-t-il avec une certaine colère, son désir se retrouvait encore une fois inassouvi.

Il se dirigea à pas lents vers la bibliothèque dont l'immense fenêtre surplombait Cleveland Street. Les yeux levés vers le ciel étoilé, il songea avec délice à la femme qui, elle, savait si bien s'y prendre pour éteindre le feu de ses reins.

Non pas qu'il regrettait de ne pas avoir épousé Emily Beaumont. Il n'allait pas jusque-là. Il avait toutes les raisons de se féliciter de son mariage, et aucun reproche à faire à sa femme. Frances tenait parfaitement son rôle d'épouse : elle était séduisante, docile et savait tenir son rang. De plus — et cela faisait toute la différence — elle lui avait apporté une dot considérable et lui avait également permis d'élargir le cercle de ses relations de manière véritablement conséquente.

Emily, de son côté, n'aurait pu lui procurer aucun de ces avantages. Mais, en revanche, elle était d'une beauté à couper le souffle et, surtout, il n'oublierait pas de sitôt l'entrain avec lequel elle avait par le passé répondu à ses ardeurs ! Depuis, il ne cessait de regretter qu'elle fût de si bonne naissance, car elle aurait sans nul doute fait une courtisane des plus exquise. Son tempérament fougueux était compensé par sa timidité naturelle. Mais, par-dessus tout, elle avait le corps et la volupté d'une déesse, et son innocence la rendait encore plus attirante.

Quand il l'avait rencontrée pour la première fois, il avait aussitôt été envoûté par son tempérament mi-femme mi-enfant et il s'était mis à la désirer avec la force du désespoir. Pour être tout à fait honnête, s'il avait demandé sa main, c'était uniquement à la perspective des plaisirs de la chair avec elle, pas du tout par amour. Il s'était d'ailleurs maudit de l'avoir fait, une fois l'union charnelle consommée. Quelle imbécillité d'aller épouser une héritière sans grande fortune, s'était-il ensuite reproché, alors qu'elle s'était donnée à lui…

Mais sans demande en mariage, il n'aurait rien obtenu. De cela, il avait conscience. Dès le début, il avait bien compris qu'il n'avait absolument aucune chance de parvenir à la séduire s'il ne lui déclarait pas sa flamme et s'il ne la demandait pas officiellement en mariage. Il ne s'était donc pas fait prier pour lui murmurer à l'oreille tout ce qu'elle avait envie d'entendre et n'avait pas éprouvé le moindre remords à entretenir à grand renfort de mensonges la véritable vénération qu'elle avait pour lui. Il avait également manœuvré très habilement avec Cecil Beaumont, lui parlant d'honneur et de sécurité d'un ton noble et sincère.

Mais, en réalité, et comme son père avant lui, il menait une vie de débauche. Et quand ses dépenses s'étaient mises à croître un peu plus chaque jour tandis que son compte en banque fondait, lui, comme neige au soleil, il s'était sérieusement demandé comment il pourrait s'y prendre pour se délier de cet engagement afin de partir en quête d'une héritière bien plus fortunée, sans s'attirer pour autant les foudres de la bonne société.

Bien malgré lui, Tarquin Beaumont lui avait finalement épargné la peine de fomenter des plans tortueux. Certes, il ne lui avait toujours pas pardonné les coups reçus, mais il devait bien reconnaître que leur inimitié lui avait rendu un très grand service : cela lui avait permis d'annuler son mariage avec Emily sans que la responsabilité lui en incombe officiellement et de se tourner vers une héritière mieux dotée. Non sans regret, hélas… Car avec Frances qui grossissait à vue d'œil, et qui était, il fallait bien le dire, d'un ennui mortel, il était de nouveau obsédé par l'irrépressible envie de posséder Emily.

Quand, en la rencontrant au cours de l'après-midi, il lui avait avoué qu'il pensait souvent à elle, il n'avait absolument pas menti. En réalité, il n'avait jamais cessé de penser à elle, bien qu'il n'ait que rarement l'occasion de la voir, car ils ne fréquentaient pas les mêmes cercles. Il commençait même à désespérer d'avoir un jour la chance de pouvoir la rencontrer seul à seul. Mais l'occasion s'était enfin présentée… Emily pouvait bien le traiter avec une froideur toute calculée, il voyait bien qu'elle n'était pas indifférente. Par ailleurs, elle avait mûri et connaissait désormais bien les usages du monde. Aussi était-il confiant : s'il jouait finement, il saurait faire en sorte de la séduire de nouveau et d'en faire sa maîtresse.

Grâce à son épouse, il nageait à présent dans l'opulence, et il ne voyait aucune raison de ne pas s'adonner aux plaisirs de la chair avec une femme élégante et raffinée plutôt qu'avec les catins de Mickey Riley. Il avait largement les moyens de subvenir aux besoins d'une maîtresse de qualité et de l'installer confortablement dans un quartier chic de la ville. Il savait en outre exactement à quelle femme il avait envie de rendre régulièrement visite. Tout ce qu'il lui restait à faire, c'était de parvenir à convaincre Emily Beaumont…

Et il entrevoyait justement un moyen. Il arriverait certainement plus facilement à ses fins s'il découvrait pourquoi la jeune femme s'était secrètement rendue à Whiting Street et la raison pour laquelle Mickey Riley semblait l'observer si attentivement.

— Emily ! Cela me fait tellement plaisir de te voir ! Tu es bien matinale aujourd'hui…

Emily embrassa chaleureusement Helen Hunter et accepta l'invitation d'entrer qui venait de lui être faite. Tandis qu'elles pénétraient toutes les deux dans le salon rose, meublé avec beaucoup de goût, Emily fit une petite grimace en guise d'excuse et dit :

— Je sais qu'il est un peu tôt pour une visite, Helen, mais j'ai quelque chose d'urgent à te demander.

Refermant le livre abandonné un instant plus tôt dans le fauteuil, Helen l'invita alors à s'asseoir, puis, s'étant installée à son tour, elle lui adressa un sourire tout chargé de curiosité.

— Ta visite me fait très plaisir, mais je ne te cache pas qu'elle m'intrigue aussi beaucoup. Inutile de tergiverser. Dis-moi tout de suite ce qui te tracasse.

— J'ai rencontré par hasard ton beau-frère hier et il m'a dit quelque chose dont il faut absolument que je te parle…

Helen s'enfonça dans son fauteuil en poussant un profond soupir. Elle savait très bien qu'Emily n'aimait pas Mark et en connaissait très bien aussi les raisons. Son mari, Jason, lui avait maintes fois raconté toute l'histoire. Mais elle savait aussi que, si Mark avait par le passé fait emprisonner le frère d'Emily, il ne l'avait pas fait par méchanceté, ni même pour récupérer une somme d'argent dont il n'avait pas besoin, mais pour son bien.

— Mark t'aurait-il contrariée ? demanda-t-elle sans trop y croire.

Helen savait aussi que son beau-frère se mettait en quatre pour se montrer le plus agréable possible envers Emily. En fait, elle n'était pas loin de penser qu'il avait un secret béguin pour elle et cela l'attristait un peu de voir qu'Emily ne l'appréciait guère.

— Non, il ne m'a pas contrariée… enfin, pas de manière intentionnelle. Mais il m'a dit quelque chose à propos de Tarquin qui me tracasse beaucoup. Pour être tout à fait honnête, c'est une information que je lui ai, en quelque sorte, soutirée.

Helen eut un petit rire amusé.

— S'il te plaît, tu pourrais tout reprendre depuis le début ? Je suis complètement perdue !

Emily fit un geste d'excuse, consciente que son entrée en matière avait été plutôt confuse. Elle enleva son chapeau et ses gants en soupirant, et tenta de rassembler rapidement ses esprits.

— Et si nous prenions le thé ? suggéra Helen. Nous allons avoir besoin d'un rafraîchissement si nous voulons vraiment éclaircir cette affaire, et je crois que c'est ce que nous désirons toutes les deux…

Elles étaient des amies très proches depuis fort longtemps et, au cours des années passées, elles avaient été amenées à se confier divers secrets, certains dont elles étaient fières et d'autres moins. C'est comme cela que, deux semaines plus tôt, Emily avait eu l'immense privilège d'apprendre avant tout le monde la merveilleuse nouvelle : Helen pensait être enceinte de son premier enfant ! Aussi, tout en buvant son thé, ce fut en toute franchise qu'Helen répondit à ses questions. Elle lui raconta que la fois où son époux et elle avaient vu Tarquin, il semblait passablement ivre et était en train d'enlacer une femme — une prostituée, selon toute probabilité — dans une ruelle près de Covent Garden. Elle fut néanmoins très surprise d'apprendre que, peu de temps après, Tarquin avait disparu.

Après ce début de conversation menée à bâtons rompus, toutes deux restèrent assises en silence, plongées dans leurs pensées respectives pendant quelques minutes.

Emily reposa sa tasse sur une petite table d'appoint.

— Parle-moi franchement, Helen…, reprit-elle alors. Est-ce que tu penses qu'on a pu l'attaquer ? Et dans ce cas, pourquoi ? Pour lui voler son argent ? A moins qu'il n'ait des ennemis ? Ceux qui s'en sont pris à lui n'avaient peut-être pas vraiment l'intention de lui faire du mal, mais… s'il avait eu un terrible accident ?

Helen se leva d'un bond et se précipita vers le fauteuil où était assise Emily.

— Chut…, lui dit-elle d'un ton apaisant, s'accroupissant à côté d'elle pour la réconforter. Que vas-tu imaginer ? Réfléchis un peu… Si tous les gentlemen qui frayaient avec les prostituées de Covent Garden se faisaient attaquer et disparaissaient, il n'y aurait, hélas, plus beaucoup de jeunes célibataires à Londres.

La remarque arracha un sourire à Emily.

— Tu crois qu'il est simplement trop occupé à boire et à faire la fête ?

Helen leva les yeux au ciel.

— Si c'est le cas, il finira forcément par rentrer, avec un bon mal de tête et les poches vides, qu'il soit roué de coups ou pas.

Elle prit doucement les mains d'Emily pour essayer de la calmer.

— Veux-tu que je demande à Jason de se mettre à sa recherche ?

Emily secoua vigoureusement la tête.

— Non, c'est très gentil à toi, Helen, mais ton beau-frère m'a déjà proposé de mener une petite enquête. Je ne tiens pas à ce que ton mari se donne lui aussi cette peine.

Reprenant un peu espoir, elle ajouta :

— Je me demande bien si c'est la raison pour laquelle cette espèce de brute au nez tordu m'a fait envoyer la lettre. Il voulait peut-être m'annoncer que Tarquin n'était pas pour l'instant en état de rentrer à la maison. Il ne s'agit peut-être pas du tout d'une dette de jeu cette fois, qui sait ? Mais je suppose que cet individu ne joue pas les messagers pour rien et qu'il viendra me réclamer de l'argent à un moment ou à un autre, pour s'être donné toute cette peine…

Helen la regarda avec surprise.

— Une lettre ? Une brute au nez tordu ? C'est assez étrange, tu ne trouves pas ? Que se passe-t-il à la fin ?

— C'est ce que j'aimerais bien savoir, figure-toi, répondit vivement Emily.

Elle se mit alors à raconter dans ses grandes lignes toute l'histoire à son amie : son rendez-vous manqué à Whiting Street, puis sa rencontre fortuite avec le vicomte Devlin, d'abord, et ensuite avec Mark Hunter.

— Attends une seconde, Emily… Tu vas beaucoup trop vite… Donne-moi plus de détails. Tu as parlé avec ton ancien fiancé ? Je pensais que le vicomte et toi, vous gardiez vos distances.

— Oui, c'est bien ainsi que les choses se sont passées jusqu'ici. Mais cette fois, il s'est comporté tout autrement. Je dois même dire que son attitude avec moi n'a pas du tout été celle que l'on attend d'un homme marié.

Avec une moue réprobatrice, elle poursuivit :

— J'ai dû me réfugier dans un immeuble sous un prétexte quelconque pour lui échapper, et c'est là que je suis tombée sur ton beau-frère.

L'image de leurs corps très près l'un de l'autre dans le couloir sombre lui revint tout à coup à l'esprit, et elle se sentit rougir jusqu'aux oreilles. Mais, reprenant aussitôt son sang-froid, elle revint au sujet qui la préoccupait.

— Mark m'a raccompagnée chez moi et c'est à ce moment-là qu'il m'a dit que Jason et toi aviez vu Tarquin, mais il n'avait pas l'air disposé à me donner davantage de détails.

Après les éclaircissements d'Helen, elle comprenait mieux pourquoi Mark Hunter avait semblé si réticent à lui décrire les compagnons de Tarquin. Un gentleman ne pouvait pas se permettre d'informer une dame que son frère s'était donné du bon temps avec des prostituées. Cela ne se faisait pas, c'est sûr… Même si par ailleurs la dame en question avait elle-même été prise en sa compagnie pour une racoleuse quelques instants plus tôt ! Ce souvenir la déstabilisa l'espace d'un instant, puis elle se demanda avec une pointe d'amusement ce que son amie penserait d'elle en apprenant qu'elle avait été prise pour une catin.

— Mark a dû trouver curieux de te rencontrer seule dans ce quartier. Tu lui as expliqué pourquoi ? Tu lui as dit que tu avais reçu un message et que tu t'étais rendue à Whiting Street pour essayer d'en savoir davantage sur la disparition de Tarquin ?

Emily fit non de la tête.

— Je voulais d'abord découvrir ce que cet individu pouvait bien avoir à me raconter, objecta-t-elle, sans oser avouer qu'elle se méfiait encore de Mark. Tu sais bien qu'on peut s'attendre à tout avec mon frère. Ce ne serait pas la première fois qu'il serait à l'origine d'un scandale.

— Tu peux avoir toute confiance en Mark, tu le sais, lui fit doucement remarquer Helen.

A ces mots, Emily se raidit. S'il y avait un sujet de désaccord entre elles, c'était bien celui-là.

— Il s'est comporté de manière épouvantable avec Tarquin par le passé, dit-elle avec aigreur.

— Je sais bien que c'est ce que tu penses… mais… oh, et puis laissons tomber cette discussion pour l'instant, veux-tu ? Je n'ai pas envie de me disputer avec toi.

Emily acquiesça.

— Il va sans dire, Helen, que je préférerais que cette conversation reste uniquement entre nous.

— Bien évidemment. Avec moi, tes secrets sont

toujours bien gardés. Comme je suis persuadée que les miens le sont aussi avec toi.

Elles échangèrent alors un sourire complice.

— Ah, ces frères ! s'exclama Emily.

— Tu l'as dit, renchérit Helen avec un soupir de regret, car elle aussi avait connu bien des tourments à cause du comportement égoïste de son frère aîné.

Elle souleva la théière pour leur resservir du thé et la reposa en constatant qu'elle était vide.

— Je crois qu'il nous faut en fait quelque chose d'un peu plus fort, annonça-t-elle en allant chercher une carafe et deux verres en cristal.

Une demi-heure plus tard, réconfortée par un grand verre de sherry, Emily ressortit sous un soleil radieux. Cette conversation avec Helen lui avait fait du bien, mais son esprit restait néanmoins préoccupé par les trois hommes qui semblaient s'être donné le mot pour venir troubler sa tranquillité. Elle savait bien que seule la pensée de Tarquin aurait dû l'occuper, mais elle ne pouvait pas s'empêcher de revenir sur la déclaration à peine dissimulée de Nicholas Devlin. Elle lui manquait beaucoup, lui avait-il dit, mais ses yeux en avaient dit bien plus encore, et sans équivoque. Etait-ce un nouveau mensonge de sa part ? Malgré cette interrogation, elle s'avisa que c'était surtout le souvenir de Mark Hunter qui l'agitait, le regard dont il l'avait enveloppée, et le trouble qui s'était emparé d'elle, quand ils étaient restés collés l'un à l'autre dans le couloir.

Agacée de sentir qu'elle commençait à se soucier bien plus de lui qu'elle ne l'aurait voulu, Emily poussa un soupir d'impatience et accéléra machinalement le pas. La seule personne qui semblait pouvoir l'éclairer sur le sort de Tarquin était l'inconnu au nez cassé qu'elle avait vainement essayé de rencontrer. Comment le retrouver maintenant ?

Elle était presque arrivée chez elle quand elle aperçut un homme qui venait droit sur elle. Elle reconnut aussitôt l'homme en question, qui avançait en jetant des regards furtifs à gauche et à droite. Il bifurqua soudain dans une ruelle située entre deux maisons et lui fit impérieusement de la main signe de le suivre.

Chapitre 6

— Eh bien, on peut dire que j'en ai de la chance de vous tomber comme ça dessus, miss Beaumont ! déclara Mickey Riley d'une voix bourrue, tout en ôtant son chapeau pour la saluer.

Sa patience était enfin récompensée, songeait-il avec une grande satisfaction. Cela faisait en effet déjà un certain temps qu'il arpentait les rues du quartier dans l'espoir de croiser la jeune femme.

— Je vous écoute… Qu'avez-vous donc à m'apprendre sur mon frère ? lui demanda Emily abruptement, une fois passé l'instant de surprise occasionné par cette rencontre inopinée. Soyez bien certain cependant que vous n'obtiendrez pas le moindre centime de ma part ! J'ai pour principe de ne jamais m'occuper des dettes de jeu de mon frère, ajouta-t-elle aussitôt d'un air guindé.

Elle comptait bien lui faire comprendre d'emblée qu'elle n'avait nullement l'intention de se laisser abuser par des histoires invraisemblables dont le seul but était de lui soutirer un maximum d'argent. Elle savait bien qu'il ne lui dirait rien du fin mot de l'affaire, mais, au cours de la conversation, elle parviendrait sans doute à glaner quelques informations utiles sur ce qui était arrivé à son frère. Elle y comptait, en tout cas.

Elle observa l'homme avec la plus grande attention. Il n'avait pas l'air très à l'aise. Il regardait furtivement autour d'eux, comme s'il cherchait à s'assurer que personne n'était témoin de leur conversation. Il semblait aussi refuser d'en dire davantage pour l'instant et paraissait réfléchir sérieusement à la meilleure stratégie à adopter.

— On sera plus au calme là-bas, murmura-t-il en incitant de la tête Emily à le suivre un peu plus à l'écart.

Après un instant d'hésitation, elle acquiesça. Ils s'enfoncèrent alors dans une ruelle cachée entre deux immeubles, mais, à son grand soulagement, ils restaient néanmoins visibles de la rue principale.

— Rien à voir avec des jeux d'argent, alors ne vous bilez pas pour ça... Par contre, j'avais demandé à un jeune garçon de vous apporter un message.

— Oui, et il l'a fait. J'ai bien compris que c'était vous qui me l'aviez fait porter, répondit-elle vivement. Je suis venue en personne au rendez-vous que vous m'avez fixé à Whiting Street... Je vous y ai d'ailleurs aperçu. Mais vous êtes parti si précipitamment ! Pourquoi ce départ ? J'aimerais vraiment le savoir.

Elle l'observa de plus près. Il ne semblait pas beaucoup plus âgé que Tarquin. Mais ses cheveux étaient déjà bien grisonnants et il avait le visage basané, marqué par la vie au grand air, ce qui, d'un peu loin, lui donnait l'air plus vieux. Ce qui la frappait plus particulièrement, toutefois, c'était cet air très assuré qu'il affichait. Elle se doutait, au fond, qu'en ville et dans certains milieux, il était sûrement connu comme le loup blanc. Mais elle n'avait pas la moindre idée de qui il pouvait bien s'agir, aussi lui demanda-t-elle :

— Comment vous appelez-vous, pour commencer, et pourquoi m'importunez-vous ainsi ?

Pour toute réponse, il lui jeta un regard en coin.

— Je ne sais pas si vous vous en rendez compte, reprit-elle avec humeur, mais cela n'a pas été facile pour moi de me rendre au rendez-vous que vous m'aviez fixé dans le quartier de la City. Alors, j'espère que vous n'allez pas encore une fois me faire perdre mon temps !

— Je vous ai vue en pleine discussion avec Devlin, l'autre fois. J'ai donc dû m'éclipser rapidement. Je n'avais pas franchement envie de me le coltiner, celui-là…

— Comment ? Vous connaissez le vicomte ? lui demanda Emily, médusée.

Elle voulait bien croire que l'individu jouissait d'une certaine renommée en ville, mais pas un instant elle n'avait imaginé qu'il puisse se targuer de connaître le vicomte en personne.

Mickey se reprocha aussitôt d'avoir laissé échapper cette information. Il lui fallait à tout prix être plus vigilant à l'avenir. Un client de la stature de Devlin ne verrait sûrement pas d'un bon œil le fait d'avoir son nom associé au sien, s'il venait à savoir qu'il se montrait aussi peu discret sur leurs accointances.

— Non, non, vous m'avez mal compris…, s'empressa-t-il de la détromper avec un ricanement un peu gêné. On ne se connaît pas vraiment. Ce n'est pas ce que j'ai voulu dire… Le vicomte, je le connais de vue, c'est tout. Et puis, je ne vous fais pas du tout perdre votre temps. C'est même tout le contraire. Ce que j'essaye de faire, c'est de vous rendre à tous un grand service, au cas où les choses finiraient par vraiment mal tourner.

— Est-ce que mon frère est blessé ? demanda alors Emily dans un souffle.

En un éclair, elle se retrouva projetée malgré elle quelques années en arrière, à une époque où Tarquin avait pris la décision pour le moins imprudente de régler ses dettes de jeu en croisant le fer.

— Il lui est arrivé de se battre en duel par le passé. Une fois, il a reçu un coup d'épée dans l'épaule, dit-elle en guise d'explication.

Cette remarque eut l'air d'étonner son interlocuteur. Il finit par concéder :

— Je ne le croyais pas du genre à se battre. En tout cas, la dernière fois que je l'ai aperçu, on peut dire qu'il se portait comme un charme.

A ces mots, Emily éprouva un vif soulagement.

— Mais si vous estimez que la réputation de votre famille ne vous concerne pas, ajouta-t-il, alors c'est moi qui suis en train de perdre mon temps. Et dans ce cas, je m'en vais de ce pas.

En réalité, il ne bougea pas d'un centimètre et continua à la regarder avec un air mauvais.

Emily commença à prendre peur.

— Comment ça, la réputation de ma famille ne me concernerait pas ? Que voulez-vous dire ? s'enquit-elle alarmée.

Son estomac s'était noué. Elle le savait pourtant que cet homme ne pouvait être que le messager de mauvaises nouvelles…

— Si vous savez où est Tarquin, il vaudrait mieux me le dire tout de suite, ma belle… Comme ça, je pourrai le prévenir. Parce que ça va forcément finir par se savoir s'il ne paie pas, dit Mickey d'un ton pressant.

Emily se figea, décontenancée, tout autant par ce qu'elle venait d'entendre que par la familiarité avec laquelle l'homme avait eu le toupet de s'adresser à elle. Tarquin ne pouvait sûrement pas considérer cet individu comme son ami, se dit-elle avec une inquiétude subitement accrue. Dans quoi est-ce que cet inconscient s'était encore fourré ?

Elle répondit cependant, avec toute la froideur qu'elle put :

— Je ne sais pas où mon frère se trouve en ce moment.

Et si je me suis déplacée hier pour vous rencontrer, c'était justement dans l'espoir que vous m'apprendriez où il est.

Les larmes lui montèrent aux yeux tant sa déception et son irritation étaient grandes. Elle les essuya rageusement du revers de la main. Elle n'allait quand même pas étaler son chagrin devant ce gredin !

— Qu'est-ce qui va finir par se savoir ? demanda-t-elle avec impatience. Vous avez dit que l'argent n'avait rien à voir dans cette affaire.

— Je n'ai jamais dit ça… J'ai dit que ça n'avait rien à voir avec les jeux d'argent.

Ses traits s'étaient considérablement durcis. Il semblait menaçant. Ce changement d'attitude poussa Emily à la plus grande prudence, et elle prit imperceptiblement ses distances.

— Ne tardez pas à me fournir de plus amples explications. J'ai assez perdu de temps comme cela, lui dit-elle, faisant mine de partir.

Mais l'autre fit à son tour un pas de côté pour l'empêcher de passer.

— Si vous savez où se cache votre frère, vous feriez mieux de me le dire tout de suite. Autrement, vous ne me laisserez pas le choix ; il ne me restera plus qu'à aller voir votre père et je lui déballerai toute l'histoire. Ce pauvre garçon n'a vraiment nulle part où aller, vous savez…

Il s'interrompit subitement, lâchant un chapelet de jurons, fixant quelque chose par-dessus l'épaule d'Emily. Il semblait tout à coup terriblement contrarié.

— On reprendra cette discussion plus tard, murmura-t-il en s'éloignant à grands pas.

Déconcertée par ce départ inopiné, Emily se retourna pour essayer de comprendre ce qui l'avait brusquement poussé à prendre ses jambes à son cou. Deux voitures étaient arrêtées à l'autre bout de la rue. Un homme venait de descendre de l'une d'elles. Elle le reconnut immédiatement à son imposante carrure… Mark Hunter ! Il tenait la porte d'un magnifique carrosse dans lequel Helen et son mari, sir Jason Hunter, étaient confortablement installés.

Mais même s'il continuait d'arborer un visage souriant, remarqua-t-elle avec une certaine appréhension, Mark avait cessé de prendre part à la discussion et regardait fixement dans sa direction.

Il prit finalement congé de son frère et de sa belle-sœur et s'éloigna du carrosse. Emily vit Helen lui faire un petit signe de la main, alors que son mari et elle se remettaient lentement en route.

Il n'y avait aucun doute… Mark Hunter l'avait vue parler à l'inconnu au nez cassé et il avait sûrement aussi vu son interlocuteur s'éloigner précipitamment. Il n'allait pas manquer de venir à sa rencontre et de lui poser des questions embarrassantes… Mais curieusement, il restait immobile à l'entrée de la ruelle. Qu'avait-il en tête ? Elle se sentit subitement prise au piège.

Finalement, il se décida et se dirigea vers elle, d'un pas déterminé.

— Miss Beaumont…, dit-il en guise de salutation.

— Monsieur Hunter…, répondit-elle avec un petit air de défi.

— Avez-vous encore une fois été obligée de supporter la présence de ce triste individu ?

Emily comprit immédiatement à quoi il faisait allusion. Il pensait que c'était l'homme qui venait de partir qui l'avait poussée à chercher refuge dans les bureaux de M. Wilson, la dernière fois qu'ils s'étaient vus.

— Hum, non… Ce n'est pas lui que je cherchais à éviter l'autre fois, bredouilla-t-elle.

— C'est bien ce que je me disais, en fait. De vous

deux, c'est Riley qui paraissait le plus pressé d'abréger la conversation.

— Riley ? répéta Emily. Parce que vous connaissez cet homme ?

Pressée d'en entendre davantage, elle se rapprocha machinalement de lui.

— Il ne s'est donc pas présenté ? Il faut absolument lui apprendre la politesse, miss Beaumont.

L'ironie de la remarque ne lui échappa pas, aussi rougit-elle légèrement.

— Il s'appelle Mickey Riley, poursuivit Mark, et j'avoue que je suis très curieux de savoir pourquoi vous étiez en train de lui parler.

Il s'attendait à une réponse évasive, repensant à la fois où le bookmaker et sa compagne avaient semblé observer Emily, devant le magasin de mode. Il s'était demandé si Riley aurait l'audace d'accoster la jeune femme pour la sommer de rembourser une dette de jeu contractée par Tarquin. Il avait pensé à ce moment-là que Tarquin lui devait de l'argent pour cette histoire de combat de coqs. Mais aujourd'hui il n'en était plus aussi sûr. D'autres raisons tout aussi plausibles lui venaient à l'esprit.

Il avait entendu dire notamment que Mickey Riley avait récemment recruté des filles d'un standing un peu plus élevé que les prostituées habituelles qui pullulaient à Covent Garden. Et comme son frère lui avait appris qu'il avait aperçu Tarquin en charmante compagnie dans ce même quartier, c'était peut-être pour un autre vice que les jeux d'argent que Tarquin avait Riley à ses trousses. C'était en tant que proxénète et non en tant que bookmaker que Riley s'en prenait maintenant à Emily. Tarquin ignorait peut-être tout de cette situation, mais il n'en demeurait pas moins que sa sœur semblait bel et bien avoir été entraînée malgré elle dans le monde sordide qu'il fréquentait.

— Pourquoi lui parliez-vous ? lui demanda-t-il d'une voix qui dissimulait mal sa colère.

Ah, si Tarquin s'était trouvé dans les environs, il l'aurait sans aucun doute étranglé ! songea-t-il, furieux.

— Riley vous réclame-t-il de l'argent ?

Emily n'appréciait guère d'avoir à subir ce simulacre d'interrogatoire.

— Il s'agissait d'une conversation strictement privée et je ne vois pas en quoi cela vous concerne, répondit-elle d'un ton qui signifiait que la discussion était close.

La tête haute, elle voulut tourner les talons, mais il lui bloqua le passage en posant la main devant lui, sur le mur en brique rouge.

— Dites-moi ce qu'il voulait ! insista-t-il.

Ses paroles évoquaient plus l'ordre que la prière.

Emily lui saisit le bras et, de toutes ses forces, tenta de libérer le passage, mais Mark ne bougea pas d'un centimètre. L'indignité de la situation la fit rapidement capituler. D'un geste vif, elle enleva sa main et recula d'un pas.

— Je vous répète, monsieur, que ma conversation avec M. Riley ne vous concerne pas. Et l'insolence avec laquelle vous insistez est proprement déconcertante !

— Et moi, c'est votre naïveté que je trouve proprement déconcertante, miss Beaumont. Vous ne pensez tout de même pas pouvoir traiter avec un gredin comme Riley toute seule ? Que cela vous plaise ou non, cette histoire me concerne autant que vous… C'est bien vous qui m'avez demandé de l'aide pour retrouver Tarquin, non ? Et il y a une minute à peine, vous ne connaissiez même pas le nom de Mickey Riley ! Je ne prends pas beaucoup de risques en affirmant que vous ne le connaissez pas et que vous n'avez pas la moindre idée de la façon dont il gagne sa vie.

Emily lui décocha un regard outragé. Elle dut pourtant se résoudre à contrecœur à reconnaître qu'il ne se trompait pas. Mark Hunter savait sans conteste qu'il existait un lien entre Riley et Tarquin et le nier ne rimait à rien. Et puis l'absence de Tarquin qui se prolongeait devenait vraiment problématique et inquiétante ; elle ne se sentait pas de taille à résoudre ce mystère seule. Jusque-là, elle s'était laissé guider par son antipathie naturelle à l'encontre de Mark. Son arrogance l'agaçait et elle lui en voulait toujours d'avoir fait emprisonner son frère. Mais il était riche et puissant, et Tarquin continuait à le considérer comme un ami proche. Nul doute qu'il était exactement le genre de soutien dont elle avait besoin, car elle se doutait que Riley ne tarderait pas à revenir à la charge. Il continuerait certainement à lui parler par énigmes ou à lui lancer de vagues menaces à la figure, et elle se sentait au fond trop vulnérable pour l'affronter seule, surtout s'il se montrait plus hardi, voire plus menaçant.

Elle pouvait bien sûr tout révéler à son père. Mais elle était convaincue que cette fois, la disparition de son frère n'était pas une affaire bénigne. Et elle n'avait pas oublié à quel point son père semblait préoccupé. Lorsqu'ils avaient dîné avec Stephen et sa grand-mère plus tôt dans la semaine, elle avait été très affectée par la tristesse qu'il n'était pas parvenu à dissimuler. C'était pour ses deux fils qu'il se rongeait les sangs, pas uniquement pour l'aîné. Elle comprenait mieux à présent pourquoi ses parents avaient poussé Tarquin à quitter le domicile familial et à prendre son indépendance. Ils voulaient l'éloigner de Robert au cas où ce dernier aurait été tenté de suivre l'exemple désastreux du grand frère qu'il idolâtrait.

Elle jeta un coup d'œil à Mark et lui adressa un sourire affable.

Pas un seul instant, cependant, il ne parut dupe de cette toute nouvelle cordialité. Au lieu de cela, il montrait même, avec des signes évidents d'impatience, qu'il attendait toujours une réponse à sa question.

Elle lui fournit alors d'une traite les explications qu'il exigeait.

— M. Riley m'a fait porter un message me donnant rendez-vous à Whiting Street. Dans cette lettre, il me laissait entendre que j'aurais des nouvelles de Tarquin. J'ai appris tout à l'heure qu'en réalité il ne sait absolument pas où se trouve mon frère. Il m'a donné ce rendez-vous dans le seul espoir apparemment que moi, je le lui dirais. Je viens juste de lui affirmer que je ne le savais pas non plus, mais je ne suis pas certaine qu'il me croie.

— Vous ne lui avez pas déjà dit tout cela hier ?

Emily fit non de la tête.

— Il ne m'a pas été possible de lui parler parce que…, dit-elle en hésitant, ne sachant pas trop comment terminer sa phrase.

— Parce que vous avez été dérangés, dit-il pour lui venir en aide.

— Exactement.

— Et par qui ? demanda Mark d'une voix traînante.

Il avait beau arborer un air débonnaire, Emily avait perçu sa tension. Ignorant son regard inquisiteur, elle détourna la tête.

— Je me suis pliée à vos exigences, monsieur, et vous ai rapporté en toute franchise ma conversation avec ce M. Riley. Je vous prie maintenant de ne pas pousser votre impertinence plus avant.

Il s'approcha alors d'un pas nonchalant et ne s'arrêta qu'à quelques centimètres d'elle. Si près que ses larges épaules remplissaient désormais totalement son champ de vision, l'empêchant de voir la rue. Très lentement, il sortit la main de sa poche et lui enserra le menton de ses longs doigts fins, l'obligeant à le regarder droit dans les yeux.

— Il s'en faudrait vraiment de peu, miss Beaumont, que devant tant de mauvaise volonté de votre part, je me lave les mains de toute cette affaire et vous laisse vous débrouiller toute seule !

Son regard s'était assombri. Il paraissait vraiment mécontent. Emily frémit secrètement tout en réprimant son envie de le provoquer encore à coups de paroles bien senties. Il lui fallait à tout prix garder en tête que cet homme avait bien plus de chances qu'elle de pouvoir dénicher Tarquin. Le beau visage viril était maintenant si proche du sien… Son cœur se mit à battre plus fort. Mark Hunter fixait sa bouche avec avidité et tentait de masquer son attirance en clignant des yeux.

— Mais vous ne m'abandonneriez pas, monsieur, n'est-ce pas ?

Elle n'avait pas pu s'empêcher de le mettre au défi de sa voix douce teintée d'un insolent mépris. Elle regretta aussitôt ce qu'elle venait de faire.

— Ah, vraiment ? demanda Mark, faussement aimable. Et qu'est-ce qui peut bien vous faire croire cela ?

D'une petite secousse, Emily tenta de dégager son visage, mais Mark lui serra le menton un peu plus fort pour l'immobiliser.

Très bien, se dit-elle, indignée. S'il tenait vraiment à le savoir, elle allait le lui dire ! Elle avait parfaitement conscience que ce n'était pas pour de nobles motifs qu'il avait accepté de l'aider à rechercher Tarquin. Mais sur le point de lui dire le fond de sa pensée, elle hésita. Comment lui avouer sans rougir ni paraître présomptueuse qu'elle le soupçonnait de la convoiter ? Elle avait beau être persuadée qu'elle devait absolument exprimer son indignation de femme vertueuse et trouver le courage de lui dire ses quatre vérités, plus elle essayait, plus le courage lui faisait défaut.

— Pourquoi êtes-vous si certaine que je ne vous abandonnerais jamais ? lui demanda-t-il de nouveau avec un amusement à peine dissimulé.

Prenant appui sur le mur, il approcha son visage du sien. Elle tremblait légèrement et il comprit qu'elle n'était pas aussi assurée qu'elle le paraissait. Une vague de tendresse l'envahit et son envie de l'accabler de railleries s'estompa.

— Allez, dites-moi pourquoi, miss Beaumont… Je vous promets de ne pas protester. Parce que je suis fou ? Fou de vous ? Parce que je suis incapable de résister à votre beauté en dépit de vos propos acides ? Ce n'est que la vérité après tout.

Relâchant son étreinte, il lui caressa la joue du bout des doigts. Puis il laissa retomber sa main, mais il ne s'écarta pas d'elle. Leurs corps se touchaient presque.

Gênée par l'intensité avec laquelle il la dévisageait, elle détourna les yeux. Elle ne devait surtout pas le provoquer, se dit-elle. Elle avait besoin de son aide et de rien d'autre. Pourtant, c'était bel et bien autre chose qu'elle attendait de lui en ce moment précis, tandis qu'elle le guettait, silencieuse et immobile. Ce qu'elle désirait par-dessus tout, c'était sentir de nouveau ses doigts frais se poser sur sa joue brûlante, tout en se demandant ce qu'elle éprouverait s'il l'embrassait.

Malgré elle, elle entrouvrit les lèvres. Elle se sentait comme étrangère à elle-même, tout à coup. Son propre corps semblait ne plus lui obéir et se tendait irrésistiblement vers la caresse espérée. Le visage levé, elle attendait, s'offrant déjà à cette bouche masculine qui semblait si ferme, si chaude…

Encore quelques centimètres et ils se toucheraient…

Mark se pencha et elle ferma les yeux. Alors, encouragé par son abandon, il lui emprisonna le visage plus étroitement et posa ses lèvres sur les siennes.

Puis il prit possession de sa bouche, tandis que ses longs doigts lui caressaient délicatement les joues. Un frisson de plaisir la traversa. C'était si doux, si délicieux ! Tellement bon, se dit-elle, qu'elle pourrait bien en perdre la raison. Jamais elle n'aurait dû tolérer les libertés que Mark Hunter se permettait avec elle. Mais loin de le repousser, elle se serra plus fort contre lui et entrouvrit les lèvres avec ferveur, laissant sa langue dévorer la sienne et la savourer longuement. Oubliant ses réserves, ses griefs contre lui, elle s'abandonna, grisée par la langueur diffuse qui parcourait tous ses membres. Desserrant un instant son étreinte, il fit lentement glisser une main derrière sa nuque pour la caresser. Elle frissonna délicieusement et laissa échapper un soupir de volupté.

Très excité par cette ardeur inattendue, Mark la plaqua plus étroitement contre lui. Sa langue envahit sa bouche, empêchant toute protestation, et ses mains se faufilèrent sous son manteau.

Emily retenait son souffle. Un gémissement lui échappa lorsque les doigts de Mark vinrent presser avec impudeur les deux tendres noisettes qui pointaient à travers son corsage. Au lieu de le repousser cependant, elle se cambra, s'apprêtant à l'encourager, lorsqu'un bruit soudain l'alerta. Crispée, elle se redressa et rouvrit les yeux. Un colporteur criait dans l'artère principale. Elle se souvint alors du lieu où elle se tenait… avec qui elle se trouvait, et eut aussitôt un mouvement de recul.

Elle dégagea son visage avec horreur, honteuse de s'être

comportée comme une femme de petite vertu avec un homme qui n'était pas libre… Et à la vue de tous, en plus !

S'efforçant de paraître digne, elle murmura :

— Merci, monsieur Hunter, de m'avoir démontré ce dont je vous savais capable depuis le début.

Il plissa les yeux. Ce ton glacial et ces yeux noirs de colère ne laissaient rien augurer de bon.

— Et de quoi me croyez-vous capable, ma chère ? dit-il en serrant les dents de contrariété.

Ce premier baiser l'avait transporté, mais il s'était terminé bien trop vite. Il se sentait spolié et frustré.

— Eh bien, je vous crois capable, monsieur, d'exiger une contrepartie pour l'aide que vous avez offert de m'apporter pour retrouver Tarquin.

— Ah oui ? Et que suis-je censé exiger selon vous ?

Emily devint rouge cramoisi.

— Vous le savez fort bien. Et je ne m'aventurerai pas à parler de manière inconvenante juste pour vous faire plaisir, soyez-en assuré.

— Ce n'était qu'un baiser, bon sang, s'écria-t-il exaspéré, et pas des plus satisfaisant qui plus est !

Emily devint blême. Pas des plus satisfaisant… Quelle humiliation ! Malgré la honte qu'elle éprouvait à s'être oubliée ainsi sans pudeur, ce baiser l'avait véritablement enflammée… Mais apparemment, cela n'avait pas été le cas pour lui.

Il devina aussitôt à son expression que les propos qu'il venait de tenir l'avaient blessée.

— Je voulais dire, en fait, que ce fut très agréable… mais incomplet…

Et comme elle se contentait de hocher la tête, le visage fermé, il se hâta d'ajouter :

— Vous n'êtes pas encore une femme mariée. Quand ce sera le cas, vous comprendrez et…

— Oh, mais je comprends très bien ! rétorqua-t-elle.

Elle poursuivit, les yeux dans les siens, détachant chaque mot :

— J'ai vingt-quatre ans, vous savez, alors ce n'est pas la peine de me parler comme à une gamine.

— Je ne vous parle pas comme à une gamine, je respecte votre innocence, c'est tout.

— Inutile de vous donner cette peine. D'ailleurs, que savez-vous de mon innocence ? répliqua Emily avec virulence. Vous ne savez rien de moi, rien ! Et, en l'occurrence, vous vous trompez.

Le silence qui suivit lui sembla durer une éternité. Oppressée, elle déglutit avec effort. Elle regrettait d'avoir perdu son sang-froid. Quelle imprudence d'avoir laissé échapper une information aussi personnelle ! Tremblante, elle rassembla les plis de sa robe de ses mains crispées, et tenta de passer devant lui.

Mais Mark lui barra une nouvelle fois le passage.

— Je me trompe, dites-vous ?

Et comme elle restait silencieuse, il reprit avec douceur :

— Vous me devez une explication, il me semble. Qu'y a-t-il de mal à avoir une haute opinion de votre innocence ?

Emily se mordit la lèvre pour éviter tout débordement. Elle n'avait pas l'intention de poursuivre cette conversation. Elle répondit, glaciale :

— Laissez-moi passer immédiatement s'il vous plaît. Je suis sortie depuis bien trop longtemps et mes parents doivent commencer à s'inquiéter.

— Je comprends. Vous auriez pu vous faire attaquer par un individu sans scrupules.

— En effet, répondit-elle du même ton sarcastique. Ou par un dépravé, ce qui est pire. Mais ne vous tourmentez pas, monsieur. Je ne mentionnerai pas notre rencontre.

Mark esquissa un sourire et demanda :

— Et Riley ? Vous leur en parlerez ?

Emily lui jeta un regard noir qui aurait pu en déconcerter plus d'un. Mais Mark le soutint sans ciller.

— Non. Et vous, vous leur en parlerez ?

— Non plus. Pas si vous préférez que je ne le fasse pas.

Puis, les yeux toujours dans les siens, il ajouta avec un sourire :

— Je jure que je ne vous demanderai rien en échange de cette faveur, hormis la permission de vous raccompagner chez vous.

Après quelques secondes d'hésitation, Emily capitula.

— Eh bien, merci, monsieur. J'accepte votre aimable proposition.

Ils se dirigèrent en silence vers sa calèche où il l'aida à monter. Elle prit place à côté de lui et se prépara mentalement à affronter une nouvelle salve de questions. Mais il ne dit plus un seul mot et le voyage se déroula dans le calme.

Lorsqu'ils furent arrivés devant chez elle, il lui tendit la main avec courtoisie pour l'aider à descendre.

— Je vais redoubler d'efforts pour débusquer votre frère de l'endroit où il se terre le plus vite possible. Mais si je m'y engage, c'est pour mon propre intérêt autant que pour le vôtre. J'ai des affaires urgentes à discuter avec lui.

Il la regarda intensément et ajouta :

— Pour faire court, miss Beaumont, quand je le traînerai jusque chez vous, je ne vous demanderai rien en retour, soyez-en assurée…

Emily allait murmurer des remerciements, mais elle n'en eut pas le temps : Mark Hunter était déjà remonté sur son siège et reparti.

Chapitre 7

— Je ne peux que vous répéter ce que j'ai déjà dit aux autres, monsieur. Ça fait un certain temps que je n'ai pas vu M. Beaumont. Si jamais vous mettez la main sur ce vaurien, vous pourrez lui dire de ma part que j'attends toujours mon loyer. Et ce qui est sûr, c'est que si je ne suis pas payée rapidement, je vais finir par appeler la police.

Sur cette vibrante menace, Mme Dale tenta de refermer la porte, mais Nicholas Devlin s'empressa de coincer son pied entre le chambranle et le battant pour l'en empêcher.

— Les autres ? Que voulez-vous dire par là, madame ? demanda-t-il en la gratifiant d'un sourire engageant.

Comme la logeuse ne lui répondait pas, il insista :

— D'autres personnes sont donc venues ici pour le voir ?

Mme Dale le laissa finalement entrouvrir un peu plus la porte et l'observa attentivement. Ce monsieur, ce n'était pas n'importe qui, ça se voyait à son allure… Si elle répondait à ses questions, peut-être bien qu'il y aurait une petite récompense pour elle ? Il était probablement dans la même situation qu'elle : ce bon à rien de Beaumont lui devait de l'argent et lui non plus ne savait comment faire pour lui mettre la main dessus. Celui-là, il avait bien caché son jeu, ça oui ! Au début, elle l'avait pris pour un homme bien, avec ses beaux habits et son accent distingué. Pas une seconde elle n'avait hésité à lui louer une chambre.

Elle possédait plusieurs logements à Londres, mais celui de Westbury Avenue faisait tout particulièrement sa fierté : très bien entretenu, il se trouvait aussi dans un très beau quartier. Elle aurait dû se méfier, pourtant, d'autant qu'elle en avait déjà fait plusieurs fois l'amère expérience : les gens de la haute bourgeoisie qui louaient à Chelsea payaient aussi mal leur loyer que les pauvres bougres qui s'entassaient dans des greniers à Whitechapel.

— Vous avez bien dit que d'autres personnes étaient également à la recherche de M. Beaumont, reprit Nicholas Devlin en cachant mal son irritation à présent.

Bon sang, cette fichue bonne femme allait-elle finir par dire ce qu'elle savait, oui ou non ?

Elle croisa lentement les bras sur sa poitrine ratatinée et s'appuya sur le montant de la porte.

— Tout d'abord, c'est M. Beaumont père qui s'est présenté ici. Et avant lui, il y a eu une espèce de malabar au nez tordu et aux cheveux gris. Puis, finalement, un gentleman dans votre genre est venu... Il était bien mis comme tout, avec des habits élégants et un beau visage, précisa Mme Dale en minaudant. Il avait des cheveux bruns ; il n'était pas blond comme vous. Et il était peut-être un peu plus grand aussi...

— Je vous remercie beaucoup, dit le vicomte en lui faisant un bref signe de tête, dévalant déjà l'escalier.

La logeuse, qui s'attendait à une conversation plus fournie, fut très déçue de le voir partir si vite, surtout sans même lui donner une petite pièce.

— Espèce de radin, va ! grogna-t-elle.

Nicholas rejoignit sa voiture en sifflotant, le cœur léger. Il avait obtenu les renseignements qu'il cherchait et, pour être tout à fait honnête, il en avait même appris beaucoup plus qu'il ne l'espérait au départ. Mme Dale avait décrit Riley avec suffisamment de détails pour avoir l'assurance que c'était bien lui qui était venu voir Tarquin. Sans doute même était-il personnellement impliqué dans sa disparition. Quant au gentleman, c'était sûrement une connaissance qui n'avait pas hésité à venir réclamer son dû à la suite d'un pari quelconque. Tarquin devait de l'argent à tant de monde ! Il n'était guère surprenant non plus d'apprendre que M. Beaumont père était venu en personne chercher des nouvelles de son fils. A priori, la famille Beaumont devait savoir à présent qu'il avait pris la fuite. Il se frotta les mains avec allégresse à cette pensée. Emily était au courant de la situation… et rongée d'inquiétude quant au sort de son frère.

C'était limpide, maintenant qu'il se mettait à réfléchir à la question. Aucune coïncidence dans le fait que la jeune femme se soit trouvée à Whiting Street en même temps que Mickey Riley. Tous deux avaient paru conscients de la présence de l'autre, mais s'étaient appliqués à ce que cela demeurât le plus discret possible. Une raison et une seule pouvait expliquer cet étrange rendez-vous : Tarquin. Riley avait dû faire miroiter à Emily qu'il lui donnerait des informations sur son frère si elle suivait ses indications à la lettre. Contre rétribution, cela allait sans dire.

Nicholas reprit confortablement place dans sa voiture, un sourire satisfait aux lèvres, et prévint discrètement le cocher qu'il pouvait se remettre en route sur-le-champ. Une nuit prochaine, il faudrait qu'il fasse appel aux services de cette jolie fille que Mickey avait maintenant à son service. Jenny… si ses souvenirs étaient bons. Et par la même occasion, il en profiterait pour avoir une petite conversation en privé avec Riley… Il y avait certainement moyen de tirer un quelconque bénéfice des dernières frasques de Tarquin Beaumont, quelles qu'elles fussent au demeurant.

*
* *

— Si vous préférez ne pas vous y rendre, Emily, je peux vous assurer que je ne manquerai pas de lui transmettre vos plus profonds regrets…

— Je vous demande pardon, Stephen. Qu'avez-vous dit au juste ? demanda soudain Emily, confuse, comprenant que le jeune homme prenait pour un refus de sa part un silence simplement dû au fait qu'elle avait perdu le fil de leur conversation. Plus que les mots eux-mêmes, ce fut d'ailleurs le ton peiné de son interlocuteur qui la ramena à la réalité. Stephen semblait en effet terriblement embarrassé.

Penelope Beaumont intervint alors, sans laisser à Stephen le temps de répondre.

— Stephen venait juste de nous inviter à la soirée donnée par lady Gerrard. N'est-ce pas merveilleux ?

Elle poursuivit, le sourire aux lèvres, après avoir décoché à Emily un regard qui ne souffrait pas la moindre contestation :

— C'est une amie d'Augusta Bond… La grand-mère de Stephen a eu l'extrême amabilité d'obtenir des invitations pour nous également.

Il n'y avait pas une seule minute à perdre. Il fallait très vite trouver une excuse valable pour décliner l'invitation ! Emily n'avait vraiment pas la tête à sortir depuis quelque temps. Non seulement elle ne cessait de penser à Tarquin, mais voilà qu'une nouvelle difficulté s'annonçait…

Elle avait reçu un mot de Nicholas Devlin dans la matinée. Il tenait à lui dire, écrivait-il, à quel point il était heureux d'avoir enfin pu la rencontrer en tête à tête, et espérait très vivement qu'une telle occasion se présenterait de nouveau très prochainement. Elle avait immédiatement jeté la lettre au feu, frappée de stupeur.

Elle l'avait follement aimé autrefois, avait été à deux doigts de l'épouser, mais ce projet d'avenir avait été réduit en cendres il y avait maintenant bien des années. Nicholas avait épousé une autre femme, qui portait son enfant.

Or la lettre qu'il lui avait adressée — tout comme son attitude à Whiting Street par ailleurs — était loin d'être conforme aux bonnes mœurs. Elle avait vaguement l'impression que Nicholas ne cherchait pas à renouer avec elle sur le seul registre de l'amitié, mais qu'il espérait quelque chose de plus intime, et cela la rendait mal à l'aise. Tout était fini entre eux. Sans compter qu'elle avait beaucoup mûri et n'était plus comme autrefois une jeune fille complètement écervelée. Elle maîtrisait beaucoup mieux ses émotions, savait les dominer au besoin, et pensait à son avenir. Elle ne permettrait certainement pas à un homme marié de l'embrasser.

Elle ne lui avait pas encore répondu. Elle hésitait sur la stratégie à adopter. Si elle choisissait d'ignorer sa lettre, il pourrait se sentir encouragé et en envoyer une autre. Il fallait donc lui faire savoir sans tarder et avec la plus grande fermeté qu'il était vain de la poursuivre ainsi de ses assiduités. Elle avait changé et ce qui s'était passé entre eux autrefois ne pourrait plus jamais être.

Tandis qu'elle y songeait, une évidence pénible vint la troubler. Cette vertueuse résolution, un autre gentleman l'avait très récemment et très facilement balayée, et il lui était absolument impossible de chasser de son esprit le baiser troublant que lui avait volé Mark Hunter.

Elle s'agita soudain sur son siège au souvenir plus que présent de ses lèvres chaudes pressées sur sa bouche…

Tarquin… Nicholas Devlin… Quoique de façon fort différente, tous deux ne cessaient de venir perturber sa tranquillité d'esprit. Mais, à la vérité, c'était Mark qui hantait surtout ses pensées, et plus particulièrement ce qui s'était passé entre eux dans la ruelle. Elle aurait tellement voulu pouvoir réagir comme lui l'avait fait, en considérant ce moment comme n'ayant pas la moindre importance !

Au lieu de cela, elle ne cessait de revivre la scène. Par pur dépit sans doute, pensait-elle, étant donné le commentaire désobligeant qu'avait fait Mark sur leur baiser. Aucune femme ne pouvait oublier un pareil affront et un tel manque de galanterie de la part d'un gentleman… De son côté, elle ne pouvait s'enorgueillir non plus de sa discrétion ; elle arrivait encore à peine à croire qu'elle ait pu évoquer aussi ouvertement devant lui la perte de son innocence ! Avait-il attaché de l'importance à ce qu'elle avait dit ? L'avait-il crue ? Ou pensait-il qu'elle était incapable d'avoir fauté ?

Un long soupir exaspéré de sa mère lui fit reprendre ses esprits.

— Ma parole, tu rêves tout éveillée aujourd'hui, Emily ! Tu veux peut-être une autre tasse de thé ? Cela te ferait du bien et t'aiderait à te concentrer.

Emily présenta ses excuses dans un murmure. Elle avait honte de faire une nouvelle fois faux bond à Stephen. C'était quelqu'un de bien, il ne méritait vraiment pas cela.

— Surtout, vous remercierez chaleureusement votre grand-mère, Stephen. C'est très gentil de sa part d'avoir pensé à nous…, dit-elle.

— Eh bien, c'est une affaire entendue alors, la coupa sa mère avant qu'elle n'ait eu le temps de décliner l'invitation.

— Votre amie Sarah Harper fait également partie des invités, ajouta Stephen.

Maintenant que les choses étaient fixées, Stephen semblait fou de joie, même s'il n'avait pu lui échapper qu'Emily aurait préféré ne pas se rendre à cette soirée.

— Grand-maman a suggéré à Fiona Gerrard que

vous aimeriez peut-être être accompagnée d'une jeune femme de votre âge. D'autres jeunes femmes sont invitées à cette soirée, bien sûr… Mais peut-être que vous ne les connaîtrez pas suffisamment pour oser engager la discussion avec elles, conclut-il maladroitement.

— Je n'ai aucune inquiétude à ce sujet. Si vous êtes présent, Stephen, j'aurai un ami à qui parler, dit Emily gentiment, en lui adressant un large sourire.

Il était désormais impossible de se désister sans se montrer grossière, aussi ne lui restait-il plus qu'à accepter sa défaite avec grâce.

— Je suis certaine que Sarah sera elle aussi très heureuse d'aller à cette soirée. Je dois me rendre chez elle tout à l'heure. Je lui en toucherai deux mots, soyez-en assuré.

Stephen Bond avait à peine quitté la maison que Penelope se leva d'un bond et frappa dans ses mains avec frénésie. Elle paraissait au comble du ravissement. Voilà bien longtemps qu'elle n'avait pas manifesté une telle joie, songea Emily.

— Tu te rends compte, ma chérie… Nous sommes invités à la soirée de lady Gerrard ! Augusta est peut-être une vieille harpie, mais on peut dire qu'elle a des relations. Je suppose qu'elle nous a fait inviter pour se faire pardonner l'extrême impolitesse dont elle a fait preuve quand elle est venue dîner ici.

— C'est peut-être bien ça, maman, répondit Emily en esquissant un sourire amusé.

Sa mère ne cesserait jamais de l'étonner…

— Il n'y a pas si longtemps encore, tu espérais qu'Augusta serait rentrée à Bath à cette date-là, ajouta-t-elle.

— Je sais… et j'admets volontiers que j'étais si furieuse contre elle que je me serais presque réjouie de la voir rentrer chez elle, les pieds entre quatre planches, concéda Penelope.

Elle laissa échapper un petit rire et reprit :

— Maintenant, c'est tout le contraire : je croise les doigts pour qu'elle reste à Londres le plus longtemps possible. Qui sait combien de fois nous pourrions être invités chez lady Gerrard ? Ce serait une chance extraordinaire pour toi.

Emily voyait très bien où sa mère voulait en venir. Elle demanda cependant :

— Qu'espères-tu exactement qu'il m'arrive, maman ?

— Je pense que tu le sais très bien, ma chérie. Mais puisque tu insistes, je vais te l'expliquer clairement. Il est de notoriété publique qu'une foule de bons partis fréquentent son salon... Il va donc falloir nous assurer que tu y sois particulièrement en beauté. Qui sait ? Tu pourrais retenir l'attention de l'un d'entre eux.

— Et que fais-tu de Stephen au milieu de tout cela ? Faut-il maintenant que je sois distante avec lui ?

— Mais pas le moins du monde ! s'écria Penelope en suffoquant à demi. Il faut à tout prix que nous gardions un prétendant en réserve. Le temps presse, vois-tu. Tu dois impérativement recevoir une demande en mariage avant l'automne, Emily. Il n'est pas question de rester au placard une année de plus. Oh, voici ton père qui rentre enfin...

En proie à la plus grande excitation, Penelope Beaumont se précipita dans le hall d'entrée, pressée de raconter les dernières nouvelles à son mari.

La mine renfrognée, Cecil Beaumont écouta sa femme, puis, après avoir marqué son assentiment par un léger signe de tête, se dirigea vers son bureau à pas feutrés.

Blessée par son manque d'enthousiasme, Penelope fit grise mine.

— Eh bien ! Je trouve, mon ami, que tu pourrais quand même témoigner un peu plus d'intérêt pour cette invitation qui est une chance inouïe pour ton unique fille ! Fille, permets-moi encore de te le rappeler, qui approche de ses vingt-cinq ans, ce qui commence à devenir inquiétant !

Cecil se retourna et s'excusa en soupirant :

— Je suis désolé, Pénélope, mais en ce moment je suis tellement préoccupé par ce qui a bien pu arriver à Tarquin que je ne m'intéresse plus à quoi que ce soit d'autre. J'ai fait un saut dans plusieurs de ses repaires et je me suis rendu dans tous les clubs de St James. Personne n'a su me dire où il peut être, et je ne sais plus quoi faire…

Emily n'avait pu résister à la tentation de s'approcher un peu du hall d'entrée pour entendre ce que son pauvre père avait à dire. Il avait l'air abattu et ses yeux étaient soulignés de terribles cernes. Emily sentit une vague de colère contre son frère la submerger.

L'espace d'un instant, elle eut l'envie irrépressible d'avouer à son père qu'elle en savait plus que lui. Elle se ravisa bien vite. En quoi cela lui apporterait-il un quelconque réconfort de savoir qu'un homme au nez tordu et à la réputation douteuse traînait dans leur quartier en proférant des menaces, exigeant qu'on lui donne sans tarder des informations concernant le lieu où se trouvait Tarquin ? Ses parents ne se réjouiraient pas d'apprendre que la dernière fois que leur fils aîné avait été vu, il prenait du bon temps avec des prostituées à Covent Garden. A bien y réfléchir même, si elle venait à divulguer ce qu'elle savait, elle ne ferait qu'accroître l'inquiétude de son père et mettre sa mère dans un état proche de l'hystérie.

— Il va bien finir par rentrer à la maison, papa, dit-elle plutôt d'un ton encourageant. Je sais que Mark Hunter est lui aussi parti à sa recherche.

— Ce garçon est le plus misérable des égoïstes ! explosa soudain Penelope. Nous passons le plus clair de notre temps à nous préoccuper de lui... Il n'y en a que pour lui ! Et lui, comment nous remercie-t-il ? J'en ai assez ! Je refuse que ses manigances viennent gâcher notre soirée chez lady Gerrard. Nous nous y rendrons tous les trois et nous nous y amuserons, qu'on se le dise. Je vous interdis de prononcer un seul mot concernant Tarquin jusqu'au week-end ! C'est bien compris ?

Le cabriolet ralentit son allure puis s'immobilisa. Après quelques minutes passées à attendre sans faire un bruit, et à observer attentivement les environs, le vicomte Devlin repéra l'individu qu'il avait tant espéré apercevoir ce soir-là. Il descendit de son véhicule en toute hâte et se couvrit les épaules de son manteau avec élégance. Les traits complètement déformés par le dégoût que lui inspirait le quartier, il se fraya un chemin à l'aide de sa canne au milieu des saletés et des détritus en tout genre qui jonchaient la chaussée. Quel cloaque ! se dit-il. Alors qu'il remontait la sinistre ruelle, des silhouettes féminines sortirent de l'obscurité et se mirent à le frôler à son passage en murmurant des mots obscènes. Il les ignora toutes et repoussa même sans ménagement une catin plus hardie qui ne voulait pas lui lâcher le bras.

Il traversa la rue d'un air digne et se dirigea vers une taverne dont les fenêtres projetaient un halo de lumière sur les pavés maculés de boue.

— Riley !

L'homme fit volte-face en entendant son nom et s'approcha de lui, visiblement sur ses gardes.

— Bien le bonsoir, monsieur... Est-ce que vous êtes ici pour affaires ?

— Et pour quoi d'autre, à ton avis ? répondit Nicholas avec un sourire de mépris, jetant un regard entendu sur le quartier sordide dans lequel ils se trouvaient.

Mickey fit une grimace qui signifiait qu'il comprenait parfaitement, mais ses yeux paraissaient sur le qui-vive, ce que ne manqua pas de remarquer son interlocuteur. Il n'avait pas oublié que le vicomte l'avait vu à Whiting Street quand il avait donné rendez-vous à la sœur de Beaumont. Et il le soupçonnait fort d'être venu jusque-là pour obtenir des informations et nullement pour satisfaire son plaisir personnel.

— Vous savez que j'ai une nouvelle fille ? dit-il en espérant provoquer l'excitation de Devlin et lui faire oublier toute question embarrassante. Elle s'appelle Lucy. J'ai dans l'idée qu'elle pourrait vous plaire. De la chair bien fraîche…

— C'est Jenny que je veux.

— Elle est clouée au lit… Ce n'est pas possible, elle est vraiment pas en état ce soir…

— Dans ce cas, peut-être que nous pourrions faire d'autres affaires ensemble.

Deux individus complètement ivres passèrent à ce moment-là en titubant, bras dessus, bras dessous. Ils riaient à gorge déployée. Nicholas les laissa s'éloigner et demanda, les dents serrées :

— Est-ce qu'on pourrait parler ailleurs qu'ici ?

Mickey était de plus en plus nerveux. Il ne savait pas quoi faire. Il était toujours à l'affût de la moindre affaire, mais là, c'était différent. Il ne faisait pas la moindre confiance à cet homme. Il aurait nettement préféré traiter directement avec le diable, c'est dire !

Devant son hésitation, Nicholas essaya de l'appâter.

— Il y a une belle somme à gagner si les choses se passent comme je l'entends, tu sais.

De l'argent… C'était précisément ce que Mickey avait besoin d'entendre. Il jeta un coup d'œil à gauche puis à droite et, comme la voie était libre, lui fit signe de le suivre. Après avoir ouvert un portail en fer, il s'engagea dans une allée pavée jusqu'à une petite porte par laquelle ils entrèrent.

On entendait les fêtards brailler de l'autre côté du mur. Nicholas en conclut qu'ils devaient se trouver juste derrière la taverne. Tout dans la pièce trahissait l'extrême pauvreté du lieu.

Devant la mine dégoûtée du vicomte, Mickey dit d'un ton caustique :

— C'est ce que j'ai de mieux à vous proposer vous savez, vu que je n'ai pas été prévenu à l'avance. Alors, si ce n'est pas une femme que vous voulez ce soir, qu'est-ce que je peux faire pour vous ?

— Tu pourrais par exemple m'expliquer pourquoi tu te trouvais à Whiting Street l'autre jour dans l'intention évidente de rencontrer la sœur de Tarquin Beaumont.

Mickey essaya de gagner un peu de temps en s'humectant les lèvres, puis demanda d'une voix flûtée :

— Qui ça ?

Nicholas lui sourit d'un air entendu.

— Ne joue pas l'imbécile avec moi, Riley, et épargne-moi tes mensonges. Je sais que tu te trouvais à Whiting Street pour la rencontrer.

— C'est elle qui vous a dit ça ?

Nicholas se mit à faire nerveusement les cent pas dans la pièce, à la recherche d'un coin où l'atmosphère serait moins fétide. L'air était vraiment irrespirable, et il n'avait pas l'intention de moisir longtemps dans ce lieu. Il s'approcha de Mickey, et comme ils faisaient tous les deux à peu près la même taille, planta son regard droit dans le sien.

— Je sais de source sûre que miss Beaumont essaie par tous les moyens de retrouver son frère Tarquin et j'aimerais beaucoup l'y aider. Cela lui ferait tellement plaisir ! Et si j'y parviens, peut-être qu'en retour elle aussi s'arrangera pour me faire plaisir…

Un sourire goguenard se dessina immédiatement sur les lèvres de Mickey.

— Ah, je vois…, dit-il. Alors, comme ça, vous aimeriez faire plaisir à miss Beaumont… de sorte qu'elle vous fasse plaisir en retour ?

— Oui, c'est bien ça.

— Et vous pensez que je pourrais peut-être vous aider à obtenir ce que vous désirez.

— Oui, c'est même tout à fait ça…

Mickey ricana doucement.

— Je crois que j'ai une idée de ce qu'on pourrait faire, monsieur. J'ai même une très bonne idée… C'est en ça de toute façon que je suis le meilleur. Mais ça risque d'être tout de même un peu compliqué avec une femme de cette distinction, parce qu'il faut forcément tenir compte de sa famille.

Le vicomte porta la main dans une poche intérieure de son manteau et en retira prestement une bourse de soie. Celle-ci était tellement pleine que les coutures paraissaient sur le point de se déchirer. Il en défit le cordon avec une lenteur toute calculée et en sortit un souverain en or avec grande précaution. Il fit miroiter la pièce entre son pouce et son index tout en faisant tinter les autres pièces de la bourse. Il eut une moue méprisante en voyant que Mickey ne parvenait pas à détacher les yeux des pièces de monnaie.

— Il y en a deux comme celle-là pour toi si tu obtiens ce que je cherche.

Mickey lui jeta un coup d'œil rapide. Il souriait et ses yeux pétillaient de malice.

— Vous avez frappé à la bonne porte, monsieur, je peux vous l'assurer. Je parie que si miss Beaumont apprenait que son frère est cloué au lit quelque part, disons dans un lieu très isolé, et qu'il est vraiment dans un sale état, elle se mettrait immédiatement en route pour aller le voir.

— C'est précisément ce que je pense, dit Nicholas d'une voix suave. Je suis bien content que nous nous comprenions, Riley…

Mickey acquiesça d'un signe de tête.

— Est-ce que tu as indiqué à miss Beaumont où se cachait son frère ?

Mickey fit non de la tête et pouffa de rire.

— Je ne sais pas où ce finaud se terre, mais elle a bien compris que j'étais à ses trousses. C'est d'ailleurs exactement ce que je lui ai dit.

Comme le vicomte lui jetait un regard interrogateur, il dit brusquement en guise d'explication :

— J'ai quelques affaires à régler avec lui. Mais rien qui n'empêche de faire tout d'abord ce dont on vient juste de parler.

— Fort bien, dit Nicholas.

Il ajouta vivement :

— Evidemment, nous ne nous sommes jamais parlé… Nous nous comprenons bien, j'espère ?

Mickey partit d'un grand éclat de rire.

— Un gentleman respectable comme vous qui irait parler à un gars dans mon genre ? Mais qui pourrait croire à une histoire pareille, monsieur le vicomte ? N'ayez aucune crainte.

Nicholas approuva de la tête.

— Je vais voir ce que je peux faire. Où est-ce que je peux vous joindre ? demanda encore Mickey.

— Nulle part. Et n'essaie surtout pas de le faire. C'est moi qui reprendrai contact avec toi. Je reviendrai ici dans quelques jours.

Il se dirigea rapidement vers la porte avec un air dégoûté.

— Fais-moi sortir de ce cloaque...

Mickey bondit pour lui ouvrir la porte.

— Cette nouvelle fille... de la chair bien fraîche, c'est ce que tu as dit tout à l'heure, n'est-ce pas ?

— Oui, c'est bien ça. Est-ce que vous voulez que j'aille la chercher tout de suite ? demanda Mickey qui refermait déjà la porte.

— Pas ici, espèce d'imbécile ! rétorqua le vicomte avec le plus grand mépris. Ma voiture n'est pas loin ; elle est garée dans Houndsditch. Fais en sorte de me l'envoyer là-bas.

Chapitre 8

En entendant des bruits de pas résonner sur la chaussée pavée, Mark Hunter se dirigea à grandes enjambées vers un coin sombre, à l'abri des regards. Nicholas Devlin, enveloppé dans son long manteau noir, traversait la rue en toute hâte. Arrivé à sa voiture, il s'empressa d'y monter et referma vivement la porte, sans un regard derrière lui, sans même remarquer qu'il était observé.

Que le vicomte eût la bassesse de rechercher les plaisirs de la chair dans un lieu aussi immonde ne surprenait guère Mark. C'était même tout à fait son genre. Il l'avait déjà maintes fois aperçu en compagnie de prostituées dans les bas-fonds de Londres et savait à quoi s'en tenir sur son compte. Mais cette fois, c'était vraisemblablement une tout autre raison qui avait dû le conduire dans ce cloaque. Pourquoi s'était-il aventuré en dehors des beaux quartiers ? Etait-il venu chercher auprès de Riley des réponses à ses interrogations ?

Mark ne comprenait pas ce qui pouvait bien rapprocher Tarquin et Devlin dans cette affaire. La seule chose qui liait les deux hommes, à sa connaissance, était une haine cordiale, durable et réciproque. Comment, dans ce cas, Devlin pouvait-il se soucier de Tarquin ? Il réfléchit un instant, puis finit par émettre un petit rire moqueur. Il se faisait certainement des idées. Devlin se moquait éperdument de ce qui était arrivé à Tarquin ! S'il s'était rendu dans ce trou à rats, c'était uniquement pour satisfaire son penchant immodéré pour la luxure, voilà tout.

Plaqué contre le mur pour éviter de se faire remarquer, il allait s'approcher de la taverne lorsqu'il entendit de faibles bruits de pas. Il retint son souffle. Ce n'était vraiment pas le moment de se faire repérer... Une jeune femme émergea brusquement de l'obscurité. Elle avançait dans sa direction. Leurs yeux se rencontrèrent brièvement, mais, à son grand étonnement, elle ne l'accosta pas ni ne lui adressa la parole. Elle passa devant lui d'un pas pressé, ajustant sur sa tête un châle qui masquait en grande partie sa crinière de cheveux blonds bouclés.

Mark pivota aussitôt sur ses talons pour la suivre du regard. L'apparence de cette très jeune femme le surprenait beaucoup. Elle n'avait ni le visage marqué ni le regard vide qu'arboraient la plupart des prostituées qu'il avait rencontrées jusqu'alors. Elle n'avait guère plus de quinze ans, ce qui expliquait, à l'évidence, qu'elle fît encore montre de l'optimisme propre à la jeunesse.

Elle s'arrêta devant la voiture de Devlin, que Mark reconnut à ses armoiries, et frappa très doucement à la porte, sans manifester la moindre hésitation. En moins de temps qu'il n'en fallait pour le dire, elle avait relevé ses jupes sans plus de cérémonie et disparu à l'intérieur du véhicule. La voiture demeura d'abord immobile, puis, au bout de quelques secondes seulement, la lanterne qui y était accrochée se mit à se balancer en rythme sur son crochet.

Mark ne put réprimer une grimace de dégoût. Quelle honte ! Devlin ne se donnait même pas la peine de l'emmener dans un lieu plus discret. Il ne se doutait certes pas qu'il venait d'être surpris en compagnie d'une catin. Par un homme de son milieu qui plus est. Les gens qui vivaient dans le quartier le connaissaient sans doute de vue et savaient certainement ce qu'il venait y faire. Mark était néanmoins prêt à parier que Devlin ne s'en souciait pas. En revanche, si l'on venait à parler de sa vie de débauche dans les salons de la bonne société, ce serait peut-être une tout autre affaire…

Au plus loin de ses souvenirs, il n'avait jamais apprécié le vicomte. Il avait toujours trouvé que c'était un bel hypocrite, terriblement sournois de surcroît, et ce, bien avant son mariage en grande pompe avec la sœur de l'un de ses amis, mariage uniquement motivé, en ce qui le concernait, par la dot de son épouse.

Mark savait par ailleurs qu'Emily lui avait été fiancée environ quatre années plus tôt. A l'époque, lui-même venait de rencontrer Tarquin et n'avait pas encore fait la connaissance de la jeune femme. Il n'avait jusque-là jamais vraiment réfléchi à ce qui avait bien pu provoquer l'annulation du mariage entre miss Beaumont et le vicomte, ou à ce qui avait bien pu être à l'origine de la terrible inimitié entre les deux hommes. Mais il voyait désormais les choses sous un jour différent. Emily avait récemment éveillé sa curiosité… et son désir. Il voulait absolument en apprendre davantage sur elle. Il voulait même tout savoir de sa vie, présente et passée, et comprendre pourquoi, autrefois, elle avait accepté d'épouser un homme tel que Nicholas Devlin. C'était tellement incompréhensible !

Mickey Riley laissa échapper un juron. Quelle soirée ! Que se passait-il à la fin ? On ne le laisserait donc jamais tranquille ? Il regarda de nouveau avec la plus grande attention l'individu qui s'attardait dans le quartier, tout en essayant de deviner ce qui avait bien pu l'amener dans ce lieu. Ce n'était pas un de ses clients habituels, cela il en était certain. Mais en même temps, il y avait forcément une première fois pour tout, même pour des types comme lui. Il avait cet air inimitable du gentleman qui n'a jamais mis les pieds ailleurs que dans les quartiers chic et qui a l'habitude de nager dans l'opulence.

Il avait déjà vu cet homme parler à Emily Beaumont à deux reprises. Cela ne pouvait guère être une coïncidence. Et maintenant, que venait-il faire ici ? C'était d'autant plus troublant qu'il venait tout juste lui-même d'avoir une discussion avec le vicomte au sujet de la jeune femme et ce dernier lui avait clairement fait part de ses intentions pour le moins malveillantes vis-à-vis d'elle.

Comme l'homme s'approchait encore, Mickey se maudit une nouvelle fois de se trouver mêlé à la vie de Tarquin Beaumont. Il commençait à être du même avis que Jenny : ils auraient dû laisser tomber depuis longtemps et trouver quelqu'un de plus fortuné à plumer ! Tarquin était certes bien né et, à première vue, paraissait plein aux as, mais Mickey en avait assez vu maintenant pour savoir que ce bon à rien n'avait en réalité pas un sou en poche.

Le vicomte, lui, était vraiment un bon cran au-dessus, et lui avait donné quelques preuves du haut rang qu'il occupait avec cette bourse de soie qu'il lui avait mise sous le nez. Mickey s'en réjouissait. Il pouvait même se targuer d'avoir sans doute trouvé le moyen de mettre la main sur l'argent qu'elle contenait. Heureusement. Car si Tarquin s'avérait être un panier percé, il fallait absolument compenser cette perte en s'attaquant à sa sœur...

Mais voilà que maintenant il y avait ce fichu type qui rôdait dans les parages ! Mickey en avait les poils hérissés de colère. Il tenta de disparaître discrètement en ouvrant le portail devant lui. Sûrement un peu trop tard, mais ça valait le coup d'essayer. Si cet homme venait à découvrir ce que le vicomte était en train de manigancer, il entreprendrait sûrement de défendre Emily Beaumont bec et ongles pour tenter de sauver son honneur. Et ça, ce n'était pas une bonne chose...

En voyant Riley détaler comme un lapin devant lui, Mark eut un petit sourire au coin des lèvres. Ainsi donc, ce proxénète notoire avait apparemment deviné pourquoi il était là et n'avait pas du tout l'air prêt à répondre à ses questions... Il accéléra le pas et le suivit.

— Est-ce que vous avez besoin de nous, Mickey ? cria une voix qui provenait de la rue.

Deux jeunes hommes surgirent alors. Ils étaient d'un beau gabarit et semblaient prêts à en découdre.

Mickey jeta un coup d'œil nerveux à son poursuivant. Curieusement, il le trouvait beaucoup plus intimidant que Devlin. Il était plus grand, pour commencer, et plus large d'épaules, mais, par-dessus tout, une telle puissance semblait se dégager de lui qu'il en était troublé. Il ne s'agissait pas seulement de puissance physique, c'était autre chose... Une chose plutôt difficile à expliquer. Quoi qu'il en soit, on n'avait simplement pas envie de s'y frotter...

— Vous pensez que je vais avoir besoin d'eux, ou bien vous êtes là pour affaires, monsieur ? demanda-t-il précipitamment.

— Je suis venu ici pour obtenir des informations. Et je suis tout à fait disposé à payer pour le temps que vous me consacrerez, dit aussitôt Mark.

Il lui adressa un petit sourire et ajouta :

— Donc, pour répondre à votre question, oui, je suis bien venu pour affaires...

Mickey lui jeta un regard admiratif. Ce type était

vraiment courageux, il pouvait bien le lui accorder. Cela ne lui faisait apparemment ni chaud ni froid de savoir qu'au moindre claquement de doigts, ses sbires lui tomberaient immédiatement dessus à bras raccourcis.

— Il me suffit de crier et ils rappliqueront aussitôt, vous savez…, prévint-il.

Puis il congédia ses acolytes du revers de la main. Ce type n'avait visiblement pas l'air d'être venu chercher des noises, se dit-il. Il semblait honnête et rien que ses vêtements valaient une petite fortune. Par ailleurs, il y avait peut-être un paquet de fric à se faire s'il menait bien sa barque… Il ouvrit donc la porte et invita son visiteur à entrer, d'un air un peu moqueur.

Mark parcourut rapidement des yeux la pièce dans laquelle ils se trouvaient maintenant tous les deux. Elle était miséreuse et faiblement éclairée par une lampe à huile. Il fronça imperceptiblement les sourcils. Ce fut le seul témoignage de dégoût qu'il s'autorisa. Il devait se concentrer sur l'essentiel.

— Je me présente… Je m'appelle Mark Hunter et Tarquin Beaumont, que vous semblez connaître, fait partie de mes amis proches. Aussi j'aimerais savoir pourquoi vous avez importuné sa sœur l'autre jour et pourquoi vous lui avez posé toutes ces questions sur lui ?

Mickey pencha la tête sur le côté, d'un air visiblement navré.

— Je ne l'ai pas importunée, j'ai simplement essayé de l'aider, objecta-t-il.

— Et de quelle manière ?

— Eh bien… C'est une affaire privée et confidentielle… Entre les Beaumont et moi.

Mark sortit un billet de banque de son manteau.

— Ils ne tiennent pas du tout à s'occuper de cette histoire, je peux vous en donner ma parole.

Il secoua alors l'argent qu'il tenait entre son pouce et son index devant les yeux agrandis de convoitise de Mickey.

— Je vous ai dit tout à l'heure que je vous paierais pour le temps que vous me consacreriez et pour les informations que vous me donneriez.

Mickey tendit instinctivement la main. Mais, aussitôt, Mark le froissa négligemment dans sa large paume.

— Répondez d'abord à mes questions. Et dites-moi la vérité, sinon vous n'aurez rien du tout.

— Beaumont a fait preuve d'une grande imprudence, dit alors Mickey. Si je peux lui mettre la main dessus et obtenir de lui un dédommagement conséquent pour étouffer l'affaire, sa famille évitera certainement de devenir la risée de toute la ville. Voilà la raison pour laquelle je voulais absolument voir miss Beaumont. Vous pouvez le lui demander d'ailleurs…

— Ce ne sera pas la peine. Emily Beaumont m'a déjà tout raconté. Vous ne m'avez d'ailleurs rien appris de bien neuf. Ce n'est pas la première fois que Tarquin perd sa chemise en jouant aux cartes. Tout le monde est parfaitement au courant de la situation, et la réputation de sa famille y survivra bien une fois encore.

— Ça n'a absolument rien à voir avec le jeu, dit Mickey d'une voix morne.

— Eh bien, expliquez-vous… De quoi s'agit-il alors ? Tarquin a passé du bon temps en compagnie de vos catins et il a oublié de rétribuer leurs services, c'est ça ? s'impatienta Mark.

Mickey eut un sourire en coin.

— Vous commencez à vous rapprocher de la vérité, monsieur Hunter, mais permettez-moi de vous dire que vous n'y êtes pas encore tout à fait.

— Quant à moi, permettez-moi de vous dire que je

commence sérieusement à me lasser de jouer aux devinettes avec vous !

Mark remit brusquement l'argent dans la poche de son manteau et ne put s'empêcher de sourire devant les yeux médusés de Mickey.

— Auriez-vous par hasard jeté vos espèces de brutes à ses trousses, ce qui pourrait expliquer sa fuite ?

Mickey croisa les bras contre sa poitrine, le visage maintenant impassible.

— Pas du tout, dit-il avec désinvolture, sentant probablement qu'il reprenait la main. Mais il a pris la poudre d'escampette, ça, c'est vrai, et à cause d'une femme.

— Continuez…

— Payez d'abord. Je veux le billet que vous venez de ranger et puis ajoutez-en aussi un autre, dit-il en désignant la poche où se trouvait l'argent.

Le cerveau en ébullition, il avait fini par trouver un bon moyen de gagner de l'argent avec les Beaumont. Et s'il s'y prenait comme il le fallait, il pouvait même récupérer deux fois sa mise. Devlin paierait pour pouvoir batifoler avec la sœur, et Hunter paierait pour obtenir des informations concernant les frasques du frère.

Mark lui donna les deux billets en lui décochant un regard chargé d'animosité qui le déstabilisa un peu, aussi s'empressa-t-il d'ajouter :

— Elle s'appelle Jenny et Tarquin s'est entiché d'elle dès qu'il l'a vue…

Quinze minutes plus tard, Mark sortait à grandes enjambées de la pièce. Il avait une mine lugubre. Tarquin, quelle espèce de crétin tu fais ! ne put-il s'empêcher de penser alors qu'il sautait dans sa calèche et indiquait prestement au cocher de prendre le chemin du retour.

*
* *

— Vous êtes absolument divine !

Emily adressa un sourire radieux à Stephen et passa distraitement la main sur sa jupe de soie ivoire. C'était sa mère qui avait eu l'idée de lui faire porter cette jolie robe claire. Son choix à elle s'était arrêté sur une robe en satin bleu parce qu'elle trouvait qu'elle lui allait mieux au teint et avant tout parce qu'elle lui semblait moins... virginale. Mais elle n'avait pas eu envie de se disputer avec sa mère pour une chose aussi triviale, alors que des affaires bien plus graves la préoccupaient.

Elle n'avait toujours pas reçu la moindre nouvelle concernant Tarquin et elle était rongée d'inquiétude, mais elle devait cependant bien admettre que sa mère avait raison sur un point : ils ne recevaient que rarement des invitations à des soirées d'un tel prestige et il ne fallait pas gâcher une occasion pareille.

Avant de sortir de chez elle, elle avait écrit en toute hâte un petit mot pour Nicholas et, lorsqu'elle l'avait remis à Millie en lui demandant d'aller le poster, elle s'était félicitée d'avoir réussi à se débarrasser de cette corvée aussi rapidement.

Cela faisait bien longtemps qu'elle ne s'était pas senti le cœur si léger, se réjouit-elle en parcourant du regard la pièce fastueuse dans laquelle elle se trouvait. Elle avait envie de s'amuser et d'oublier l'espace de quelques heures au moins les malheurs qui s'étaient abattus sur leur famille.

Stephen, toujours très galant, lui offrit son bras et tendit l'autre à son amie Sarah.

— Il nous faut vite aller réserver des sièges dans le salon de musique avant que le concert ne démarre. Il risque d'y avoir la cohue plus tard dans la soirée.

Alors qu'ils se mettaient en marche, Sarah murmura, d'une voix émerveillée :

— Je suis si heureuse que tu m'aies demandé de t'accompagner, Emily. C'est sans conteste l'endroit le plus impressionnant que j'aie jamais vu !

Emily acquiesça alors que ses yeux parcouraient rapidement le salon majestueusement décoré de lady Gerrard.

— En effet, c'est vraiment magnifique, dit-elle.

— Son mari est décédé il y a cinq ans et Fiona s'est alors retrouvée à la tête d'une véritable petite fortune, leur apprit Stephen. Mais elle a aussi une foule d'amis influents à ses côtés pour l'aider à surmonter cette épreuve.

Il salua d'un signe de tête sir Jason Hunter qui venait juste d'entrer en compagnie de son épouse et précisa :

— Voici justement un de ses amis, et parmi les plus distingués de son entourage.

— Oh, Helen est là ! s'écria Emily en affichant un large sourire, très heureuse de voir son amie. Allons la saluer.

Ce faisant, elle remarqua alors un homme de grande taille, aux cheveux bruns, qui se tenait dans l'encadrement de la porte. Un homme qu'elle ne connaissait que trop… Elle voulut détourner le regard, mais, rien à faire, elle ne pouvait détacher les yeux de lui… Il fallait bien admettre qu'il était splendide. Mark Hunter était vêtu d'une queue-de-pie gris souris et d'un pantalon chamois. Il la fixait, et sa simple présence la faisait littéralement chavirer.

Helen remarqua aussitôt le changement d'attitude de son amie et tourna la tête pour tâcher de comprendre ce qui pouvait la troubler ainsi.

— Oh… Ton frère est là, dit-elle à son mari tout en jetant un regard entendu à Emily.

Emily venait à peine de suggérer à ses amis de se rendre ensemble dans le salon de musique que Mark les rejoignit.

— Nous allions justement écouter le concert, annonça

Jason à son frère alors qu'Helen posait sa main délicate sur le bras de son époux.

Sarah se pendit alors brusquement au bras de Stephen et, feignant de ne pas remarquer sa surprise et sa réticence, l'entraîna derrière sir Jason et sa femme.

Quand les deux couples se furent éloignés de quelques pas, Mark demanda avec empressement :

— Suis-je maintenant pardonné, miss Beaumont ?

— J'ai bien peur que non, monsieur, répondit Emily avec froideur.

— Et si je vous dis que je suis venu ici expressément pour vous voir et vous donner quelques nouvelles de Tarquin, peut-être aurez-vous une plus haute opinion de moi ?

Emily fit aussitôt demi-tour. Elle releva fièrement le menton tout en serrant fortement ses mains l'une contre l'autre pour les empêcher de trembler.

— Vous dites la vérité ou bien est-ce encore une fois une de vos ruses pour m'obliger à rester un peu plus longtemps en votre compagnie ?

— Pourquoi devriez-vous craindre de rester un peu plus longtemps en ma compagnie ? demanda Mark d'une voix douce. Vous imaginez vraiment que je vais essayer de vous embrasser au beau milieu du salon de lady Gerrard ?

Emily se sentit rougir jusqu'à la racine des cheveux.

— Pas du tout ! Je suis certaine qu'en société vous vous comportez comme un parfait gentleman.

Puis elle le foudroya du regard et ajouta :

— Par ailleurs, pourquoi vous donneriez-vous cette peine alors que vous savez pertinemment que vous serez une nouvelle fois déçu ?

Mark ne put réprimer un petit rire.

— Je constate que cette histoire de baiser vous est

restée en travers de la gorge, murmura-t-il. Je vous ai pourtant expliqué pourquoi j'avais dit cela. Et je vous ai même fait un compliment par la même occasion. Ce qui me conduit à vous rappeler que vous me devez toujours une explication pour avoir trouvé à critiquer mes éloges. J'attends vraiment un éclaircissement sur ce point.

Emily crut qu'elle allait défaillir. Elle savait très bien à quoi il faisait allusion, mais elle n'avait nullement l'intention de reprendre cette conversation. Aussi changea-t-elle de sujet.

— J'étais à mille lieues de me douter que nous pourrions nous croiser ce soir, dit-elle avec un soupçon de reproche dans la voix.

— Dois-je en conclure que vous auriez préféré que je ne fusse pas invité ?

— Vous vous donnez trop d'importance, monsieur ! répondit-elle d'un ton glacial.

Comme Mark restait silencieux, elle ajouta :

— Vous pouvez rester ou partir, cela m'est parfaitement égal, vous savez.

Mark soutint son regard jusqu'à ce qu'elle rougît et détournât les yeux.

— Ah, vous le prenez comme cela ? dit-il d'une voix traînante. Eh bien, comme j'étais venu uniquement pour vous voir, je pense que je vais m'en aller de ce pas.

Il la salua d'un léger signe de tête et se dirigea nonchalamment vers la porte.

Au comble de l'humiliation, elle le regarda s'éloigner. Elle ne pouvait pas y croire. Il allait vraiment s'en aller sans lui laisser l'occasion de lui demander ce qu'il avait appris à propos de Tarquin ? Elle avait terriblement envie de le rappeler, mais se mordit la lèvre pour se donner le temps de reprendre le contrôle de la situation. Elle avait été si perturbée par ces stupides émotions qui l'avaient assaillie en le voyant qu'elle en avait complètement oublié de l'interroger sur son frère. Et maintenant, elle avait peut-être perdu toute chance de pouvoir le faire. Maudit homme ! maugréa-t-elle.

Un grand nombre de personnes se dirigeaient maintenant vers le salon de musique, d'où quelques notes lui parvenaient, mais son esprit était ailleurs. Elle ne pouvait détacher son regard de la silhouette athlétique qu'elle allait bientôt perdre de vue.

Elle se détermina alors et se lança à sa poursuite, se faufilant aussi habilement que possible au milieu des invités qui se pressaient pour la plupart dans la direction inverse.

— Monsieur Hunter ! appela-t-elle.

Elle était tout à fait certaine qu'il l'avait entendue, mais il choisit de l'ignorer totalement. Des larmes de frustration plein les yeux, elle le rattrapa et lui tira le coude d'un coup sec, puis recula prestement de quelques pas et manqua trébucher alors qu'il se retournait.

— Je n'arrive pas à croire que vous n'hésitiez pas une seule seconde à partir sans m'avoir dit ce que vous avez découvert à propos de Tarquin ! lui lança-t-elle à mi-voix, réprimant ses sanglots avec peine. Votre amour-propre est bien vite blessé, monsieur !

— Seraient-ce des excuses, mademoiselle ?

Elle s'était attendue à ce qu'il prît un air suffisant. Avait-on idée de s'abaisser à le poursuivre comme elle l'avait fait ! Mais, à son grand étonnement, il avait une expression extrêmement grave.

— Si vous en exigez… Oui… Ce sont des excuses, dit-elle en se tenant très droite et en le regardant dans les yeux.

Mark parcourut la pièce du regard. Elle était quasiment vide.

— Je ne désire rien d'autre que ce que vous voudrez bien m'accorder de votre plein gré, miss Beaumont.

Emily sentit le rouge lui monter aux joues de nouveau. Ainsi, il ne pouvait pas résister au plaisir de lui rappeler qu'elle avait été partie prenante dans ce fameux baiser…

— Vous semblez avoir beaucoup trop chaud, mademoiselle. Permettez-moi de vous accompagner sur la terrasse pour prendre un peu l'air, lui dit-il en lui montrant d'un signe de tête les portes situées juste à côté d'eux.

Elle parcourut la pièce du regard et s'aperçut qu'elle était maintenant déserte.

— Nous sommes ici suffisamment à l'abri des oreilles indiscrètes pour que vous puissiez me révéler ce que vous avez découvert à propos de mon frère.

— Je pense que nous serions mieux sur la terrasse. Ce sont plutôt de mauvaises nouvelles que j'ai à vous donner, malheureusement, et vous seriez surprise de savoir à quel point les murs ont parfois des oreilles.

Comme pour lui donner raison, une jeune femme émergea à ce moment-là d'une colonne de marbre derrière laquelle elle était en train d'ajuster un nœud sur son corsage. Elle leur jeta un regard à la dérobée avant de s'éloigner à pas feutrés vers le salon de musique.

— Vous n'avez rien à craindre de ma part, l'assura Mark avec un accent de sincérité, mais les yeux pétillants de malice. Je ne ferai rien qui ne puisse vous déplaire, je vous le promets, renchérit-il pour la mettre en confiance.

Emily détourna la tête vivement. Il savait fort bien qu'un autre baiser de sa part avait toutes les chances d'avoir l'effet inverse. Cependant, au moment même où sa ligne de défense commençait à s'effondrer, elle aperçut quelqu'un qui lui rendit toute la détermination nécessaire pour se protéger au maximum de la tentation.

Barbara Emerson était justement en train de prendre

place dans le salon de musique pour écouter le concert, et se trouvait juste de l'autre côté des portes. Elle ne semblait pas avoir remarqué que son amant avait engagé une conversation privée avec une autre femme. Ou peut-être les avait-elle vus en train de parler et ne s'en souciait-elle pas le moins du monde. Cette belle femme brune, extrêmement sophistiquée, avait sans doute une foi indéfectible en la place qu'elle occupait dans la vie et le cœur de son amant pour se permettre d'ignorer des idiotes dans son genre, songea Emily. Une idiote qui ne pouvait secrètement s'empêcher de trouver Mark Hunter absolument fascinant.

Si lui, de son côté, avait remarqué la présence de sa maîtresse, il n'en fit absolument rien paraître. Il restait focalisé sur elle et attendait patiemment sa permission de l'escorter sur la terrasse.

Mais en dépit de cette courtoisie apparente, Emily sentit la colère monter. Il avait eu le toupet de lui dire qu'il s'était rendu à cette soirée uniquement dans le but de la voir alors qu'en fait, il était accompagné de sa maîtresse ! Et quel culot de lui rappeler les baisers volés, de s'amuser à flirter avec elle et d'essayer de l'attirer sur la terrasse dans l'obscurité, alors qu'ils auraient pu à tout moment se faire surprendre par Barbara Emerson ! Mais à quel genre d'homme avait-elle donc affaire ?

Mark, qui s'était réjoui de constater qu'une accalmie dans leurs relations tumultueuses semblait sur le point de se produire, sentait maintenant de nouveau un avis de tempête qui s'annonçait. Pourquoi un tel revirement ?

Il balaya la pièce du regard et comprit le brusque changement d'humeur d'Emily en remarquant Barbara qui avait les yeux fixés sur eux. Un valet de pied était en train de fermer les portes du salon de musique, l'empêchant bientôt d'en voir davantage.

Il jura intérieurement. Il n'avait pas imaginé un seul instant que sa maîtresse viendrait à cette soirée. Barbara et lady Gerrard n'étaient pas les meilleures amies du monde, tant s'en fallait, et il avait cru qu'il passerait une soirée tranquille sans avoir à supporter d'être scruté en permanence. Cela faisait déjà quelques mois que Barbara se montrait d'une possessivité insupportable et que ses allusions appuyées à leur éventuel mariage l'irritaient au plus haut point.

— Ce serait probablement une meilleure idée de reporter cette conversation à plus tard, vous en conviendrez sans doute…, dit tout à coup Emily d'une voix glaciale. Puis-je suggérer de nous voir demain ? Je vais faire en sorte de me trouver près du lac à Hyde Park vers quatre heures de l'après-midi. Vous pourrez alors me dire ce que vous savez.

Et sans même attendre sa réponse, elle commença à s'éloigner.

— Si vous pensez que je vais me tenir à votre entière disposition, vous allez être très déçue. Je ne me rendrai pas à votre rendez-vous.

Emily virevolta immédiatement et lui lança un regard furieux.

— Dans ce cas, faites vite et dites-moi ce que vous avez appris sur mon frère.

— Venez avec moi sur la terrasse et je vous dirai tout ce que je sais.

Emily se dirigea vers lui avec humeur.

— Je pense que vous savez pourtant bien qu'une femme de mon rang ne doit pas le faire. Et je suis terriblement surprise et choquée que vous me suggériez une telle chose alors que nos amis et nos familles respectives se trouvent juste à côté et peuvent nous surprendre à tout instant. Vous n'avez peut-être pas de réputation à perdre, mais moi si !

Elle avait les joues en feu. Et Mark qui ne la quittait pas des yeux ! A ce moment-là, elle fut certaine qu'ils avaient tous les deux en tête la remarque qu'elle aurait aimé ne jamais avoir faite. Celle où elle avouait implicitement que son innocence était perdue depuis fort longtemps.

Elle ajouta cependant avec témérité :

— De plus, Mme Emerson ne va sûrement pas tarder à se demander où vous avez bien pu passer.

— Je ne savais même pas que Mme Emerson serait là ce soir.

Emily ne put réprimer un petit rire incrédule qu'elle étouffa aussitôt et qui se transforma finalement en une moue de mépris. Elle devait certainement lui paraître bien insouciante, mais, à la vérité, en son for intérieur, elle était morte de honte. Elle venait de se comporter avec une telle indécence ! Les jeunes femmes n'avaient pas à aborder ce genre de sujet ! Il ne fallait pas parler des liaisons d'un gentleman, elle le savait fort bien. Et cela se faisait encore moins d'en parler avec le gentleman en question !

— J'étais sur le point de rentrer chez moi tout à l'heure, vous vous en souvenez ? Peut-être que vous me considérez comme un homme très mal élevé, miss Beaumont, mais je peux vous assurer que si j'étais venu ici accompagné de Mme Emerson, j'aurais eu la politesse élémentaire de l'informer que je m'en allais.

Et ce fut sur cette remarque cinglante qu'il la salua et prit congé. Une fois devant la porte, cependant, il sembla hésiter. Il se retourna. Emily n'avait pas bougé d'un centimètre et se tenait encore exactement là où il l'avait laissée.

Elle fit d'abord un petit pas, puis un autre, puis un autre encore, et pour finir, elle se mit à marcher à grandes enjambées vers les portes-fenêtres qui ouvraient sur la terrasse.

Chapitre 9

Un délicieux parfum de fleurs en bouton vint délicatement chatouiller les narines d'Emily dès qu'elle posa le pied sur le sol en dalles de granite de la terrasse. Elle patienta un peu avant de pouvoir distinguer quoi que ce fût, s'habituant progressivement à l'obscurité, car l'unique source de lumière qui éclairait la terrasse était extrêmement ténue. Elle s'aperçut bientôt que la terrasse était bordée d'une jolie balustrade en pierre et que sur l'un des côtés se trouvait un petit banc très confortablement niché dans un treillis couvert de lierre. Une légère brise lui apportait le bruit d'une eau gazouillante, mais elle ne parvenait pas à localiser la fontaine qui en était à l'origine.

Elle regarda ensuite avec une certaine mélancolie les étoiles qui scintillaient dans le ciel. Le cadre était on ne pouvait plus romantique et si le séduisant gentleman qui l'accompagnait ce soir avait été quelqu'un qu'elle appréciait vraiment et en qui elle avait une confiance totale, elle aurait pu se laisser tenter à lui accorder un baiser… ou peut-être même deux…

Elle chassa ces folles pensées de son esprit pour mieux se concentrer sur le visage, fort beau au demeurant, de Mark Hunter qui venait de la rejoindre.

— Avez-vous découvert où se cache mon frère, monsieur ? lui demanda-t-elle brusquement.

— Ce n'est absolument pas un problème que de le trouver, vous savez… Et je pense que je pourrais le dénicher assez facilement si c'était vraiment ce que je voulais, lui répondit Mark.

Puis il se dirigea vers la balustrade et s'y accouda pour contempler les jardins.

— Pourquoi diable ne l'avez-vous pas fait alors ? demanda Emily dans un souffle.

Elle n'en revenait pas. Il lui avait pourtant promis de faire tout ce qui était en son pouvoir pour retrouver son frère ! Ainsi donc, il ne s'était même pas donné la peine de le chercher ! Non seulement il le lui avouait sans se montrer le moins du monde embarrassé, mais il semblait même suggérer qu'il savait où Tarquin se trouvait… Qu'attendait-il alors ?

— Je ne l'ai pas fait pour une simple et bonne raison, miss Beaumont… Parce que, pour l'instant, il serait plus prudent et plus judicieux que votre frère reste à l'abri des regards. Il n'est pas impossible du tout qu'un scandale éclate dès qu'il essaiera de refaire surface. Il vaut donc mieux envisager de laisser passer un peu de temps.

Emily sentit son visage se vider subitement de son sang. Mark avait parlé d'une voix dure qui laissait présager de bien pires nouvelles que les habituelles incartades et dettes de jeu de Tarquin.

— Il a de gros ennuis ? murmura-t-elle d'une voix terriblement angoissée.

— Je suppose que cela pourrait être pire, si l'on considère, d'après les informations dont je dispose pour l'instant, qu'il n'est ni mort ni blessé…

Mais qu'attendait donc cet homme pour lui annoncer clairement les choses ! s'énerva Emily. N'avait-il aucune pitié, à tourner autour du pot comme cela ? Quelle épreuve sa famille allait-elle encore devoir endurer à cause de l'inconscience de son frère ?

— Il s'est de nouveau battu en duel, mais cette fois il

a tué un homme, c'est ce que vous essayez de me dire ? Est-ce que la famille de cet homme est à sa recherche pour venger le sang qui a été répandu ?

— Ce n'est rien de tout cela, voulut la rassurer Mark d'une voix plus douce. Votre frère s'est certes conduit comme un idiot, mais ce n'est pas un criminel.

Emily acquiesça d'un rapide hochement de tête, lui témoignant ainsi toute sa gratitude. Il pouvait lui annoncer la terrible nouvelle, maintenant. Au moins son frère était-il sain et sauf.

Mark fourra les mains dans ses poches et se tourna vers elle. Puis il baissa les yeux, visiblement ennuyé. Il cherchait par quel moyen il allait bien pouvoir raconter à Emily une histoire aussi sordide que celle qu'il devait lui rapporter. La tâche n'était pas des plus aisées. Sous l'emprise de l'alcool, énormément de jeunes gens avaient déjà fait les quatre cents coups et l'avaient finalement regretté leur vie durant. Lui-même n'échappait pas à cette règle. Mais, en général, un gentleman n'oubliait jamais, comme Tarquin l'avait fait, ses proches et son rang, et s'efforçait d'être discret et de protéger au maximum sa famille des conséquences, parfois désastreuses, de ses excès. En tout cas, tout homme digne de ce nom faisait en sorte de ne garder aucun lien avec son passé scandaleux.

— Je vous ai déjà dit, me semble-t-il, que personne n'a vu Tarquin récemment. La dernière fois que quelqu'un l'a entraperçu remonte à la nuit où mon propre frère l'a croisé en train de traîner dans Covent Garden, poursuivit-il avec d'infinies précautions.

— Oui, je sais tout cela, dit Emily d'une voix faible.

Elle ajouta, après une seconde d'hésitation :

— Et je sais aussi qu'il s'est affiché avec des catins cette nuit-là…

La conversation commençait à prendre un tour des plus embarrassant.

Elle toussota délicatement et ajouta :

— Je comprends que vous ne m'ayez rien dit. C'est un sujet trop délicat pour être abordé avec une femme. Mais nous savons tous les deux que le protocole n'a guère d'importance dans l'affaire qui nous concerne.

— Qui donc vous a raconté que Tarquin était en compagnie de prostituées ? lui demanda aussitôt Mark.

Puis son visage s'assombrit tout à coup, un fait lui revenant subitement à la mémoire. Il avait vu Nicholas Devlin très récemment en compagnie de Riley. Le vicomte était sans conteste un personnage antipathique qui détestait Tarquin cordialement. Mais, tout de même, pas au point d'oublier les bonnes manières ! Même un homme comme lui ne pouvait pas être mauvais au point de porter la lubricité de Tarquin à l'attention de sa sœur ?

— C'est Helen, votre belle-sœur, qui m'a dit qu'elle avait vu mon frère en mauvaise compagnie à Covent Garden alors qu'elle rentrait du théâtre avec son mari. Nous sommes très proches et pouvons aborder n'importe quel sujet de conversation ensemble… qu'il soit plaisant ou non, dit Emily en guise d'explication.

— Eh bien, si vous savez cela, vous devriez aussi savoir ce que fait Riley dans la vie. C'est un proxénète. Je l'ai retrouvé à Houndsditch et il m'a expliqué pourquoi Tarquin se terre comme il le fait.

Mark se passa la main sur la joue et plongea son regard dans celui d'Emily. Son visage était vraiment d'une grande beauté. Ses yeux brillants étaient voracement fixés sur elle, mais elle, ce qu'elle désirait de lui en ce moment précis, ce n'étaient que des informations. Lui attendait de ce tête-à-tête bien autre chose…

Il commença à approcher une main vers elle, mais

avant même de pouvoir sentir la chaleur de sa peau sous ses doigts, il l'avait déjà reposée sur la balustrade froide.

Quel égoïste il faisait ! se maudit-il. Il détestait la voir si triste et souhaitait lui apporter tout le réconfort possible, mais c'était surtout par le désir qu'il avait d'elle qu'il était mû. Ce désir qui l'avait poussé à la prendre dans ses bras la dernière fois.

Il s'éloigna de quelques pas pour ne pas céder à la tentation.

— Votre frère a eu le malheur de s'enticher de l'une des femmes qui travaillent pour Riley, reprit-il d'une voix rauque. Elle s'appelle Jenny. Par le passé, Tarquin avait déjà... hum... déjà fait appel à elle à plusieurs reprises. D'après mes informations, la dernière fois qu'on les a vus ensemble, votre frère était complètement ivre et paraissait très amoureux d'elle.

Emily déglutit avec peine pour essayer de faire passer la boule d'angoisse qui se formait dans sa gorge. Elle voyait bien que Mark répugnait à lui donner plus de détails concernant cette catastrophe annoncée. De toute évidence, cette histoire était contraire aux bonnes mœurs. Qu'est-ce que Tarquin était encore allé inventer ? Elle devina soudain de quoi il pouvait s'agir.

— Dites-moi si je me trompe, monsieur... Ne seriez-vous pas sur le point de m'annoncer que mon frère a engendré un bâtard ?

Mark fronça légèrement les sourcils.

— A aucun moment Mickey Riley n'a fait référence à un enfant. Mais si jamais il devait y en avoir un, maintenant ou plus tard, cet enfant ne serait pas un bâtard. Je pense que vous avez compris... Votre frère a épousé cette Jenny, de la manière la plus officielle qui soit.

— Epousé ? Tarquin a épousé une prostituée ?

Emily avait parlé d'une voix très faible et ses yeux

étaient tellement écarquillés de stupéfaction qu'ils semblaient lui manger le visage. Un visage qui paraissait encore plus pâle tout à coup, remarqua Mark.

Elle réprima soudain un éclat de rire incrédule.

— Balivernes ! Ce Mickey Riley n'est en fait qu'un fieffé menteur ! Il espère sûrement nous extorquer de l'argent avec cette histoire inventée de toutes pièces dans l'espoir que nous paierons pour éviter toute rumeur, même infondée. Tarquin aime les jeux d'argent, c'est même de notoriété publique désormais, mais il n'est pas un coureur de jupons. Je suis certaine qu'il ne lui est jamais venu à l'esprit de se marier un jour, pas même avec une femme respectable.

— Je ne doute pas un instant que Jenny ait su se montrer exceptionnellement persuasive, dit Mark d'une voix où perçait une ironie amère. Et Riley n'est pas un fieffé menteur, malheureusement, ajouta-t-il, la mine sombre. Je l'ai obligé à me dire tout ce qu'il savait. Il m'a donné toutes les informations relatives au prêtre qui, selon lui, aurait célébré le mariage. Il s'appelle Jeremiah Plumb et je lui ai rendu une petite visite aujourd'hui. Ce n'est pas un individu qui m'a paru très recommandable, mais c'est réellement un homme du clergé et il se souvient parfaitement de Tarquin et de Jenny. Ce mariage a l'air tout à fait en règle, j'en ai bien peur, miss Beaumont…

Emily ferma les paupières sur ses yeux embués de larmes. Soudain très agitée, elle se mit à faire les cent pas pour finalement s'arrêter face aux jardins plongés dans l'obscurité. Elle s'agrippa fermement à la balustrade et s'abandonna librement au désespoir. Son frère avait vraiment dépassé les bornes cette fois-ci !

Elle semblait totalement désemparée, vision insupportable pour Mark qui songeait qu'il ne pouvait la laisser comme cela. Il lui fallait absolument la réconforter. Il prit alors place juste derrière elle et posa les mains sur ses épaules tendues et tremblantes. Comme elle semblait se laisser faire, il se mit à la caresser tendrement de ses pouces, avec sensualité.

— Je suis sincèrement désolé d'être le messager d'aussi mauvaises nouvelles, Emily, fit-il, osant pour la première fois l'appeler par son prénom. Mais vous vouliez à tout prix savoir à quoi vous en tenir.

Emily acquiesça d'un air morose.

— Quel égoïste ! Et stupide misérable !

Elle se tourna vers lui et le regarda de ses yeux brillants de larmes.

— Je n'en peux plus ! C'est toujours la même histoire avec lui… Il n'a évidemment pas pensé un seul instant à quel point la nouvelle de son mariage avec une prostituée blesserait nos parents. Ou à l'impact négatif que cette nouvelle pourrait avoir sur Robert qui l'idolâtre. On se demande bien pourquoi, d'ailleurs, car on ne peut pas dire que Tarquin lui ait montré la voie à suivre, une voie d'honneur et de respectabilité, comme devrait normalement le faire tout frère aîné digne de ce nom ! Si Robert devait lui aussi se détourner du droit chemin en prenant exemple sur la conduite de Tarquin, mes parents ne s'en remettraient jamais.

Cela lui faisait le plus grand bien de parler ; elle se détendait peu à peu. Et, ma foi, songea-t-elle à mi-chemin entre bien-être et embarras, ce petit massage était des plus agréable… Elle se sentait protégée et retrouvait son calme. Elle resta ainsi quelques instants, blottie contre Mark, l'esprit en ébullition.

— Tout est clair… Je comprends maintenant ce que Riley essaie de faire. Il veut retrouver Tarquin le plus vite possible pour exercer sur lui un odieux chantage. Son intention est de lui extorquer de l'argent contre la promesse de ne pas révéler la nouvelle de son mariage au grand jour. Mais c'est complètement idiot. Même si on lui donne ce qu'il veut, à quoi cela nous avancera-t-il en fin de compte ? Tôt ou tard, la nouvelle finira par se répandre.

Elle avait parlé d'une voix tremblante et le silence qui suivit l'angoissa terriblement. La situation semblait désespérée.

Mark glissa lentement une main sur sa nuque et se mit à la caresser doucement, effectuant de petits mouvements circulaires au milieu de ses boucles blondes. Il pencha la tête, si près que ses lèvres frôlaient maintenant les cheveux délicatement parfumés d'Emily. Il prit une profonde inspiration pour s'imprégner de leur douce odeur.

— Chut... Tranquillisez-vous, Emily... On peut facilement s'occuper de Riley. Il va laisser votre famille tranquille, soyez-en assurée. Et on pourra arranger un divorce, discrètement et sans trop de difficulté. Le plus gros du scandale sera évité.

— Vous le pensez vraiment ?

— Oui, répondit-il sans hésiter.

Puis il l'attira doucement à lui, baissa la tête et posa délicatement ses lèvres sur les siennes, l'embrassant d'un doux et tendre baiser.

L'angoisse qui, quelques minutes plus tôt, lui retournait encore l'estomac commençait à se muer en une sensation infiniment plus agréable. Une vague de chaleur gagnait peu à peu ses membres froids, et Emily accueillit avec grand plaisir la détente qui s'installait en elle. Ce qu'elle venait d'apprendre lui avait fait totalement oublier le reste. Oublié le souvenir lancinant de la présence de Barbara Emerson dans le salon de musique ; oublié le vœu pieu de repousser énergiquement de nouvelles avances de Mark Hunter, si celui-ci s'y risquait. C'était si délicieux d'être ainsi contre lui, dans sa chaleur ; elle éprouvait un tel soulagement… A vrai dire, elle aurait voulu que cela ne s'arrêtât jamais. Si seulement elle pouvait cesser un peu de se tourmenter et oublier la catastrophe imminente qui allait s'abattre sur sa famille…

Elle ferma doucement les yeux, bien décidée à se laisser faire, à profiter pleinement de ce bref moment arraché à la tourmente qui s'annonçait.

Encouragé par son abandon, Mark pressa ses lèvres contre les siennes avec un peu plus de vigueur et la persuada d'entrouvrir la bouche pour jouer tendrement avec sa langue.

Emily se blottit un peu plus contre lui. C'était un tel bonheur de se sentir ainsi protégée, dominée par sa haute stature, enveloppée dans ses bras !

Mark se mit à parcourir son corps de ses mains fermes et, d'instinct, elle se cramponna à lui. Ses caresses étaient en train de lui faire perdre la raison… Mais, alors qu'elle soupirait maintenant de plaisir, un bruit soudain rompit le charme qui était en train d'opérer et les sépara brusquement l'un de l'autre.

Mark étouffa un juron de frustration en s'apercevant qu'il s'agissait simplement d'une branche d'arbre qui cognait la porte-fenêtre.

— Il n'y a personne. Ce n'est que le vent qui se lève, murmura-t-il agacé, voulant à tout prix éviter qu'Emily ne cherchât à se détacher de lui.

Mais elle n'en avait aucunement l'intention. L'explication la rassura pleinement et, convaincue que personne ne pouvait les surprendre, elle se lova de nouveau avec grand plaisir au creux de ses bras forts et trouva naturellement où poser la tête sur son épaule. Comme s'ils se connaissaient depuis toujours, songea-t-elle en frissonnant. Comme si cette intimité était déjà entre eux une longue habitude…

Mais, même si elle mourait d'envie de sentir encore sa bouche sur la sienne, trop de questions se bousculaient dans sa tête.

— Mais que fera-t-on… si jamais un enfant vient à naître ? reprit-elle avec un soupçon d'hystérie dans la voix. Que peut-on faire dans un cas pareil, Mark ?

Réprimant un cri de consternation, Barbara Emerson battit en retraite et quitta sa cachette près de la porte-fenêtre, d'où elle espionnait depuis quelques minutes la conversation entre Mark et Emily. Dès l'instant où elle les avait vus tous les deux en pleine conversation dans le salon, elle avait cherché à savoir ce qui pouvait bien se tramer. Qu'avaient-ils de si important à se dire ? Depuis l'après-midi où ils s'étaient rencontrés à l'improviste devant le magasin de mode de Mme Joubert, dans Regent Street, Mark semblait éprouver un intérêt tout particulier — pour ne pas dire une attraction évidente — pour Emily Beaumont. Cela mit en regard de la lassitude dont il semblait faire preuve vis-à-vis d'elle depuis plusieurs semaines, elle avait de quoi s'inquiéter…

Mais elle ne se laisserait pas faire. Mark était à elle ! Après la mort de son mari, elle avait eu toutes les peines du monde à le reconquérir, ce n'était pas maintenant pour le laisser courtiser une autre femme ! Elle avait d'abord cru qu'elle pourrait sans peine attiser le désir qu'il avait pour elle et le muer progressivement en véritable amour, pour ensuite convoler en justes noces avec lui après une période décente de veuvage.

Mais des années s'étaient écoulées depuis et, bien qu'elle demeurât la femme la plus importante dans la vie de Mark, elle avait accepté le fait que plus jamais elle ne serait son unique compagne. Elle était parfaitement au courant de ses brèves liaisons avec telle beauté bien en vue ou telle jeune actrice. Quelques mois auparavant, par exemple, il s'était amouraché d'une jeune soprano italienne. Elle n'avait jamais laissé paraître une quelconque inquiétude vis-à-vis d'aucune de ces femmes, mais, cette fois, c'était différent. Elle avait déjà éprouvé un très vif soulagement quand la chanteuse était repartie chez elle. La belle signora Carlotti avait en effet représenté une rivale de poids, se remémora-t-elle avec un petit pincement au cœur, lui faisant entrevoir que son pouvoir sur Mark était en train de s'affaiblir.

Il y avait même maintenant des femmes sans charme particulier qui semblaient prêtes à tout pour prendre la place laissée par la soprano. Lady Goodrich n'avait guère été discrète en poursuivant Mark à Vauxhall. L'incident en avait même été risible ! Quant à Verity Merchant, elle passait son temps à venir cogner ses larges hanches contre lui. Pitoyable, vraiment…

En guise de représailles, elle avait à son tour pris quelques séduisants galants qui l'accompagnaient un peu partout. Elle avait même eu des aventures. En toute discrétion, évidemment. Elle savait que Mark n'aurait pas toléré un seul instant d'être ridiculisé sur la place publique. Mais tout cela en pure perte. Mark n'avait jamais fait montre d'aucune jalousie.

Elle avait, malgré tout, continué à avoir la certitude d'être la seule à posséder les clés capables d'ouvrir son cœur. Le reste, se disait-elle, n'était finalement que peccadilles sans importance. Il allait peut-être régulièrement voir ailleurs, mais, en dépit de ces aventures, elle restait une constante dans sa vie et elle avait gardé pleine confiance : elle finirait bien un jour par devenir sa femme…

Mais depuis peu, elle craignait que l'ambition qu'elle

chérissait le plus au monde ne fût plus du tout à sa portée. Cette Emily Beaumont commençait à occuper beaucoup trop de place dans l'esprit de Mark. Elle se demandait d'ailleurs bien ce qu'il lui trouvait !

Elle plaqua le dos contre le mur, en proie à une fureur indescriptible. Elle n'avait certes pas été témoin de tout ce qui s'était passé entre Mark et Emily sur la terrasse, mais elle en avait assez vu et assez entendu pour comprendre qu'elle était probablement en train de perdre son amant. Elle avait entrevu leurs baisers et cette grande tendresse que Mark avait accordée à une autre femme qu'elle. Mais ce n'était pas le pire dans l'histoire… Emily Beaumont avait même parlé d'un enfant ! Ainsi, elle pensait porter le bâtard de Mark ? Et à voir l'affection avec laquelle lui se comportait envers cette coquine intrigante, elle devinait qu'il allait probablement lui demander sa main.

Ecumant de rage et de frustration, elle se mit involontairement à grincer des dents. Elle avait tellement espéré être celle qui porterait un jour le premier enfant de Mark ! Elle le connaissait suffisamment bien pour avoir la certitude qu'il chérirait son premier-né plus que tout au monde et assurerait de ce fait à la mère son entière protection. Mais Mark s'était toujours montré extrêmement vigilant, dans leurs moments d'intimité, lui refusant ainsi le droit de faire partie de sa famille ou de porter son nom. Et maintenant, c'était cette espèce de friponne sournoise qui allait usurper sa place d'épouse ! Mais cela ne se passerait pas comme ça ! Elle ne se laisserait pas faire !

Barbara essuya du revers de la main les larmes qui lui piquaient les yeux et se redressa avec fierté. Elle n'allait tout de même pas laisser partir en fumée des années de dévotion consacrées à Mark Hunter. Il était à elle et elle comptait bien le garder !

Elle jeta rapidement un coup d'œil dans le salon et remarqua la présence d'un jeune homme qui semblait plus ou moins flâner. Mais à y regarder de plus près, il tournait fébrilement la tête de tous les côtés, comme s'il était en train de chercher quelqu'un. Cet homme ne lui était pas inconnu, mais elle ne mettait pas encore un nom sur son visage.

Lorsqu'il lui fit face brusquement, un sourire radieux lui vint aux lèvres. Bien sûr... C'était le toutou dévoué de miss Beaumont ! Il avait été son cavalier plus tôt dans la soirée et n'avait cessé de lui faire les yeux doux. Il lui courait après, sans l'ombre d'un doute, tout comme elle-même courait après Mark. Inspirée tout à coup, elle se souvint aussi qu'il s'appelait Stephen Bond, que sa grand-mère se prénommait Augusta et que cette dernière était une amie proche de lady Gerrard, la maîtresse de maison.

Elle s'avança alors vers lui et lui adressa un sourire engageant, agitant son éventail avec ostentation pour se rafraîchir le visage.

— Qu'est-ce qu'il fait chaud dans la salle de concert, vous ne trouvez pas ? Je suppose que vous aussi, vous vous êtes éclipsé pour prendre un peu l'air...

Il esquissa un sourire poli et fit un petit signe de tête en guise d'acquiescement. Il allait repartir quand Barbara lui demanda :

— Auriez-vous la gentillesse de m'accompagner sur la terrasse, monsieur Bond ?

Et sans attendre sa réponse, elle posa la main au creux de son bras et ajouta :

— Cela nous fera certainement le plus grand bien de prendre l'air, à l'un comme à l'autre.

Stephen retint à peine une grimace de contrariété. C'était la deuxième fois de la soirée qu'une femme, dont il ne recherchait pas particulièrement la compagnie, lui demandait d'être son cavalier sans lui donner le choix. Mais il était hélas trop bien élevé pour oser refuser. Il se contenta donc d'accepter d'un murmure laconique. Il ne put néanmoins s'empêcher d'éprouver un peu de colère quand Barbara le mena fermement vers la terrasse. Cette femme ne manquait pas de toupet !

Alors qu'ils s'approchaient des portes-fenêtres, elle éclata d'un rire perçant, sans cause apparente, et il en ressentit un malaise. Son attitude était pour le moins déconcertante…

Barbara avait une très bonne raison de vouloir créer du tapage. Elle avait l'intention d'alerter son amant infidèle de sa présence, sans pour autant ébruiter l'histoire. Personne ne devait être le témoin des ardeurs que prodiguait Mark à une autre femme qu'elle. Et cet homme encore moins que les autres ! Si jamais Stephen Bond était d'un naturel jaloux et tempétueux — mais à y regarder de plus près, cela paraissait très improbable —, il pourrait y avoir du grabuge, et son humiliation serait alors connue de tous. Ce qui était évidemment hors de question !

Son éclat de rire eut l'effet escompté. Mark étouffa un juron et s'écarta immédiatement d'Emily. Il lui prit le bras avec solennité et la ramena doucement vers les portes-fenêtres qui donnaient sur le salon. Ils n'étaient plus qu'à quelques pas quand ils aperçurent Stephen et Barbara qui s'avançaient sur la terrasse.

— Emily ! Enfin vous voilà ! Vous ne vous sentez pas bien ? demanda Stephen soucieux, dégageant aussitôt son bras de celui de Barbara.

— C'est que… j'avais juste un peu chaud, dit Emily en se forçant à sourire. Mais je me sens mieux maintenant.

— Tant mieux, dit Barbara gentiment. Vous pouvez

m'emprunter mes sels si vous pensez que cela peut vous être utile.

Emily murmura ses remerciements et lui fit un rapide signe de tête.

— Si vous vous sentez un peu fiévreuse, il vaut mieux vite rentrer, miss Beaumont. La nuit est fraîche, et vous pourriez prendre froid, lui conseilla encore Barbara avec le plus grand sérieux. Par ailleurs, votre mère vous cherche sûrement, elle aussi. Elle doit avoir imaginé un tas de choses plus curieuses les unes que les autres pour justifier votre disparition de la salle de concert…

Emily évita de croiser le regard de Mark et rejoignit Stephen, un peu honteuse à présent de ce qui s'était passé sur la terrasse. Lorsqu'elle s'y était rendue, elle était bien déterminée à ne pas succomber une nouvelle fois au flirt très habile de Mark Hunter. Et, pourtant, on pouvait dire qu'une fois encore il avait réussi à lui faire abandonner tous ses principes et à la libérer de ses propres inhibitions. Et avec la plus grande facilité ! Elle n'était même pas loin d'être complètement séduite !

Quelques instants auparavant, n'avait-elle pas ouvertement critiqué son frère Tarquin en l'accusant de compromettre la réputation de sa famille ? Mais elle, n'avait-elle pas aussi agi avec le même mépris pour la décence la plus élémentaire ? Elle savait très bien que Mark n'était pas libre. Elle savait également que sa maîtresse attitrée se trouvait dans la pièce juste à côté, et pourtant, cela ne l'avait pas empêchée de le laisser l'embrasser et la caresser. Et pour couronner le tout, Barbara Emerson semblait si attachée à lui ! Emily n'avait pu faire autrement que de remarquer la manière dont la jeune femme s'était promptement glissée aux côtés de Mark et avait passé son bras sous le sien, dans un geste délibérément possessif.

— Merci beaucoup, monsieur Hunter, de m'avoir si gentiment accompagnée, dit Emily d'un ton volontairement un peu guindé comme l'exigeait la bienséance.

— Mais ce fut avec grand plaisir, miss Beaumont…, lui répondit Mark d'un ton tout aussi cérémonieux.

Il contempla ensuite Stephen Bond pendant un assez long moment, ce qui parut mettre le jeune homme dans l'embarras.

Lorsque Emily tira légèrement ce dernier par le bras pour lui signifier qu'il était grand temps pour eux de retourner dans le salon, Stephen sembla tellement soulagé que Mark ne put réprimer un sourire.

— Ah, vous voilà enfin ! Je me disais justement que je ne vous avais pas encore vue ce soir. Où donc étiez-vous cachée, miss Beaumont ? demanda Augusta Bond en ajustant ses lorgnettes pour observer Emily plus attentivement. Vous avez raté un bon concert, vous savez, ajouta-t-elle d'un air pincé.

— Emily prenait un peu l'air sur la terrasse avec M. Hunter, grand-maman, répondit Stephen après un petit silence, manifestement gêné.

— Ah…, se contenta de dire sa grand-mère en hochant la tête d'un air entendu.

Elle se mit alors à observer avec beaucoup d'intérêt les deux personnes qui étaient en train d'entrer dans la pièce, à la suite d'Emily et Stephen. Barbara Emerson affichait un sourire féroce et très déterminé ; accrochée au bras de son amant, elle semblait défier quiconque voudrait le lui prendre. Mais Augusta ne s'y laissa pas tromper. Elle devinait parfaitement ce qui se tramait. Il suffisait de regarder Mark Hunter qui s'efforçait d'arborer un air détaché alors qu'il ne pouvait pas détacher son regard d'Emily Beaumont. Barbara Emerson était en train de le perdre. Augusta avait le don de sentir le moment où une femme s'inquiétait et redoutait d'être rapidement mise à l'écart par celui dont elle était jusque-là la favorite. Elle le lisait dans ses yeux. Peut-être y était-elle particulièrement sensible, ayant elle-même fait cette douloureuse expérience avant de rencontrer son époux et de convoler avec lui en justes noces.

— Je suis désolée, madame Bond... J'avais l'esprit ailleurs... Avez-vous beaucoup apprécié le concert ? balbutia Emily, incapable de dissimuler son émoi, car elle avait remarqué la présence de Mark dans la pièce et ses yeux fixés sur elle.

— Oui, en effet, beaucoup... Et permettez-moi d'ajouter que vous pouvez prétendre à bien mieux que Nicholas Devlin, j'en suis persuadée...

Elle avait baissé la voix pour faire cette dernière remarque, et adressa un sourire subtil à Emily.

— Et maintenant, reprit-elle à voix haute, je boirais bien une coupe de champagne ! Je pense que cela vous ferait également le plus grand bien, mademoiselle.

Puis s'adressant à son petit-fils :

— Miss Beaumont et moi-même allons de ce pas voir Fiona pour bavarder un peu avant que l'orchestre ne reprenne. Fiona connaît tous les derniers potins et il faut absolument que j'aie quelque chose de croustillant à raconter à mes amis quand je rentrerai à Bath.

— Vous pensez bientôt rentrer chez vous, madame ? demanda encore Emily dans un effort désespéré de se montrer polie, essayant de se concentrer sur tout ce qui pouvait l'empêcher de repenser à ce qui s'était passé sur la terrasse avec Mark.

Elles allaient bientôt dépasser le couple. Et plus elles s'approchaient, plus son cœur battait la chamade.

— Je n'ai encore pris aucune décision. Je ne sais pas vraiment quand je rentrerai chez moi, lui répondit la vieille dame. Mais avant de partir, j'aimerais m'assurer que Stephen soit heureux.

— Oui, bien sûr..., dit Emily en fronçant les sourcils.

Que voulait-elle donc insinuer ?

Elle lui jeta un coup d'œil furtif et, légèrement intimidée, lui demanda :

— Vous pensez qu'il est malheureux, madame ?

— Oui, c'est exactement ce que je pense. Et cela ne changera pas aussi longtemps qu'il soupirera après vous, lui répondit Augusta en toute franchise, en la regardant droit dans les yeux. Vous êtes une jolie jeune femme, miss Beaumont, mais vous n'êtes pas celle qui rendra mon petit-fils heureux.

— Quelle agréable soirée nous avons passée ! Je ne l'oublierai pas de sitôt. Je dois dire qu'il y a bien longtemps que je ne m'étais pas autant amusée. Même la présence de cette peste de Violet Pearson n'a pas réussi à gâcher mon plaisir, c'est dire !

Penelope Beaumont se débarrassa de son châle et exécuta un petit pas de danse sur le tapis. Emily n'avait pas vu sa mère aussi heureuse depuis des lustres et elle était enchantée de la sentir le cœur aussi léger.

— Sans compter que lady Gerrard a passé bien plus de temps à discuter avec nous qu'avec les Pearson. Ah, je suis vraiment aux anges ! poursuivit Penelope.

Un sourire de triomphe vint illuminer son visage. Cette rivalité puérile entre Violet Pearson et sa mère ne cesserait-elle jamais ? s'interrogea Emily.

— Il faudra remercier Augusta Bond pour cette

merveilleuse soirée. Violet avait l'air si furieuse et si contrariée ! C'était un pur bonheur de voir ça !

Emily adressa un petit sourire à sa mère et s'assit confortablement dans un fauteuil. Ils venaient juste de rentrer à la maison et s'étaient tous installés dans le boudoir. Elle aurait préféré monter dans sa chambre pour aller se coucher le plus rapidement possible. Elle avait terriblement mal à la tête après tous ces efforts pour essayer de donner sens aux soucis qui tournoyaient vertigineusement dans sa tête, faute de parvenir à les bannir complètement. Ses yeux la brûlaient et, surtout, elle se sentait si lasse…

Mais sa mère n'avait qu'une envie, parler, et revenir inlassablement sur la soirée. Elle était tellement ravie ! Il lui fallait donc faire un dernier effort, songea Emily, car il aurait été bien grossier de sa part de refuser à sa mère cet ultime plaisir qui consistait à faire des commentaires sur les robes, les invités, et à répéter les potins.

— Eh bien, Emily, tu pourrais quand même faire preuve d'un peu plus d'enthousiasme ! Lady Gerrard a semblé beaucoup t'apprécier. Son neveu aussi d'ailleurs. J'ai bien vu que Stephen l'a regardé de travers quand il t'a invitée à danser. Par deux fois, qui plus est…

Elle ne put s'empêcher de glousser.

— Ça ne fera pas de mal à Stephen de savoir qu'il a un rival ! Même si, je dois bien l'avouer, je ne suis pas vraiment certaine que les Brettle aient autant d'argent que ce que l'on pourrait attendre de personnes faisant partie des intimes des Gerrard.

— C'était effectivement une très agréable soirée, admit Emily en esquissant un sourire. Mais je suis vraiment très fatiguée, maman. Je crois que je vais monter me coucher, j'ai beaucoup de mal à garder les yeux ouverts, s'excusa-t-elle.

Sa mère haussa les épaules et fit la moue. La déception se lisait clairement sur son visage.

— A propos, où étais-tu donc passée pendant le concert ? Je ne t'y ai pas vue.

— J'étais sur la terrasse… Je prenais l'air… Je te l'ai déjà dit, répondit doucement Emily.

— Ah, oui, c'est vrai. Tu étais en compagnie de l'ami de Tarquin, Mark Hunter…

Penelope soupira.

— Je suppose que tu essayais de savoir ce qu'il a découvert concernant ton frère. Tu as quelque chose à me dire ? M. Hunter a-t-il trouvé où ce vaurien se cache ?

Comme Emily ne répondait pas, elle ajouta :

— Je sais que ton père, pour sa part, n'a absolument aucune nouvelle.

A ces mots, Emily tressaillit. Son cœur se mit à cogner plus fort dans sa poitrine. Elle avait caressé l'espoir d'éviter pour l'instant toute conversation avec ses parents concernant Tarquin. Elle n'avait pas envie de leur débiter des mensonges à son propos, ni de leur rapporter sa conversation avec Mark. Une erreur avait peut-être été commise, qui sait ? Malgré sa bonne foi, Mark Hunter avait peut-être été abusé par ce Mickey Riley… Elle se cramponnait à cette idée avec opiniâtreté. La réalité n'était peut-être pas aussi sordide que les apparences ne le laissaient supposer, finalement. Elle avait décidé qu'elle ferait tout ce qui était en son pouvoir pour éviter de bouleverser ses parents inutilement. C'est pourquoi il valait mieux attendre, au cas où il s'agît d'une fausse alerte. Dans le doute, c'était encore la meilleure chose à faire.

— M. Hunter n'a pas encore terminé ses recherches, maman. Je n'ai rien appris de particulier, mais il m'a promis de tout mettre en œuvre pour retrouver la trace de Tarquin. Nous en saurons vraisemblablement un peu plus bientôt, j'en suis convaincue. Je te souhaite une bonne nuit, murmura-t-elle en sortant rapidement de la pièce.

Chapitre 10

— Eh bien, il ne te reste plus qu'à te confondre en remerciements, ma chère… Mais si tu veux bien me raconter tout ce qui s'est réellement passé sur la terrasse, disons que je t'en tiendrai quitte, dit Sarah à Emily d'un ton taquin alors que Mme Beaumont venait à peine de refermer la porte du petit salon derrière elle.

Elles avaient toutes les trois pris une tasse de thé ensemble et avaient dégusté une part de gâteau au gingembre tout en se remémorant en détail la soirée qu'elles avaient passée la veille au soir chez lady Gerrard. Puis Penelope Beaumont avait laissé seules les deux jeunes femmes afin qu'elles puissent bavarder tranquillement.

Alors qu'elle posait délicatement sa serviette à côté de son assiette, Emily ne put s'empêcher de jeter un regard noir à son amie.

Mais Sarah ne se laissa pas décourager pour autant et lui adressa en retour un petit sourire malicieux tout en terminant son gâteau, sans en laisser la moindre miette dans son assiette.

— Cesse de me faire languir, je t'en prie ! Je n'en peux plus à la fin, Emily… Allez, dis-moi… Est-ce qu'il t'a embrassée ? demanda Sarah tout en se mettant un doigt collant dans la bouche.

Emily rougit très légèrement, mais réussit toutefois à paraître insouciante et même à émettre un petit gloussement, comme si la question était parfaitement incongrue.

Elle ne dirait rien. Même à Sarah. Elle ne tenait pas particulièrement à revenir sur cet épisode de la soirée.

— Je suppose que tu veux parler de ma petite promenade au clair de lune sur la terrasse de lady Gerrard en compagnie de M. Hunter ?

— Evidemment ! En tout cas, je suis très fière de moi ! J'ai drôlement bien réagi en détournant l'attention de Stephen Bond, tu ne trouves pas ?

Elle haussa les sourcils d'un air entendu, mais Emily demeura impassible.

— A bien y réfléchir, je ne pense pas que tu le tiennes en si mauvaise estime, ce Mark Hunter. Et ce, malgré ce que tu aimerais bien me faire croire, ajouta-t-elle, un petit sourire espiègle aux lèvres.

Emily n'aurait su dire si cette remarque de son amie était fondée ou non. Ses sentiments étaient encore tellement mitigés à propos de Mark ! En ce qui concernait Sarah cependant, il n'y avait aucun doute à avoir. Elle devait absolument la remercier chaleureusement pour avoir accaparé Stephen comme elle l'avait fait !

Mais, immédiatement après cette pensée lui en vint une autre, bien moins plaisante, qui lui laissa un goût d'amertume dans la bouche. Ah ! Comme elle aurait donné cher pour retrouver le bonheur simple qu'elle connaissait encore il y avait peu, ignorant la mésalliance calamiteuse de son frère avec une prostituée... Comme elle regrettait également sa conduite inqualifiable sur la terrasse avec Mark ! Elle s'était comportée comme une... une... fille sans aucune moralité ! Le souvenir de ce moment la remplissait maintenant de honte.

— Allez, Emily, arrête de me faire languir, s'il te plaît ! Que s'est-il passé sur la terrasse ? répéta Sarah bien décidée, de toute évidence, à obtenir une réponse. C'est la deuxième fois que je remarque combien Mark

Hunter s'intéresse à toi, et de très près… Il faut voir comme il te couve des yeux ! Si seulement un célibataire aussi beau et riche que lui pouvait me regarder comme cela moi aussi, je peux t'assurer que je serais aux anges ! ajouta-t-elle, les yeux perdus dans le vague.

— Tu changerais certainement d'avis si tu connaissais ses motivations profondes, Sarah.

Quand apprendrait-elle enfin à réfléchir avant d'ouvrir la bouche ? se reprocha aussitôt Emily. Elle avait réagi à brûle-pourpoint, comme d'habitude, prononçant une formule lapidaire qui eut immédiatement pour conséquence d'aiguiser plus encore la curiosité de son amie. Comment allait-elle se dépêtrer de cette conversation maintenant ?

— Ah bon ? Est-ce que tu veux dire qu'il s'est montré irrespectueux ? A-t-il pris des libertés avec toi lorsque vous vous trouviez dans la pénombre ? J'avoue que j'ai déjà entendu dire plus d'une fois qu'il menait une vie un peu dissolue.

Sarah s'installa confortablement dans le sofa, les yeux ronds comme des soucoupes. Puis elle frissonna légèrement et se passa les mains sur les bras pour faire passer la chair de poule.

— Allez, raconte ! Qu'a-t-il fait… ou dit ?

Comme Emily ne répondait toujours pas, elle poursuivit :

— Tu ne penses pas qu'il cherche simplement à te faire la cour ?

— Mais ma parole, tu es une vraie commère, Sarah ! Tu sais très bien que M. Hunter est déjà pris, fit remarquer Emily d'une voix aigre, très agacée tout à coup par la tournure que prenait leur conversation. Et tu as certainement dû remarquer qu'il a passé plus de temps aux côtés de sa maîtresse qu'aux miens !

— Oui, peut-être bien… Mais tu ne m'enlèveras pas

de l'idée que c'est toi, et non pas Barbara Emerson, qu'il regardait la plupart du temps. Et je suis sûre qu'elle aussi l'a remarqué, dit Sarah en jubilant, guettant la réaction de son amie.

Mais Emily resta de marbre.

— Je crains fort qu'à l'avenir, tu ne reçoives plus aucune invitation aux soirées données par Mme Emerson, ajouta-t-elle.

— Eh bien, quel soulagement ! murmura Emily avec le plus grand sérieux.

Elle se sentait mal à la simple pensée d'assister à l'avenir à une soirée organisée par la maîtresse de Mark Hunter.

— Tout de même, Emily, je suis ton amie ! Tu dois bien avoir quelque chose d'un peu croustillant à me raconter, non ?

La voix de Sarah était à présent teintée de reproche, autant que de déception.

— Si c'était le cas, tu sais, ce serait à propos de Tarquin que j'aurais des choses à dire, répondit Emily tout en lui jetant un regard chagriné. Si M. Hunter et moi avons dû avoir une conversation privée lors de la soirée donnée chez lady Gerrard, c'est pour une seule raison : parler de mon frère et de ses frasques ! Ils sont amis, comme tu le sais, et Mark Hunter a eu l'extrême gentillesse de bien vouloir chercher à découvrir ce que ce bon à rien peut fabriquer et pourquoi il se cache.

Sarah parut sincèrement désappointée par cette explication qu'elle jugeait apparemment bien trop terre à terre.

— Mais, quand même, tu ne penses pas qu'il pourrait peut-être s'intéresser davantage à toi qu'à ce qui est arrivé à ton frère ?

Emily agita la main avec dédain, rejetant en apparence cette hypothèse comme une simple vue de l'esprit. Mais elle détourna la tête pour essayer de masquer ses sentiments. Même si Mark lui avait assuré qu'il ne lui demanderait rien en retour des informations qu'il obtiendrait sur Tarquin, il avait, en réalité, toujours obtenu d'elle une récompense en nature… Et sans avoir besoin de l'amadouer outre mesure qui plus était…

Sarah s'enfonça plus profondément dans les coussins disposés sur le sofa, les yeux rivés sur ses deux mains jointes. Elle paraissait maintenant d'humeur beaucoup moins joyeuse.

Emily profita de ce changement d'atmosphère pour orienter autrement la conversation.

— En tout cas, merci beaucoup d'avoir tenu compagnie à Stephen hier…

— Oh, mais ça ne m'a en aucun cas dérangée ! répondit Sarah avec une étonnante ferveur. En fait…

Elle s'interrompit brusquement. Elle parut soudain terriblement gênée : son visage amorça une grimace, puis elle haussa les épaules.

— Vas-y, ne t'arrête pas au milieu de ta phrase…, l'incita à continuer Emily avec douceur.

Elle venait d'entrevoir ce qu'elle ne s'était jamais imaginé, ne serait-ce un seul instant : que Sarah pût avoir le béguin pour Stephen Bond.

— Ça ne fait rien, murmura Sarah.

— Je pense que si.

— C'est juste que je le trouve très gentil, admit alors timidement Sarah tout en enroulant une boucle de cheveux autour de son doigt. Et si je pensais qu'il pourrait un jour cesser d'attendre de toi un intérêt qui ne viendra pas… Parce que je sais pertinemment que tu ne voudras jamais de lui, n'est-ce pas, Emily… Je lui avouerais peut-être mes sentiments et attendrais avec impatience de voir ce qui se passerait…

Elle se prit soudain la tête à deux mains, stupéfaite par ce qu'elle venait d'avouer.

Reprenant ses esprits, elle s'écria :

— Comme tu dois me trouver stupide, Emily ! Où ai-je donc la tête ? Toi, tu es magnifique, tu as de ravissants cheveux blonds, et moi, je suis brune et loin d'être une beauté !

— Ce n'est pas vrai, tu es très jolie, Sarah. Et puis, tu es jeune, tu es de trois ans ma cadette, et tu as un joli teint de porcelaine. Par ailleurs, tu ne deviens pas rouge cramoisi à tout bout de champ comme cela m'arrive très régulièrement. Et puis tu n'es pas sans savoir que les brunes font sensation en ce moment.

Sarah ne parut pas entendre les compliments que venait de lui faire Emily et enchaîna :

— Et puis, de toute façon, si Stephen abandonnait la partie aussi facilement alors que, de toute évidence, il est amoureux de toi, il ne vaudrait certainement pas la peine qu'on s'y intéresse, tu ne crois pas ?

— Mais si ! répondit Emily avec vigueur. Pourquoi est-ce que tu dis ça ?

— Parce que ce serait alors un homme inconstant en amour et on ne pourrait pas lui faire confiance.

— Tu veux savoir le fond de ma pensée, Sarah ? Je ne crois pas que Stephen m'aime vraiment, ce n'est qu'un intérêt passager. Et nous avons tous le droit de nous laisser ensorceler au moins une fois dans notre vie !

Emily lui adressa un large sourire et lui fit un clin d'œil entendu.

— Est-ce que, par le plus grand des hasards, tu veux insinuer que c'est mon cas, que je n'aime pas vraiment Stephen ? lui demanda Sarah d'un ton acerbe.

— Non, tu te trompes, ce n'est pas cela du tout ! Ce que je veux dire, c'est qu'il est très facile à mon avis de confondre intérêt passager et amour véritable. Si j'en parle, c'est parce que, vois-tu, cela m'est déjà arrivé. Pendant une très longue période, j'ai cru que j'aimais le vicomte Nicholas Devlin d'un véritable amour. Mais avec le recul, je ne suis pas très sûre de ce que j'ai vraiment ressenti pour lui. Ce dont je suis certaine, c'est que l'idée même d'être amoureuse m'attirait beaucoup, et, au final, je me suis peut-être bercée d'illusions…

— Alors, tu ne sais pas ce que cela fait d'être amoureuse ? C'est ça ?

Sur le point de répondre par la négative, Emily hésita. Son esprit s'était égaré en chemin et elle avait maintenant en tête le moment délicieux où elle s'était retrouvée blottie au creux des bras protecteurs de Mark, sur la terrasse. Ce souvenir en amena aussitôt un autre : elle se remémora avec plus de délectation encore les sensations qu'elle avait éprouvées lorsque Mark l'avait embrassée de sa bouche chaude et sensuelle et que ses doigts agiles avaient fait frissonner son corps de désir.

— Je ne suis pas sûre, en effet, laissa échapper Emily, les joues maintenant très rouges.

Cela lui paraissait complètement absurde d'avoir immédiatement associé un homme qu'elle connaissait à peine et qu'elle n'appréciait par ailleurs pas beaucoup à l'idée même de l'amour. Mais, après tout, peut-être qu'elle commençait à mieux le connaître, lui susurra une petite voix intérieure, et peut-être même que c'était pour cette raison qu'il lui plaisait davantage qu'autrefois. Le ciel lui en était témoin, il lui avait apporté une aide très précieuse en se mettant à la recherche de Tarquin et en ayant obtenu le fin mot de l'histoire, même si ce fin mot n'était pas des plus réjouissant. Elle se montrerait terriblement ingrate si elle persistait à ne pas apprécier un homme qui s'était donné tant de mal pour sa famille.

— Dans ces conditions, peut-être bien que Stephen Bond ne perd pas tant que ça son temps à t'attendre, dit alors Sarah avec froideur.

Elle avait essayé de deviner le nom de l'individu qui occupait ses pensées et s'était mépris sur son identité, comprit Emily.

— Je te prie de bien vouloir oublier ce que j'ai dit tout à l'heure quand je t'ai déclaré que j'aimais Stephen, Emily... C'est la vérité, bien sûr, mais je n'aurais jamais dû t'avouer mes sentiments. Je ne voudrais surtout pas que tu t'imagines que je me pose en rivale ou même que je me suis montrée présomptueuse en laissant supposer qu'il puisse s'intéresser à moi.

— Il se trouve, Sarah, que ce n'était pas du tout à Stephen que j'étais en train de penser. Ce n'est pas de lui que je... C'est-à-dire... Oh, s'il te plaît, Sarah, ne prend pas mal les choses, je t'en conjure !

Emily eut beau l'implorer de changer d'avis, Sarah s'était levée d'un bond, prête à partir.

— Il faut que j'y aille. Tout à l'heure, j'ai dit à ma mère que je l'accompagnerais chez Baldwin pour y acheter du tissu de velours, annonça alors Sarah avec raideur.

Et, sans plus de cérémonie, elle se dirigea vers la porte du boudoir et quitta la pièce.

Emily ressentit sans conteste un certain chagrin en raccompagnant son amie dans le hall d'entrée. Il existait maintenant un sujet de discorde entre Sarah et elle. C'était bien la première fois que cela arrivait. Et pourtant, on ne pouvait pas dire qu'elles s'étaient vraiment disputées, elles avaient juste eu une discussion à bâtons rompus à propos des hommes de leur entourage.

Alors qu'elle la regardait descendre les marches du perron et prendre la direction de son domicile sans même lui adresser un regard, Emily poussa un profond soupir et se demanda si chercher un mari était une préoccupation aussi bénéfique que leurs mères respectives essayaient de leur faire croire à longueur de journée.

Sarah Harper ne fut pas la seule jeune femme qui se sentait terriblement abattue, ce matin-là, à la pensée que le gentleman qu'elle aimait du fond du cœur ne partageait pas ses sentiments.

Barbara Emerson venait juste de recevoir un message de la main de sa servante, lui indiquant qu'elle avait une visite. Mark était chez elle. Il l'attendait en bas.

Une information qui l'alarma aussitôt : Mark n'attendait jamais en bas. Il venait la voir dans cette maison depuis des années en familier et, de jour comme de nuit, la rejoignait sans façon dans son boudoir, sans chercher particulièrement à se montrer discret devant les domestiques. Quelle que fût la raison de sa venue, parler ou faire l'amour, il n'était pas du genre à faire de cérémonie et n'en avait pas fait jusqu'alors. C'était tout nouveau et elle craignait fort d'en deviner la raison.

Cela faisait déjà un moment qu'elle avait remarqué le manque d'ardeur de Mark et qu'elle s'en inquiétait. Quand il l'avait raccompagnée chez elle la veille, après la soirée chez lady Gerrard, malgré tous les efforts qu'elle avait déployés pour l'inciter à rester avec elle, il était parti sans même lui accorder un baiser digne de ce nom.

Par ailleurs, elle avait bien vu que Claudine, sa bonne française, avait évité de la regarder droit dans les yeux en lui remettant le message, mais elle avait quand même décelé dans son regard un mélange de pitié et de gêne. Elle aussi avait compris que Mark allait certainement la quitter. Et pour de bon cette fois. Elle faisait entièrement confiance à Claudine et pouvait compter sur sa loyauté et sa grande discrétion, mais elle savait bien qu'il ne faudrait pas longtemps avant que toute la ville n'apprît qu'elle n'était désormais plus la maîtresse de Mark, et que, par conséquent, elle ne risquait pas de l'épouser un jour. Les gens ne tarderaient pas non plus à spéculer sur l'identité de celle qui l'avait supplantée dans le cœur de Mark. Mais jamais ils n'y parviendraient, se promit-elle solennellement. Cela devrait demeurer secret à tout prix. Elle seule avait le droit de connaître le nom de l'effrontée qui lui avait volé son amant de toujours.

Elle se mit à faire nerveusement les cent pas dans son boudoir, les traits tendus. Ses mouvements vigoureux et saccadés avaient par ailleurs mis sa tenue en désordre : son négligé en dentelle découvrait maintenant largement son corps voluptueux. Que pouvait-elle donc faire ? se demanda-t-elle avec désespoir. Elle pouvait toujours s'excuser en prétextant qu'elle était souffrante. Il ne la croirait pas, car elle ne lui avait jusqu'alors jamais refusé la moindre entrevue, et elle imaginait sans peine ce qui risquait d'arriver : soit il s'en irait aussitôt, soit il reviendrait sur sa décision et monterait la voir. Elle pourrait user alors de ses artifices pour empêcher les mots qu'elle redoutait tellement d'entendre de franchir ses lèvres.

— Madame est souffrante, monsieur.

Claudine regarda brièvement Mark, le visage dur et sombre, puis elle baissa la tête et fixa le bout de ses chaussures.

— Dans ce cas, faites part à madame de toute ma sympathie et souhaitez-lui un prompt rétablissement, dit Mark doucement. Et ne manquez surtout pas de lui dire que je reviendrai la voir demain.

Si Mark était conscient que Barbara l'observait depuis

la fenêtre du premier étage, derrière les rideaux, il n'en montra aucun signe. Il monta prestement à bord de son cabriolet et fit rapidement trotter ses chevaux. Il était tellement préoccupé ! Mais ce n'était pas Barbara qui accaparait ainsi son esprit. Il savait à quoi s'en tenir sur son compte. Elle n'accepterait pas facilement d'entendre qu'il ne la désirait plus et voulait rompre. Elle n'y mettrait guère du sien. Mais, pour l'instant, c'était à Tarquin qu'il pensait, cet écervelé qui provoquait de tels ravages dans la vie de si nombreuses personnes.

Il parvint pourtant, en se forçant un peu, à bannir Tarquin de son esprit, ainsi que son exquise et captivante sœur. Il s'obligea à se concentrer sur ce qu'il avait à faire pour peiner le moins possible Barbara, lorsqu'il lui annoncerait leur rupture. Si elle persistait à essayer de retarder l'inéluctable en refusant catégoriquement de le voir, il finirait par lui envoyer un petit mot. Une façon d'agir qui lui semblait terriblement lâche, aussi préférerait-il procéder dans les règles de l'art, mais si elle ne lui laissait pas le choix… Il ne voulait pas la blesser, mais il ne pouvait pas non plus lui mentir. Il ne l'aimait plus, voilà tout. Il ne pouvait pas non plus continuer à fermer les yeux sur son obsession fantasque : Barbara passait le plus clair de son temps à lui parler de leur futur mariage et n'avait toujours pas compris qu'ils n'avaient pas le moindre avenir ensemble !

Après le décès de son mari, leur relation avait repris, mais il lui avait dit sans ménagement qu'il ne lui promettait pas sa fidélité ou son amour indéfectible, comme c'était le cas avant son départ en voyage. Ils avaient passé un contrat tacite selon lequel ils acceptaient tous les deux son besoin de se sentir libre, et d'avoir, de temps à autre, des aventures avec d'autres femmes.

Et aujourd'hui, il devait bien avouer qu'il avait beaucoup

apprécié la discrétion de Barbara en la matière. Elle était trop fière pour le harceler à propos de ses liaisons. Et lui, de son côté, n'avait jamais fait la moindre allusion à ces galants qui la raccompagnaient parfois chez elle après une soirée mondaine et filaient ensuite aux petites heures du jour.

Malgré leurs incartades respectives, ils avaient continué à se donner mutuellement beaucoup de plaisir, et, jusqu'alors, Mark n'avait jamais ressenti la moindre nécessité de mettre un terme à une liaison qui semblait leur convenir parfaitement à tous les deux. Mais, dernièrement, Barbara avait passé son temps à faire des allusions répétées et de plus en plus appuyées à son envie de l'épouser, ce qui avait fini par lui taper sur les nerfs. Elle était devenue très possessive aussi, le surveillant constamment quand ils sortaient, se pendant impérieusement à son bras pour revendiquer une forme de propriété aux yeux des autres. La situation était tout bonnement devenue insupportable.

Par ailleurs, il savait pertinemment que ce n'était pas une coïncidence si elle était sortie prendre l'air sur la terrasse chez lady Gerrard, la veille au soir. Elle l'avait certainement épié pendant un long moment avant de décider de se montrer. Qu'avait-elle entendu au juste ? Et surtout, qu'avait-elle vu ? Il ne pouvait plus tolérer une telle situation, d'autant qu'il avait cessé d'éprouver le moindre désir pour elle.

Afin de ne pas entacher de beaux souvenirs, cependant, et par respect pour la dignité de la jeune femme, il espérait mettre un terme à leur relation dans le calme et une certaine élégance, ce qui n'allait pas s'avérer si facile, en fin de compte… Il jeta un regard chagriné vers le ciel. De bien nobles sentiments en apparence, se dit-il non sans une certaine ironie… Mais ferait-il preuve de la même détermination et de la même impitoyable efficacité si Emily Beaumont n'avait pas récemment croisé son chemin ?

Emily était — elle ne le lui avait pas dissimulé — parfaitement au courant de la relation de longue date qu'il entretenait avec Barbara et il imaginait sans peine qu'elle devait le considérer comme un coureur de jupons invétéré. Mais, en même temps, malgré ses appréhensions légitimes, cela ne l'avait pas empêchée pour autant de répondre plus que favorablement à ses avances. Et il avait tout lieu de croire qu'avec le temps elle pourrait même apprendre à l'aimer.

Des baisers volés, dans la solitude d'une ruelle ou sur une terrasse déserte, c'était une chose. Mais, à coup sûr, elle ne lui permettrait pas de lui faire publiquement la cour, à moins qu'il ne déclare solennellement que Barbara ne faisait plus partie de son existence. Il se rendit compte avec effroi que cela lui faisait très plaisir de savoir qu'Emily considérait Barbara comme une rivale. Il avait remarqué une animosité incontestable dans ses yeux bleus lorsque Barbara avait fait son apparition sur la terrasse en compagnie de Stephen Bond. Puis il se mit à rire tout à coup, se moquant de lui-même : quelle vanité de sa part de penser que c'était sa liaison avec Barbara qui contrariait Emily ! Pour qui se prenait-il ? Il était bien plus probable que le ressentiment de la jeune femme était lié au fait d'avoir vu son cavalier escorter quelqu'un d'autre qu'elle.

Il songeait tristement à cet admirateur fervent qui se languissait auprès de la jeune femme — un homme qui n'avait par ailleurs rien fait pour mériter de sa part des pensées si peu charitables — et il dut admettre à contrecœur qu'il était animé d'une véritable jalousie. Stephen Bond avait manifestement de la tendresse pour Emily. Tarquin le lui avait dit sur le ton de la confidence quelques mois auparavant. Son ami lui avait aussi gentiment communiqué d'autres informations. Selon lui, Emily aimait beaucoup Stephen, mais, a priori, elle n'accepterait jamais sa demande en mariage quand bien même il trouverait enfin l'audace de la faire. Il était sous la coupe de sa grand-mère et n'avait pas son mot à dire dans l'affaire. C'était Augusta Bond et elle seule qui tenait les cordons de la bourse et qui possédait l'héritage de son petit-fils.

Cette pensée lui donna le courage d'aller de l'avant. Il donna quelques petits coups de rênes aux chevaux gris pour les inciter à accélérer leur allure. Il était vraiment grand temps d'avoir une conversation sérieuse avec Tarquin, et il avait sa petite idée sur le lieu où il pourrait le trouver.

Emily faisait nerveusement les cent pas dans sa chambre. Elle se sentait un peu perdue depuis le départ de Sarah. Même si elle ne parvenait pas à mettre le doigt sur ce qu'elle avait pu dire ou faire de travers pour provoquer ce fâcheux désaccord avec son amie, elle ne pouvait néanmoins s'empêcher d'éprouver les affres de la culpabilité. Sarah avait semblé terriblement blessée.

Emily donna un dernier petit coup de brosse à son épaisse chevelure, puis jeta la brosse avec humeur sur son lit. Elle se dirigea ensuite, sans trop savoir pourquoi, vers la coiffeuse et regarda attentivement son reflet dans le miroir. Ses grands yeux bleus observèrent d'abord son nez hardi puis sa grande bouche pour finalement s'arrêter sur son petit menton pointu. Elle se scrutait en fronçant les sourcils, comme si elle pouvait trouver les réponses qu'elle cherchait en observant avec attention ses propres traits. Faisait-elle preuve d'une quelconque cruauté envers Stephen ? Elle l'aimait bien, assurément… Mais uniquement comme ami. Rien de plus. Accepterait-elle de devenir sa femme, s'il le lui demandait ? Accepterait-elle de devenir la mère de ses enfants ? Objectivement, elle n'était pas amoureuse de lui. Un avenir commun pouvait-il se construire quand l'un des partenaires n'éprouvait pas d'amour pour l'autre ? Et comment réagirait Stephen, s'il découvrait la nature véritable de ses sentiments envers lui ? Il l'accuserait de tromperie et aurait alors raison…

Augusta Bond semblait avoir senti tout cela. Depuis leur toute première rencontre, la vieille dame avait en effet soutenu de manière catégorique qu'elle n'était pas celle qu'il fallait à son petit-fils. Augusta la considérait-elle comme une personne frivole et sans cœur ? Pourtant, elle ne voulait certainement pas blesser Stephen, pas plus que tout à l'heure elle n'avait voulu faire de la peine à Sarah.

Elle poussa un profond soupir et inclina le miroir afin de ne plus rien pouvoir y distinguer du tout. A quoi cela l'avançait-il ? Puis elle se dirigea vers la porte de sa chambre. Elle s'était décidément montrée bien égoïste en gardant Stephen à portée de main, lui faisant miroiter que peut-être elle pourrait… « Au cas où », comme le disait si bien sa mère. Si jamais elle ne trouvait pas de meilleur parti, mieux valait épouser ce dernier que de rester vieille fille, lui répétait-elle. Eh bien, non ! Elle ne voyait pas les choses de cette manière. Cette situation n'avait que trop duré. Il était temps de rendre sa liberté à Stephen pour lui permettre de reporter son affection sur quelqu'un d'autre… Sur Sarah Harper par exemple.

— Ah, vous voilà ! J'espérais bien vous rencontrer de nouveau, mademoiselle.

Cette voix sifflante ne lui était pas inconnue… Emily pivota brusquement sur ses talons. C'était Mickey Riley.

Il regardait dans sa direction, depuis la porte d'un magasin tout proche. Elle eut l'impression désagréable d'avoir déjà joué cette scène précédemment. Il l'observait attentivement et semblait vouloir s'assurer qu'elle l'avait repéré. Puis il redescendit nonchalamment la rue, à un ou deux mètres du trottoir, et, sans crier gare, s'engouffra dans une ruelle.

Emily le suivit à contrecœur.

Même si elle s'était mis un point d'honneur à poster dans les plus brefs délais la lettre adressée à Stephen qu'elle avait dans la poche de son manteau, on pouvait dire que Riley arrivait à point nommé et elle était plutôt heureuse de constater qu'il avait osé l'aborder sans aucune difficulté. Elle avait tant de choses sur le cœur ! Il lui fallait absolument avoir une petite conversation avec lui. Elle avait bien réfléchi et avait toutes les raisons de penser que le mariage de Tarquin avec cette Jenny n'était pas une folie malencontreuse de son frère un jour d'ivresse, mais que cette union était au contraire le fruit d'un complot préparé minutieusement. Union qui n'aurait sans doute pas pu être conçue ni célébrée sans l'existence de cet individu cupide qui se trouvait en face d'elle, songea-t-elle avec colère.

— Nous ferions mieux de cesser définitivement ce genre de rencontre, monsieur Riley…

Les lèvres de Riley s'étirèrent en rictus.

— Je suis très flatté de voir que vous vous êtes donné la peine de chercher mon nom.

— Voyez-vous cela ! Il n'y a pourtant pas lieu d'en être flatté, monsieur Riley. Car je ne me suis donné aucune peine, répliqua aussitôt Emily d'un ton glacial, le toisant de la tête aux pieds. Je sais parfaitement qui vous êtes et j'en connais assez long sur vous.

Riley lui jeta un regard insolent tout en la priant de lui dire ce qu'elle savait.

— A vous l'honneur, monsieur, et allez droit au but, je vous prie.

Emily croisa les bras et planta ses yeux dans les siens ; il ne l'impressionnait pas.

— Allons, pressez-vous donc un peu ! Je n'ai pas l'intention de passer plus d'une ou deux minutes avec vous.

— Eh bien, on peut dire que vous savez y faire, mademoiselle ! Vous savez vraiment accueillir un type qui fait les cent pas depuis un bon moment en espérant vous donner des nouvelles de votre frère !

— Des nouvelles de mon frère ? Mais qu'est-ce que vous racontez ? Je ne vous ai pas attendu, j'en ai déjà eu, monsieur Riley !

Puis elle ajouta brusquement à mi-voix :

— Et, à la vérité, je préférerais ne rien savoir du tout. Alors, si vous étiez sur le point de me dire qu'il a été obligé d'épouser une de vos…

Emily s'interrompit car elle se refusait à prononcer une quelconque vulgarité et ne trouvait pas le terme adéquat. Retrouvant sa verve, elle poursuivit :

— Une de vos associées, vous pouvez économiser votre salive.

— Ainsi donc, vous êtes au courant pour Jenny…

Riley lui jeta un coup d'œil interrogateur, passant rapidement en revue les événements des derniers jours écoulés. Il en vint très vite à la conclusion qui semblait s'imposer naturellement : c'était forcément Mark Hunter qui lui avait communiqué la nouvelle du mariage de son frère. Auquel cas, ce gentleman et cette femme devaient être extrêmement proches ! s'avisa-t-il. Car ce n'était vraiment pas un sujet de conversation mondain… Il ne savait du coup plus que penser. Il s'était dit que si Mark

Hunter venait à communiquer les informations qu'il détenait, il aurait choisi de le faire avec M. Beaumont père et personne d'autre.

Il se passa la main sur le menton d'un air pensif. Il devenait indispensable de manœuvrer habilement s'il voulait réussir à gagner sur tous les fronts. Il risquait en effet de perdre une somme plus que rondelette s'il n'y prenait pas garde…

— Eh bien, maintenant, vous savez pourquoi je voulais absolument retrouver Tarquin. Mais ne vous faites pas de mauvais sang… On peut arranger tout ça avant que ça ne tourne au cauchemar.

Il lui adressa un sourire faussement compatissant et poursuivit :

— Je suppose que vous n'avez pas l'intention d'embêter vos parents avec toute cette histoire, n'est-ce pas ? Cela leur ferait tellement de peine… Et vous ne voulez certainement pas non plus que la nouvelle de ce mariage ne s'ébruite… Il y a un moyen de rectifier le tir et je me propose de m'en charger. Mais tout ça, évidemment, a un prix, miss Beaumont…

— Et comment allez-vous exactement vous y prendre pour rectifier le tir, comme vous dites ? demanda Emily avec humeur.

— Eh bien, ça me concerne, et vous, il ne vous reste plus qu'à payer pour le savoir.

Emily ne put réprimer un sourire de mépris.

— Vous n'êtes qu'un parfait idiot ! Vous n'espérez tout de même pas obtenir de l'argent de moi en échange d'une histoire à dormir debout ? En me racontant des sornettes, me disant par exemple que le mariage n'aurait pas vraiment été prononcé, si ? Jeremiah Plumb a procédé légalement à la cérémonie et, d'après les informations que j'ai pu collecter sur son compte, c'est un véritable homme d'Eglise. Alors, qu'est-ce que vous comptez faire, au juste, monsieur Riley ? Le soudoyer pour qu'il fasse mystérieusement disparaître les deux noms des registres et, ce faisant, occasionner encore davantage de soucis à mon frère ? Vous ne croyez pas qu'il en a assez comme cela ?

Mickey lui jeta un regard de biais, surpris de toute évidence par sa clairvoyance.

— C'était donc bien ce que v us aviez prévu, alors ? dit Emily qui n'en revenait pas d'avoir vu juste sur les intentions du coquin. Vous me sidérez, monsieur !

— Vous vous croyez plus intelligente que tout le monde, peut-être ? répondit Riley dans un sifflement. Mais ce n'est pas de ça du que dont je voulais vous parler, même si ça a un rapport avec votre frère…

Il était terriblement vexé et en voulait beaucoup à Emily. Il avait cru avoir manigancé un stratagème ingénieux et, elle, il ne lui avait pas fallu plus de quelques minutes pour élucider toute l'affaire ! Mais ça ne se passerait pas comme ça ! Elle n'allait pas triompher aussi facilement !

Quand il s'était mis en route ce matin-là, il ne savait plus très bien où il en était, ni ce qu'il était le plus judicieux pour lui de faire. Fallait-il mettre à exécution le plan diabolique du vicomte et prendre cette jolie jeune femme au piège pour permettre à Devlin d'assouvir ses désirs abjects, en catimini ? Le jeu en valait-il la chandelle ? Mais à présent il souscrivait au projet sans l'ombre d'une hésitation. Ça serait bien fait pour elle, finalement ! Ça ne lui ferait pas de mal de se faire remettre un peu à sa place. Elle l'avait bien cherché après tout.

— Faites vite alors et dites-moi de quoi il s'agit sans plus tergiverser, le somma Emily. J'ai une lettre à faire parvenir dans les plus brefs délais.

— J'ai un message pour vous de la part de votre frère…

Ah, ah ! Il avait droit à toute son attention maintenant ! exulta-t-il en son for intérieur. Elle faisait moins la fière et le prenait enfin au sérieux !

Il tendit la main vers elle.

— Une couronne, ça fera l'affaire.

Un sentiment de triomphe l'étreignait. Il avait l'étrange et réjouissante impression qu'elle le payait pour qu'il la mène à sa perte. Il saisit en un éclair la pièce qu'elle lui tendit avec une fureur incommensurable.

— Votre frère a envoyé un petit mot à Jenny et, dès qu'elle l'a reçu, nous sommes aussitôt allés voir où il s'est retranché. Mais comme il n'a pas un sou vaillant, ça n'a servi à rien que je m'adresse à lui pour essayer d'arranger la situation avec Plumb, et, très franchement, mes efforts n'ont pas été récompensés.

Sa lèvre supérieure se retroussa en un rictus méprisant. C'était d'ailleurs la pure vérité. Il avait incontestablement perdu son temps avec ce tocard.

— Laissez-moi vous dire également que votre frère, il boit comme un trou et il dort à la dure depuis qu'il a plus ou moins perdu les pédales. Il a pris froid et il n'est pas beau à voir, croyez-moi… Il est dans un piteux état.

Il jeta rapidement un coup d'œil à Emily pour observer comment elle réagissait jusque-là. Tout se passait comme prévu. Il voyait bien qu'elle était impatiente d'en entendre davantage.

— Jenny est d'avis que, tout ce qui lui faut, c'est quelques comprimés et un repas bien chaud dans l'estomac. Ensuite il n'y paraîtra plus.

Il secoua la tête avec ostentation pour simuler une profonde exaspération. En réalité, il était ravi. Son plan marchait à merveille.

— Votre frère est très tourmenté et ne sait plus à qui se fier. Il dit qu'il va peut-être refaire surface, mais il veut absolument vous voir avant de prendre une décision. Il n'est pas encore prêt à voir votre père parce que, naturellement, il a honte…

— Pourquoi est-ce que cette Jenny n'est pas venue me voir plus tôt ? dit alors Emily d'une voix qui avait perdu de sa superbe.

— Parce que c'est moi qui m'occupe des affaires dans lesquelles Jenny est impliquée, répondit Riley d'un ton beaucoup plus assuré maintenant qu'il sentait qu'il avait l'avantage. De toute façon, ça ne fait qu'un jour ou deux que nous avons eu vent de toute cette histoire. Et votre frère a été très clair : il ne veut voir personne d'autre que vous. Si vous venez accompagnée de qui que ce soit, il ne se montrera pas.

La tension était telle qu'Emily sentait maintenant ses jambes flageoler. Quel imbroglio !

— Vous ne seriez pas encore une fois en train de me raconter des mensonges ? Est-ce une nouvelle ruse pour m'extorquer davantage d'argent ?

— Je n'ai pas été très gourmand, vous savez. J'aurais déjà pu vous demander une somme bien plus importante, mademoiselle, lui fit-il remarquer en arborant tout à coup une mine d'innocent. Et je ne tiens pas plus que vous à voir Tarquin manger les pissenlits par la racine.

— C'est qu'il ne vous servirait plus à rien dans ce cas, dit Emily d'une voix rageuse.

Riley avait peut-être raillé Tarquin parce qu'il était sans le sou quelques instants plus tôt, mais Emily était persuadée que ce scélérat n'avait pas encore abandonné tout espoir de tirer profit d'une manière quelconque du mariage désastreux que son frère avait contracté avec Jenny.

— Dites-moi tout de suite où se trouve mon frère !

— Il faut venir avec moi. J'ai une carriole, je peux

vous emmener. Un fiacre n'acceptera jamais d'aller si loin, de toute façon. Et ça sera plus rapide et moins cher si vous m'accompagnez. Vos parents ne se douteront de rien si vous allez le voir et que vous rentrez chez vous tout de suite après votre visite.

Emily ne savait quelle décision prendre. Elle avait la tête qui lui tournait, tellement elle était angoissée. Riley avait raison sur un point en tout cas. Cela coûterait beaucoup d'argent de faire appel à un fiacre et un cocher, et cela prendrait aussi beaucoup de temps. S'il disait la vérité, si Tarquin était véritablement malade, il fallait absolument aller le voir et lui faire entendre raison. Il n'avait pas le choix. Il lui faudrait bien se montrer un jour et braver la tempête, peu importe qu'il eût honte ou pas, qu'il regrette ou pas sa conduite inconséquente.

Elle accepta la proposition de Riley d'un signe de tête, mais posa ses conditions :

— C'est d'accord. Mais je ne peux pas venir tout de suite. Il faut que j'achète un remède pour Tarquin chez l'apothicaire. Je connais une potion qui fait passer la fièvre. Je vous verrai plus tard dans l'après-midi.

En réalité, Emily n'accordait aucune confiance à cet homme et ne tenait pas à aller où que ce fût, seule avec lui. Elle avait besoin d'aide de toute urgence et la seule personne vers laquelle elle pouvait se tourner, songea-t-elle… c'était évidemment Mark Hunter.

Chapitre 11

— Monsieur est sorti, mademoiselle Beaumont, répondit poliment le majordome de Mark Hunter à Emily lorsqu'elle se présenta au domicile de ce dernier et sollicita une audience immédiate.

Geoffrey Lomax jeta un rapide coup d'œil à cette belle jeune femme qui se tenait devant lui et resta perplexe. Elle faisait assurément partie de la bonne société. Ce qui rendait sa démarche d'autant plus étrange, pensa-t-il, la mine sévère. Il était tout à fait inconvenant pour une jeune femme non mariée de son rang de rendre visite à l'improviste à un homme célibataire, sans être accompagnée d'un chaperon. Il fallait néanmoins faire preuve d'indulgence envers elle, car elle paraissait profondément abattue. Il en conclut qu'il s'agissait certainement d'une affaire de la plus haute importance, ce qui expliquait sans doute pourquoi elle avait agi avec tant d'audace et semblait si triste.

— Si vous désirez laisser un message à M. Hunter, mademoiselle, je vous garantis de le lui transmettre dès qu'il rentrera.

Emily n'avait même pas envisagé la possibilité que Mark pût être absent de chez lui, et elle restait sur le pas de la porte, complètement déroutée. Elle prit brusquement conscience qu'elle avait les yeux écarquillés et la bouche grande ouverte devant le domestique. Qu'allait-elle faire maintenant ? Il ne lui restait guère de temps avant d'aller retrouver Riley et cette espèce de gredin lui avait bien fait comprendre qu'il n'avait pas l'intention de l'attendre si jamais elle arrivait en retard à leur rendez-vous. Elle n'avait pas le choix. Elle devait absolument informer Mark des derniers développements de l'affaire. Pouvait-elle, par ailleurs, faire confiance à Riley ? N'allait-elle pas prendre de sérieux risques en partant seule avec lui ? Elle ne pouvait quand même pas demander au majordome de transmettre oralement un message à Mark pour une question aussi privée ! Cependant, il fallait bien prévenir ce dernier, d'une manière ou d'une autre.

— Auriez-vous l'extrême obligeance de bien vouloir m'apporter une plume et du papier pour que je puisse écrire un message à votre maître ?

Lomax acquiesça et, aussitôt, l'invita avec un sourire à entrer dans la maison.

Emily pénétra dans un très grand hall d'entrée dont elle remarqua d'un œil distrait l'opulence. Les magnifiques dalles qui recouvraient le sol étaient du même marbre immaculé que les colonnes qu'elle entrapercevait en enfilade. Alors que le majordome s'était éclipsé pour aller lui chercher un nécessaire à écrire, elle prit véritablement conscience de l'extrême élégance de la maison de Mark. Elle se mit à faire nerveusement les cent pas, en proie à une vive inquiétude. Elle réfléchissait aux mots et tournures qu'elle allait employer dans la lettre. Elle ne s'était absolument pas rendu compte que quelqu'un l'observait du dehors, à la dérobée.

Quelques instants plus tôt, quand son cabriolet s'était immobilisé le long du trottoir, Barbara Emerson avait éprouvé une immense frustration en apercevant Emily Beaumont qui montait quatre à quatre les grandes marches du perron. Elle enrageait littéralement. Voilà que cette péronnelle lui damait le pion, alors qu'elle s'apprêtait elle-même à rendre visite à Mark !

En décidant de venir, elle avait ravalé sa fierté et balayé ses craintes, car elle prenait le risque de précipiter les choses, elle en était bien consciente. Elle était pourtant décidée à faire tout ce qui était encore en son pouvoir pour éviter la rupture. Elle s'était accrochée à l'espoir de trouver Mark d'humeur joyeuse et ainsi plus réceptif à l'évocation d'agréables souvenirs datant de leurs jeunes années. Mais à la vue de cette maudite Emily Beaumont, son optimisme était en partie ébranlé et des doutes germaient dans son esprit. Mark se laisserait-il vraiment amadouer si elle faisait appel à ses souvenirs… ou à ses sens ?

Le valet referma les lourdes portes de la maison sur Emily, empêchant désormais Barbara de voir quoi que ce soit. Elle proféra quelques grossièretés bien senties à son encontre et s'adossa brusquement à son siège, contrariée à l'extrême. Alors, comme cela, miss Beaumont osait se présenter chez Mark sans une bonne à ses côtés, se passant ainsi d'un chaperon, même de pure forme ! Elle ne retira, malgré tout, aucune satisfaction à la constatation que sa rivale était du genre à ne pas avoir froid aux yeux. Cela ne changeait rien à la situation qui la préoccupait.

Un sillon se creusa sur son front. Pourquoi Emily avait-elle agi avec une telle audace ? Elle était au beau milieu de ses ruminations lorsqu'elle entendit que la porte s'ouvrait de nouveau. Elle se pencha en avant et tira d'un coup sec sur le store pour ne pas se faire repérer. Emily descendait les marches du perron et s'éloignait à grandes enjambées.

Elle paraissait drôlement contrariée, se réjouit Barbara. Qui sait ? Mark avait peut-être été indigné par cette visite impromptue et l'avait carrément envoyée promener. Elle n'était pas restée plus de dix minutes dans la maison.

Barbara quitta précipitamment son siège. Son valet de pied l'aida à descendre, et elle s'empressa de sonner à la porte d'entrée.

— M. Hunter n'est pas là, madame Emerson, lui dit Lomax d'un ton glacial.

Il n'avait jamais pu se montrer chaleureux envers cette femme, bien qu'il sût depuis des années qu'elle était la maîtresse attitrée de son maître. Il ferma légèrement les paupières, observant avec attention la silhouette généreuse de Barbara qui était enveloppée de mousseline vaporeuse et portait une cape de soie très légère.

Cette femme avait des atouts indéniables... On comprenait aisément qu'un homme ne fût pas insensible à tant de charmes... Sa tenue, en revanche, ne paraissait guère adaptée à ce jour de grand froid, songea-t-il.

Barbara passa en trombe devant lui et pénétra dans la maison avec un aplomb extraordinaire. Elle pensait être dans son bon droit, de toute évidence.

Elle se retourna et lui adressa un sourire superficiel.

— Comme c'est ennuyeux de l'avoir raté. Mais il ne savait pas que je passerais, je suppose que je ne peux donc pas lui en vouloir.

Elle scruta le hall d'entrée tout en simulant l'insouciance la plus absolue. Ses yeux restèrent immédiatement accrochés sur un morceau de parchemin posé sur une petite console en ébène. Elle se dirigea négligemment dans cette direction, feignant d'aller se regarder dans le grand miroir cerclé de dorure placé au-dessus de la console. Quelle aubaine ! Les rubans de son chapeau avaient manifestement besoin d'être resserrés ; elle s'en occupa donc tout en parcourant le papier du regard sans se faire remarquer. Il s'agissait d'une lettre. Le nom de

Mark y était écrit et c'était indubitablement l'écriture d'une femme. Son cœur s'emballa. L'encre n'était pas encore sèche. A coup sûr, c'était Emily Beaumont qui l'avait écrite ! Il lui fallait absolument s'en emparer !

Elle se retourna avec vivacité, dos au miroir, et regarda dans la direction de Lomax tandis que ses mains s'accrochaient discrètement au rebord de la table derrière elle.

De quoi pouvait-il bien s'agir ? Les mots qu'elle avait entendus sur la terrasse de lady Gerrard lorsqu'elle épiait Mark et Emily lui revinrent à la mémoire. Mais que fait-on si jamais un enfant vient à naître de cette union ? Emily Beaumont avait-elle désormais la certitude de porter l'enfant de Mark ? De telles nouvelles expliqueraient sans peine pourquoi elle n'avait pas respecté les règles de bienséance et était venue le voir si précipitamment. Sans oublier qu'elle avait paru extrêmement troublée lorsqu'elle était partie quelques instants auparavant. Tout semblait concorder…

Barbara s'agrippa davantage encore à la console tout en essayant de ne pas laisser transparaître les affres de son esprit tourmenté.

— Je ne vais pas laisser de message et il est inutile de dire à M. Hunter que je suis passée.

— Comme vous voudrez, madame, répondit Lomax.

Barbara finit par toucher la missive sur la console et la saisit délicatement de ses doigts. Elle s'élança ensuite brusquement vers la porte d'entrée. La lettre lui brûlait les mains.

— Je pense que ce sera tout, dit-elle en passant devant Lomax qui lui ouvrit la porte.

*
* *

— Dis-moi, ta femme sait-elle au moins ce que tu es en train de mijoter ?

L'ironie de cette remarque frappa Tarquin de plein fouet. Il se leva précipitamment de son fauteuil. La jeune femme qui se tenait à califourchon sur ses genoux dégringola de tout son long et retomba lourdement sur le sol. Elle se remit sur pied comme elle put puis lissa sa jupe avec empressement. Elle donna à Tarquin un petit coup de poing dans le bras, apparemment mécontente d'avoir été traitée avec si peu d'égard.

— Par tous les diables, qu'est-ce que… ?

Il ne termina pas sa phrase et resta quelques instants la bouche ouverte, interdit en découvrant l'identité de son visiteur. Puis il se gratta nerveusement la tête, les doigts emmêlés dans ses cheveux blonds mal peignés, fixant Mark de ses yeux ébahis.

— Tu m'as fait une de ces peurs, Hunter ! Par tous les diables, mais que viens-tu faire ici ? demanda-t-il d'une voix hargneuse, se rhabillant tant bien que mal, le visage rouge de honte.

— Ce que, moi, je viens faire ici ?

Mark parcourut rapidement la pièce du regard. Elle était assez confortable, même si elle était meublée de manière plutôt spartiate.

— Qu'est-ce que je viens faire ici, Tarquin ? Elle est bien bonne, celle-là ! Si j'en crois les termes du contrat, et jusqu'à preuve du contraire, je suis l'unique propriétaire de ce logement. Je me sens donc relativement dans mon bon droit en venant ici. Tu ne crois pas que tu as inversé les rôles et que ce serait plutôt à toi de me dire ce que tu fais ici ? Sans parler évidemment de l'inquiétude que tu causes depuis des semaines à ta famille. Mais je suppose que tout cela ne te préoccupe pas trop. Dis-moi si je me trompe…

— J'espère que tu n'es pas venu jusqu'ici pour me faire la morale, murmura Tarquin. Tu es loin d'être un saint, toi aussi.

— Très juste. Je pense néanmoins que tu mérites une petite leçon !

Mark s'approcha d'un air résolu mais, finalement, il s'immobilisa, stupéfait. La jeune femme que Tarquin avait traitée quelques instants plus tôt avec si peu de ménagement s'était interposée pour le protéger, les vêtements encore en désordre. Elle continua à boutonner son corsage, le menton fièrement levé, et lui lança des regards pleins de défi.

Mark jeta un coup d'œil méprisant à son ami par-dessus l'épaule de celle qui essayait de le protéger et s'éloigna avec nonchalance pour aller voir de plus près la nourriture qui se trouvait sur la petite table à manger. Il prit une fourchette et examina les restes d'un repas composé de fromage et de viande de chevreuil. Il restait également un petit fond de vin dans une bouteille de bordeaux. Il s'aperçut que ce vin provenait de sa propre cave et qu'il s'agissait de surcroît d'un très bon cru. Tarquin ne s'était vraiment pas gêné ! Il avait pioché dans ses provisions comme s'il était chez lui. Incroyable… Que restait-il dans la réserve ?

Il se versa le reste du vin dans un gobelet et le but d'une gorgée. Puis il reposa le récipient et dit sèchement :

— A ce que je vois, tu ne t'es pas enfui sans…

Ses yeux s'attardèrent avec insistance sur la femme qui se tenait toujours à son côté.

— Dis-moi, est-ce que ta femme t'en veut beaucoup de l'avoir abandonnée ? Ou alors la lune de miel a déjà tourné court ?

— Mais c'est ma femme que tu vois là, rétorqua

Tarquin d'un ton irrité en se laissant tomber de tout son poids sur la chaise où il était précédemment assis.

— Ah, je vois… La lune de miel m'a tout l'air de se dérouler à merveille alors.

Il regarda avec un peu plus d'attention la jolie compagne de Tarquin et crut vaguement la reconnaître. Où l'avait-il déjà rencontrée ? Mais oui ! Si ses souvenirs étaient corrects, c'était elle qui se trouvait en compagnie de Riley près du magasin de mode de Regent Street le jour où lui-même y avait rencontré Emily. Ce jour-là, elle portait un chapeau haut en couleur qui masquait en partie son visage.

— Eh bien, où sont passées tes bonnes manières, Tarquin ? Tu ne comptes donc pas procéder aux présentations en bonne et due forme ?

Tarquin s'exécuta laconiquement. Puis il se remit debout en poussant un profond soupir et fit un pas, sans se presser, pour se placer au côté de sa femme, comme la situation l'exigeait. Mais à contrecœur visiblement, remarqua Mark. Jenny glissa la main sous son bras et lui administra une petite chiquenaude sur la joue pour le remercier de sa galanterie. Tout cela était d'un pathétique !

Comme si elle avait pu lire dans ses pensées, Jenny lança à ce moment-là à Mark un regard noir qui semblait lui intimer l'ordre de ne faire aucun commentaire.

— Je suppose que tout le monde est désormais au courant pour mon mariage si tu es venu jusqu'ici me chercher. Je vois le tableau d'ici. Mon père est certainement hors de lui et ma mère est prostrée sur un canapé avec ses sels à portée de main…

— Ils ne sont au courant de rien, le coupa Mark avec brusquerie.

Il n'était pas du tout d'humeur à écouter les jérémiades de Tarquin.

— Et au lieu de geindre, tu ferais mieux de penser sérieusement à ce que tu vas faire, vu le pétrin dans lequel tu te trouves !

— Riley me réduira en bouillie si je ne paie pas.

— Peux-tu vraiment le lui reprocher ? Tu ne vas pas me dire que tu n'étais pas au courant ! Tu devais quand même bien savoir que tu prenais des risques, non ?

— Mais je n'étais pas consentant ! Je n'ai quasiment pas compris un traître mot de ce qui s'est passé ! J'en avais des verres dans le nez, quand c'est arrivé, je peux te le garantir… Je ne tenais pas debout. J'étais à peine conscient pendant la cérémonie.

Au comble de l'irritation, Tarquin se débarrassa de la main de Jenny qui s'agrippait à lui. Il se dirigea à pas lourds vers la fenêtre du petit pavillon de chasse. Son regard se perdit un instant au milieu des arbres et des étendues herbeuses. Finalement, il soupira et dit :

— On peut dire que c'est une sacrée pagaille ! Je ne sais vraiment pas quoi faire.

— Tu as une demi-heure pour prendre ta décision. Ensuite, que tu sois prêt ou non, tu rentres avec moi, l'avertit Mark sur un ton qui ne souffrait pas d'être contredit.

Il jeta un regard circulaire dans la pièce et ajouta :

— Je crains fort pour toi que ton séjour tout confort aux frais de la princesse vienne tout juste de prendre fin. Et pour m'assurer que tu as bien compris ce que je viens de t'expliquer… je vais de ce pas reprendre mes doubles de clés.

Tarquin fit volte-face, farfouilla avec réticence dans une poche et jeta les clés sur la table. Il murmura quelques mots de gratitude pour l'hospitalité dont il avait bénéficié, puis demanda abruptement :

— Alors, si, comme tu le prétends, personne n'est

au courant pour mon mariage, comment tu as fait, toi, pour le découvrir ?

— C'est Riley qui me l'a dit. Il essaie depuis quelque temps d'utiliser ta mésalliance avec Jenny pour extorquer de l'argent à ta sœur. Je ne doute pas un instant qu'il aurait exercé son horrible chantage sur toi s'il avait réussi à trouver où tu te cachais.

Mark se tourna maintenant vers Jenny et, la mine dégoûtée, dit :

— Si je comprends bien, ta femme ne veut que ton bien, et pas du tout celui de Riley ?

Tarquin parut prendre la remarque pour un affront, mais regarda toutefois Jenny avec une certaine hésitation. Pouvait-il lui faire confiance ? L'avait-elle vraiment trahi ? En était-elle capable ?

La jeune femme eut la bonne grâce de rougir aussitôt.

— J'ai essayé de le dissuader de traquer ta sœur, je te le jure, Tarquin, dit-elle en levant sur lui ses yeux de biche. J'ai dit un nombre incalculable de fois à Mickey d'oublier les Beaumont et de trouver un autre parieur qui raquerait plus facilement. Mais c'est une sacrée tête de mule. Il n'y avait rien à faire, il ne voulait absolument pas laisser tomber. J'aurais pu facilement renseigner Mickey sur ta cachette, mais je ne l'ai pas fait…

— Emily s'est retrouvée mêlée à tout ça ? demanda Tarquin qui avait tout à coup retrouvé ses esprits, une fois passé le choc de la nouvelle.

Mark observa à quel point il semblait à présent troublé. Il avait coupé la parole à sa femme en s'égosillant presque. Et quand elle avait acquiescé d'un petit signe de tête, il s'était aussitôt caché le visage dans les mains et s'était mis à balancer la tête de gauche à droite, apparemment en proie au plus grand remords.

Jenny se pelotonna contre lui et lui dit d'une voix douce :

— J'allais te raconter toute l'histoire aujourd'hui, je te le promets. Je voulais te parler de Riley et de ce qu'il trame, parce que ce n'est pas bien, et, moi, je ne veux pas être mêlée à tout ça. Je te l'aurais dit plus tôt, pour ta sœur, mais… tu as distrait mon attention et, finalement, ça m'est complètement sorti de la tête, ajouta-t-elle les joues cramoisies.

Tarquin ne tenait plus en place. Il était bien conscient qu'il n'avait pas vraiment laissé l'occasion à Jenny d'entamer la moindre conversation depuis qu'elle était arrivée, vingt minutes plus tôt environ. Il lui avait littéralement sauté dessus dès qu'elle avait ouvert la porte.

Il s'éclaircit la gorge et demanda d'un air pincé :

— Eh bien, parle maintenant ! Qu'as-tu à me dire en ce qui concerne Emily ?

Jenny avait la gorge terriblement sèche et ne parvint pas à articuler le moindre mot. Comment allait-elle se sortir de ce mauvais pas ? Son mari la regardait en fronçant les sourcils. Mais ce n'était pas cela qui la perturbait le plus. L'autre homme la dévisageait si durement ! Il eut soudain un geste d'impatience qui la fit sursauter et elle courut se réfugier derrière Tarquin.

— Si jamais vous savez que Riley a l'intention de s'en prendre encore une fois à miss Beaumont pour lui extorquer de l'argent… , dit Mark.

— Mais vous n'y êtes pas du tout, laissa-t-elle soudain échapper. Mickey n'a aucun problème pour se faire payer. Et ce n'est pas la demoiselle Beaumont qui s'en charge. C'est quelqu'un d'autre qui paie.

Elle jeta un regard d'excuse à Tarquin et poursuivit :

— Il a conclu un marché avec un individu qui a le béguin pour ta sœur et qui voudrait avoir un peu d'intimité avec elle… Mickey se fait payer pour organiser une rencontre.

Jenny détourna rapidement les yeux pour fuir le regard terrifiant que lui jetait Mark.

— Tout ça n'a vraiment aucun sens ! gronda Tarquin. Je sais que Stephen Bond a un faible pour Emily, mais c'est quelqu'un de bien. Ce n'est pas le genre d'homme à recourir à de tels procédés.

Il jeta un coup d'œil à Mark et la sueur se mit aussitôt à perler sur son front. Pourquoi son ami avait-il l'air totalement pétrifié ?

— Quelles dispositions Riley a-t-il prises ? Comment va-t-il s'y prendre pour attirer Emily là-bas ? Cela va-t-il bientôt avoir lieu ? demanda ce dernier à Jenny sans prendre la peine de respirer entre deux questions.

Jenny cligna des yeux et s'humecta les lèvres pour gagner un peu de temps.

— C'est pour bientôt, admit-elle. Je sais que Mickey veut l'argent le plus vite possible. Mais je n'en sais pas plus. Je pense qu'il va utiliser Tarquin comme appât.

— Qui a demandé à Mickey d'organiser tout cela ? demanda Mark d'un ton glacial. Et ne me racontez pas d'histoires !

Jenny se contenta de regarder Tarquin tristement pour chercher un peu de soutien de sa part. Peine perdue. Celui-ci semblait s'être retranché dans son monde intérieur et ne paraissait même pas conscient de s'être mis à ronger frénétiquement l'ongle de son pouce. Elle devait maintenant se débrouiller seule.

— Donnez-moi le nom de ce démon ou sinon, je le jure devant Dieu, je n'hésiterai pas à vous étrangler ! la menaça Mark sans presque desserrer les dents.

— Eh, doucement, Hunter…, intervint subitement Tarquin pour défendre sa femme.

— C'est Devlin ! s'écria brusquement Jenny, les yeux mouillés de larmes.

Elle savait parfaitement qu'elle venait de brûler tous les ponts derrière elle en trahissant Riley. Si jamais il venait à apprendre que son affaire avait capoté par sa faute, il n'hésiterait pas une seule seconde à se venger.

Elle prit une profonde inspiration et répéta d'une voix mal assurée :

— C'est Devlin… C'est lui l'homme dont il s'agit… C'est cette brute…

Emily leva la tête et contempla la façade de la maison en fronçant les sourcils. Elle était descendue de la carriole de Riley quelques instants auparavant et se tenait maintenant à son côté sur le gravier de l'allée circulaire qui menait à une élégante demeure à double exposition. Elle parcourut les environs du regard. Cette propriété était incontestablement isolée, mais ses dimensions étaient tout à fait honorables. C'était en tout cas bien au-delà des moyens dont pouvait disposer Tarquin, même quand sa bourse était bien garnie.

Lors du trajet qui l'avait amenée jusqu'ici, elle avait réfléchi aux privations que son frère était en train d'endurer. Des images de chaumière ouverte aux quatre vents l'avaient assaillie. Elle avait eu très peur à l'idée de le trouver grelottant de froid, enroulé comme il le pouvait dans des guenilles devant une cheminée sans feu. Mais, à présent, elle voyait dans le ciel des volutes de fumée qui sortaient de deux cheminées et s'étiraient paresseusement dans le ciel.

Riley lui avait également dit que Tarquin était en mauvaise santé à force de dormir dans la rue. Mais s'il se trouvait vraiment dans cette demeure, il y avait de grandes chances pour qu'elle le trouve en pleine forme et disposant d'un bon lit douillet pour passer la nuit. Quelque chose ne tournait pas rond dans cette histoire…

Elle leva la tête vers Riley, en proie au doute. L'appréhension commençait à sourdre au creux de son estomac.

— Tarquin n'aurait jamais les moyens de louer une telle maison. Et d'après ce que je sais, il n'a pas d'amis dans les environs qui pourraient lui avoir prêté leur propriété. Vous êtes sûr de ne pas vous être trompé ?

— Non, c'est vraiment ici que ça se passe, répondit Mickey en éclatant de rire, mais en évitant de la regarder droit dans les yeux.

Puis il se pencha brusquement et empoigna le petit sac de provisions et de potions qu'elle avait emporté avec elle pour son frère.

— Allez, venez, mademoiselle, on y va. Ça ne sert à rien de lambiner comme ça. Et on ferait mieux de se dépêcher un peu si on veut être rentré en ville avant la nuit, comme convenu.

Et comme pour mieux mettre l'accent sur cette menace, il regarda délibérément vers le soleil qui déclinait déjà à l'horizon.

Emily le suivait malgré les doutes de plus en plus pressants qui commençaient à l'assaillir. Elle n'eut cependant pas le temps d'exprimer la moindre réserve car un valet ouvrit la porte. Emily hésita, les poils hérissés sous l'effet de la peur. Elle observa alors l'uniforme impeccable que portait l'homme. Cette combinaison peu commune de marron et de doré lui rappelait quelque chose… quelque chose qu'elle avait vu il n'y avait pas si longtemps d'ailleurs, si sa mémoire était bonne.

Instinctivement, elle s'immobilisa et fit un pas en arrière, tous les sens en alerte à présent.

Riley perçut son hésitation. Il l'attrapa alors fermement

par le coude et la poussa en haut du perron puis jusqu'au hall d'entrée. Le valet referma immédiatement la porte sur eux et se retira en silence.

Emily se retourna pour scruter Riley du regard, mais celui-ci semblait occupé à tout autre chose.

— Elle est là… Elle vous attend, dit-il avec un regard concupiscent.

Elle comprit immédiatement qu'il ne s'adressait pas à elle et que cette voix à la tonalité lubrique ne lui était pas destinée.

Un bruit de pas se fit entendre. Quelqu'un approchait. Elle se retourna.

— Nicholas ?

Elle eut un petit rire hystérique.

— Ne me dis pas que c'est toi qui héberges mon frère ! Je pensais que vous étiez encore fâchés l'un contre l'autre. Tu es au courant de toute l'histoire concernant sa disparition, alors ?

— J'ai bien peur que non, ma chère. Et je n'y tiens pas vraiment, par ailleurs, répondit Devlin franchement. Mais tu pourras m'en parler autant que tu voudras tout à l'heure pendant le dîner, si cela peut te faire plaisir. J'ai l'intention de te gâter, sache-le. Mais je dois bien avouer que ce qui a pu arriver à ton frère, je m'en moque comme de ma première chemise. C'est toi seule qui m'intéresses.

Emily ne pouvait détacher son regard de lui. Elle se sentit faiblir. Elle eut tout à coup l'impression absurde que les deux hommes étaient de mèche pour la mener en bateau. Et cette impression se faisait de plus en plus oppressante.

— Je suppose que ceci est pour moi ? demanda Riley en s'emparant de quelque chose qui se trouvait sur la table.

Emily virevolta pour voir de quoi il s'agissait. Trop

tard. Riley avait été très rapide. Elle entendit néanmoins très distinctement des pièces tinter au fond de ses poches.

Tout s'expliquait maintenant ! Mickey Riley venait d'être payé par Devlin pour l'avoir amenée ici. Elle s'avança d'un pas ferme vers Nicholas et planta son regard dans le sien.

— Nicholas, est-ce que tu as vraiment comploté avec cette espèce de mufle pour me tendre un piège ? M'as-tu fait venir ici sans raison valable ?

Nicholas lui toucha délicatement le visage de sa main, comme pour l'apaiser.

— Tu te trompes, tu es ici pour une très bonne raison, mon amour… Je sais très bien que tu te souviens parfaitement d'une autre fois où nous nous sommes retrouvés seuls une nuit… Et nous en avons été tellement heureux tous les deux… Tu me remercieras bientôt d'avoir joué au despote avec toi, tu peux me croire.

Emily se dégagea furieusement des doigts qui lui caressaient la joue.

— Espèce de brute méprisable !

Elle pensait ramener son bras le long de son corps, mais celui-ci parut prendre vie et ne plus lui obéir… Son poing percuta la mâchoire de Nicholas. Elle entendit aussitôt résonner le rire de Riley derrière eux.

Nicholas se passa la main sur sa chair meurtrie, l'air estomaqué.

— Ah, tu le prends comme ça… Eh bien, si c'est du domptage que tu veux ce soir, tu auras ce que tu souhaites, n'aie crainte, dit-il d'une voix rageuse.

Ses yeux semblaient lancer des éclairs de colère, mais aussi d'excitation.

La peur commençait à gagner Emily. Elle avait terriblement mal au ventre. Mais elle se força à rassembler son courage. Il ne fallait surtout pas céder à la panique, ni lui montrer qu'il l'effrayait.

— Tu m'as déjà séduite une fois par le passé. Cela ne t'a pas suffi ? murmura-t-elle sur un ton haineux.

— Bien sûr que non. Sinon, pourquoi crois-tu que je me donnerais tant de peine et ferais tant de frais pour pouvoir recommencer ?

Nicholas fit un gros effort pour détacher ses yeux du si joli minois d'Emily et envoya à Riley un regard qui en disait long. Il était temps que le bal commence, songea-t-il avec délice.

On entendit un dernier ricanement paillard au loin qui annonçait le départ de Riley et qui résonna longtemps dans le hall. Emily resta pétrifiée quelques instants. Puis elle reprit ses esprits rapidement. Elle s'élança vers la porte qui était restée ouverte pour tenter de s'échapper, mais le valet qui les avait accueillis surgit brusquement de l'obscurité, ferma la porte à double tour et enleva les clés de la serrure. Emily le regarda s'éloigner et se souvint tout à coup où elle avait déjà vu les couleurs bien précises de cet uniforme : à Whiting Street ! Le cocher de Devlin portait lui aussi un uniforme marron et doré.

Son cœur se mit à cogner très fort dans sa poitrine au point de lui en faire mal. Elle se retourna vers Nicholas. Mais elle pouvait à peine respirer et ne parvint pas à articuler le moindre mot. Au prix d'un terrible effort, elle réussit finalement à faire bouger ses lèvres sèches et tremblantes et dit :

— Tu es le diable personnifié et j'ai terriblement honte de t'avoir si mal connu autrefois et d'avoir voulu épouser un homme comme toi !

— Chut…, chuchota Devlin qui l'avait suivie et avait réussi à la coincer contre la porte. Tu n'as vraiment rien à craindre, Emily. Je comprends que tu sois en colère contre moi d'avoir comploté avec cet épouvantable voyou. Mais que pouvais-je faire d'autre ? Tu ne m'as pas laissé le choix, tu sais.

Il haussa les épaules.

— Tu as refusé de me voir… Tu m'as envoyé une lettre cruelle dans laquelle tu m'éconduisais avec un tel dédain ! Pourquoi ? Ce n'est pourtant pas très compliqué ! Je ne te demande rien d'autre que ce que tu m'as déjà donné de ton plein gré.

Chapitre 12

— Je vais lui mettre mon poing dans la figure à cette ordure ! J'aurais dû en finir avec lui une bonne fois pour toutes la dernière fois que je l'ai croisé !

Tarquin laissait ainsi exploser sa colère, alors que la calèche de Mark faisait une halte devant la résidence des Beaumont, dans Callison Crescent.

Alors qu'ils traversaient les faubourgs nord de la ville à très vive allure, Mark avait lui aussi été submergé par une fureur meurtrière. Il avait néanmoins réussi à tenir en bride ses émotions et ses pulsions vengeresses ; elles devraient attendre un peu. Pour l'heure, il n'avait qu'une seule et unique préoccupation : sauver Emily. Rien d'autre n'avait plus d'importance. Par contre, quand il aurait mené cette tâche à bien, songeait-il avec colère, il aurait alors tout le loisir de se consacrer à sa soif de châtiment…

— Devlin paiera pour ses crimes, ne t'en fais pas pour ça, Tarquin, dit-il d'une voix qui claqua comme un coup de fouet. Je t'en donne ma parole d'honneur ! Mais le plus important pour l'instant, c'est de trouver Emily et de la prévenir des dangers qui l'attendent si elle accompagne Riley.

Tarquin sauta de la calèche d'un bond. Son visage était crispé par l'angoisse et le remords. Mark avait tout de suite deviné que son ami s'inquiétait pour la sécurité de sa sœur tout autant que pour celle de Jenny.

Ils avaient déposé la jeune femme environ une demi-heure plus tôt. Quelques instants avant de descendre de la calèche, elle leur avait clairement exprimé ses craintes. Elle avait pris des risques en leur disant tout ce qu'elle savait. Mickey chercherait certainement à se venger s'il venait à découvrir qu'elle l'avait trahi et avait du même coup anéanti ses projets avec Devlin. Et comme Tarquin semblait extrêmement préoccupé, elle avait essayé de le rassurer en lui assurant qu'elle tâcherait de se faire oublier en allant s'installer chez une tante qui vivait dans le quartier de Hackney. Elle avait également promis de ne refaire surface que lorsque les choses se seraient arrangées. Ils l'avaient donc laissée dans Brewer Street.

— Il faut bien avouer, Tarquin, que ton épouse a raison sur un point, reprit Mark. Il y a de grandes chances pour que Riley ne soit pas encore au courant de la situation. A coup sûr, il ne sait pas que tu as fini par sortir de ta cachette et que tu es rentré en ville. Encore moins que tu es passé rendre visite à tes parents. S'il essaie d'utiliser ta disparition pour piéger Emily et l'attirer dans un guet-apens, son stratagème ne tient plus la route.

Il observa son ami à la dérobée. Plus Tarquin faisait d'efforts pour dissimuler sa grande détresse, plus les petits sillons qui encadraient sa bouche se creusaient. Il avait déclenché par son insouciance et son égoïsme un enchaînement tragique d'événements dont les conséquences commençaient à se retourner contre lui et les gens qu'il aimait, et il était maintenant sur le point de s'effondrer. Il serrait fortement les lèvres dans une tentative désespérée de contenir ses larmes.

Mais Mark n'éprouvait pas une once de pitié envers lui ; il n'allait tout de même pas s'apitoyer sur le sort de cet égoïste ! Sans lui, rien de toute cette inquiétante affaire ne serait arrivé ! Une seule chose le préoccupait désormais : Emily… D'ailleurs, dès qu'il aurait la certitude qu'elle était saine et sauve, Tarquin serait le deuxième sur la liste à faire les frais de sa fureur, se jura-t-il.

— Il serait peut-être préférable de ne pas divulguer les informations les plus pénibles à tes parents, suggéra-t-il, la mine sévère.

Puis il ajouta :

— Naturellement, ils risquent d'être scandalisés par la nouvelle qui va peut-être bientôt se répandre en ville, ce qui donnera éventuellement le temps à ces scélérats de déguerpir et de se concocter une ligne de défense.

— Il peut toujours chercher un endroit où se cacher. Où qu'il aille, je retrouverai cette brute !

— Et moi, je m'occuperai du vicomte ! renchérit Mark avec véhémence.

Tarquin avait le nez qui coulait. Il s'essuya du revers de la manche, puis se mit à faire nerveusement les cent pas sur le trottoir.

— Tu peux toujours aller te frotter à ce monstre si cela te fait plaisir, mais cela ne m'empêchera pas d'aller le tuer de mes propres mains par la suite ! Je savais déjà que c'était un libertin sans cœur, mais je ne le pensais pas méprisable au point de fomenter un horrible traquenard qui risque de ruiner à jamais la réputation d'une demoiselle de bonne famille. De ma sœur en l'occurrence. Une demoiselle qu'il était d'ailleurs censé adorer autrefois !

Tarquin s'élança alors brusquement vers la maison de ses parents, mais Mark l'interpella :

— Dis-moi, Tarquin... Qu'est-ce qui a bien pu provoquer cette bagarre avec lui il y a quelques années ? Etais-tu fou de rage parce que Devlin avait rompu ses fiançailles avec Emily ?

Tarquin fit non de la tête. Ses yeux semblaient étinceler dans l'obscurité.

— Les fiançailles ont été rompues après que je lui ai réglé son compte, pas avant.

Il fit une pause, dodelinant d'un pied sur l'autre, comme s'il hésitait à continuer.

— J'ai gardé l'histoire pour moi. Je n'en ai jamais rien dit à ma sœur, ni à mes parents d'ailleurs. Emily, tout spécialement, serait mortifiée si elle apprenait quel ignoble personnage elle a aimé jadis. Elle a beaucoup souffert, tu sais, même si elle n'en a rien montré à l'extérieur. Son chagrin a duré de très longs mois après l'annulation de leur mariage.

Il jeta un regard perçant à Mark et ajouta :

— Si mon père avait découvert ce que j'ai découvert, il aurait forcément décidé de régler cette affaire en duel. Mais je sais que je peux te faire confiance et que tu garderas tout cela pour toi…

Il passa ses doigts tremblants sur son menton mal rasé.

— Au fond, je crois sincèrement que Devlin s'est trouvé fort soulagé lorsque le mariage n'a finalement pas abouti. C'est un véritable coureur de dot et celle d'Emily n'aurait jamais pu satisfaire sa cupidité, ni éponger toutes les dettes qu'il avait contractées. Tu penses probablement que je ne manque pas de toupet de parler ainsi des dettes de jeu d'un autre homme, mais moi, contrairement à lui, jamais je n'irais vendre mon âme, ni trahir l'amour que me porte une femme pour de l'argent !

Il enfonça les mains profondément dans ses poches et poursuivit :

— Quoi qu'il en soit, au cours d'une très longue nuit passée dans un pub, alors que Devlin et moi descendions tous les deux bière sur bière depuis quelques heures déjà, je suis sorti à un moment prendre un peu l'air. Lorsque je suis revenu quelques instants plus tard, il n'a rien remarqué et n'a pas vu que je me trouvais juste derrière lui. C'est alors que je l'ai entendu fanfaronner auprès de l'un de ses amis. Il lui racontait qu'Emily et lui auraient soi-disant… Enfin… Il tenait des propos lubriques et manquait totalement de respect envers ma sœur… Il se targuait d'être le plus heureux des hommes car sa fiancée n'avait vraiment pas froid aux yeux. Tu te rends compte ! Il parlait d'elle comme s'il l'avait déjà couchée dans son lit !

Tarquin reprit son souffle avec difficulté. Quatre ans après, le souvenir le remplissait toujours autant de fureur.

— Il était complètement ivre, mais cela ne l'excusait en rien. Comment a-t-il pu se permettre de calomnier ainsi ma sœur ? C'était impardonnable de sa part. J'aurais dû lui régler son compte pour de bon quand j'en avais l'occasion.

Mark bouillonnait littéralement de colère, lui aussi. Ses muscles se raidirent et sa mâchoire se serra si fort qu'elle lui fit mal.

— Je te suis vraiment très reconnaissant de m'avoir raconté tout ça, Tarquin, dit-il d'une voix dure. Allez, vas-y maintenant… Fais ce que tu as à faire et présente tes excuses à ta famille…

Sans ajouter un mot de plus, Mark se remit en route. Comme il parcourait les rues à toute allure pour se rendre à son domicile, à Belgrave Crescent, une pensée ne cessait de le tourmenter. Ces paroles de Devlin… S'agissait-il vraiment de vantardises, de calomnies ? Ou bien se pouvait-il au contraire qu'Emily et lui aient été réellement amants lorsqu'ils étaient fiancés ?

Un souvenir doux-amer le taraudait et lui faisait craindre que la vérité ne fût pas bonne à entendre. Il refusait l'évidence de toutes ses forces. Et pourtant… Quand Emily avait interrompu leur premier baiser — beaucoup trop rapidement à son goût —, il avait fait un commentaire grossier par pur dépit. Elle l'avait alors repoussé sans ménagement lorsqu'il avait tenté de s'amender et elle avait refusé de donner de plus amples détails sur les raisons pour lesquelles elle avait rejeté le compliment qu'il lui avait fait sur son innocence supposée.

Avec ce qu'il venait d'apprendre, il soupçonnait fort d'avoir trop bien compris ce qu'elle avait voulu dire l'autre jour. Jadis, elle avait été la promise de Devlin… Mais, à l'évidence, elle avait été aussi sa maîtresse… Peut-être que le vicomte pensait maintenant avoir le droit de retrouver cette intimité avec elle… Et, vu le personnage, peu importait sans doute qu'Emily fût consentante ou pas.

— Débrouillez-vous pour me trouver des chevaux frais et dispos. Tout de suite !

Passé le premier instant de stupeur, le majordome regarda son maître s'éloigner à grandes enjambées, puis traverser le hall en un éclair et monter les marches de l'escalier deux par deux. Eberlué par son attitude — il n'avait pas pour habitude de faire preuve d'une telle grossièreté —, Lomax s'élança pour exécuter les ordres qu'il venait de recevoir. L'heure devait vraiment être grave, songea-t-il.

En quelques minutes seulement, Mark était de retour dans le hall d'entrée, les poches de son manteau lestées d'un côté d'une lame tranchante comme un rasoir et de l'autre d'un petit pistolet. Tout cela ne lui ressemblait pas ; il n'était pas du genre violent. Il espérait d'ailleurs sincèrement ne pas devoir se servir de ces armes, à aucun moment, mais il lui fallait se préparer à toutes les éventualités.

C'est qu'il était en train d'élaborer un véritable plan d'attaque. S'il ne trouvait pas Nicholas Devlin à son domicile, il passerait à l'étape suivante, qui consistait à passer voir si Riley, quant à lui, était bien dans son taudis. Si tel était le cas, Mark craignait fort qu'une bagarre ne vînt à éclater si les deux hommes de main de Riley étaient dans les parages. Habituellement, la perspective d'une rixe ne lui causait nulle inquiétude, même si rien n'était jamais gagné d'avance. Il avait en effet la réputation d'être l'un des meilleurs de la ville en matière de lutte. Mais, aujourd'hui, il n'avait vraiment pas envie de montrer de quoi il était capable. Il voulait, avant toute chose, rester au meilleur de sa forme pour pouvoir protéger Emily du mieux qu'il le pouvait si la situation l'exigeait.

Lomax se doutait bien, à la mine sévère qu'arborait son maître, que celui-ci allait s'en aller sans même lui adresser la parole. Aussi s'empressa-t-il de l'interpeller :

— Hum… Je voulais vous dire que quelqu'un est passé vous rendre visite pendant votre absence, monsieur. Et j'ai promis à cette demoiselle de vous donner son message dès votre retour.

Mark s'immobilisa immédiatement et le regarda, les yeux terriblement inquiets.

— Une femme est passée me voir ?

— Il s'agit de miss Beaumont et elle paraissait absolument bouleversée de vous avoir manqué, monsieur. Elle vous a laissé un mot…

— Donnez-le-moi tout de suite, exigea Mark d'une voix rauque.

Il tendait déjà la main pour recevoir le message.

Lomax se hâta vers la console et chercha la lettre des yeux. En vain. Elle ne s'y trouvait plus. Peut-être avait-elle glissé ? Il s'accroupit pour vérifier qu'elle n'était pas tombée par terre. Il passa le moindre recoin au peigne fin. Mais il n'y avait rien à faire, le message avait bel et bien disparu !

Mark le rejoignit. Il semblait excessivement menaçant.

— Je ne comprends vraiment pas, monsieur. Je l'ai posée ici. J'en suis absolument certain.

— Un autre domestique y a-t-il touché ?

— Ils n'oseraient pas... Personne ne s'est approché d'ici hormis...

— Hormis ? reprit impatiemment Mark avec une violence à peine contenue dans la voix.

— Mme Emerson est passée, quelques minutes seulement après le départ de miss Beaumont. Elle s'est regardée dans le miroir puis m'a demandé de ne pas vous parler de sa visite, et j'aurais obéi à sa requête si vous...

Mais il n'eut pas le temps de terminer sa phrase. Mark le congédia brusquement et se dirigea vers la porte au pas de charge. Il avait le teint livide. Jamais Lomax ne l'avait vu dans un tel état de rage !

Le message était posé sur la tablette de bois d'acajou de la coiffeuse, au beau milieu de bouteilles de parfum en cristal et de diverses boîtes argentées joliment ciselées. Barbara était installée sur un petit siège de velours. Ses yeux noirs étaient fixés sur le rectangle blanc qui trônait devant elle. Celui-ci semblait littéralement lui tendre les bras, lui enjoindre de l'ouvrir.

Soudain, elle n'y tint plus et le saisit. Elle passa d'abord lentement la main sur le cachet de cire puis se ravisa tout à coup. En proie à une certaine irritation, elle effleura le message plusieurs fois du bout des doigts. Quand allait-elle enfin trouver le courage d'ouvrir cette lettre ? Si Mark venait à découvrir ce qu'elle avait fait, ce ne serait même pas la peine de chercher à inventer la moindre explication. Rien ne pourrait jamais justifier un tel geste, elle ne le savait que trop. Il serait absolument intraitable. Mais, d'un autre côté, maintenant qu'elle avait la lettre entre les mains, il était complètement idiot de se contenter d'imaginer ce qu'elle pouvait comporter. Elle l'avait déjà examinée en pleine lumière à la fenêtre ainsi qu'à la lueur de la bougie, mais cela ne lui avait pas apporté le moindre petit indice concernant son contenu.

N'y tenant plus, elle finit par prendre une profonde inspiration et décacheta le message de ses mains fébriles. Elle déplia ensuite rapidement la feuille de papier et lut très attentivement l'unique paragraphe qui le composait.

« Je viens de croiser Riley et celui-ci a finalement découvert ce qui est arrivé à Tarquin. Mon frère est bien malade et a apparemment demandé à me voir le plus vite possible. Riley refuse de m'indiquer le lieu exact où il se trouve et m'a uniquement informée qu'il faut nous rendre à la sortie de la ville. La distance ne doit pas être trop importante car il m'a promis que nous serions rentrés avant la tombée de la nuit. Je dois bien avouer que je ne lui fais pas totalement confiance, mais, en même temps, je ne vois pas vraiment ce qu'il pourrait gagner dans l'histoire en inventant un tel mensonge. J'ai donc décidé de l'accompagner et de faire de mon mieux pour persuader Tarquin de rentrer à la maison braver la tempête. J'ai bon espoir de le ramener avec moi sans encombre et de pouvoir continuer à compter sur vous pour lui donner de bons conseils. Si seulement vous aviez été chez vous, j'aurais pu vous raconter toute cette histoire de vive voix… »

Barbara se renfrogna, puis entreprit de lire la lettre une nouvelle fois. Elle la jeta ensuite en l'air en poussant un petit juron. C'était bien la peine de s'être donné tout ce mal, tiens ! Elle avait été morte d'inquiétude à l'idée d'avoir intercepté une lettre d'amour, pire encore, une lettre qui informait Mark que cette sale petite intrigante attendait un enfant de lui. Mais, finalement, qu'avait-elle à se mettre sous la dent au juste ? Des inepties concernant le frère d'Emily — toujours en vadrouille, celui-là ! — et un individu du nom de Riley qui avait l'air de savoir où on pouvait trouver ce propre à rien. Qu'est-ce que tout cela pouvait bien lui faire, à elle ?

Elle avait finalement été peut-être un peu trop vite en besogne en pensant que Mark et Emily étaient amoureux l'un de l'autre et avaient une liaison, se reprocha-t-elle amèrement. Elle relut cependant les mots un à un avec la plus grande attention, à la recherche d'un éventuel sens caché. Emily avait certes exprimé des regrets de ne pas avoir trouvé Mark chez lui, mais il n'y avait pas la moindre trace de passion dans ses phrases. Pourtant, elle avait bien vu le baiser qu'ils avaient échangé sur la terrasse de lady Gerrard… Elle n'avait tout de même pas rêvé !

Soudain, elle entendit un bruit de petits pas pressés derrière elle et pivota aussitôt. Sa bonne apparut dans l'encadrement de la porte. Sa petite poitrine se soulevait avec force comme si elle avait grimpé les marches quatre à quatre.

— Monsieur est ici, madame. Je lui ai dit d'attendre en bas, il a l'air tellement hors de lui…

La jeune fille, toute tremblante, s'interrompit. Mark se trouvait juste derrière elle.

— Vous pouvez nous laisser, Claudine, dit alors Barbara d'une voix stridente, tentant maladroitement de cacher le billet derrière elle, au milieu des boîtes et des bouteilles de parfum.

Mais son agitation et son trouble étaient si manifestes que Mark ne put réprimer un sourire cynique.

Barbara se mit instantanément debout en ondulant des hanches et se pencha vers lui, l'empêchant ainsi de se diriger plus avant vers la coiffeuse.

— En voilà une délicieuse surprise, murmura-t-elle d'une voix enjôleuse, dressée sur la pointe des pieds, la tête inclinée comme pour l'embrasser.

Mark saisit immédiatement les deux bras qu'elle allait lui jeter autour du cou. Il l'attrapa fermement par les poignets et la traîna sans ménagement vers la coiffeuse. Un flacon de parfum se brisa, embaumant la pièce d'une senteur musquée. Barbara en resta interdite. Elle ne s'était pas attendue à un tel déchaînement de violence de sa part. Mark semblait hors de lui et il ne s'embarrassait pas des obstacles qui lui barraient le chemin. Les voyait-il seulement ?

A part un léger tressaillement de sa lèvre supérieure, son visage demeura impassible tandis qu'il lisait la lettre d'Emily avec le plus grand empressement.

— Je… je suis passée te voir un peu plus tôt dans la journée, bredouilla Barbara, particulièrement désarçonnée par son mutisme. Tu étais sorti, et… Quand j'ai dit que j'avais de fortes chances de te voir à Hyde Park, Lomax m'a donné la lettre pour que je te la remette…

Sa voix se brisa en un silence gêné. Ce n'était pas tant son mensonge éhonté qui la perturbait que les yeux bleu vif de Mark qui la sondaient froidement.

— Ah, vraiment ? demanda-t-il finalement d'une voix à la fois suave et glaciale.

Comme elle gardait le silence, il ajouta :

— Je ne vois vraiment pas comment nous aurions pu nous rencontrer à Hyde Park puisque nous n'avions pas prévu de nous y voir, que je sache… Mais nous allons pour l'instant passer sur cette invraisemblance. Qu'as-tu à dire pour ta défense ? Pourquoi as-tu décacheté une lettre qui m'était adressée ?

Il y avait un tel mépris dans sa voix que Barbara en perdit toute assurance.

— Il pouvait s'agir d'une affaire pressante, dit-elle dans un souffle, prise d'une inspiration subite.

Puis, enhardie, elle poursuivit d'un air triomphant :

— J'en ai déduit qu'il s'agissait d'une affaire de la plus extrême urgence car ton majordome voulait absolument qu'elle te soit rapidement remise, et en mains propres. Et comme je n'ai pas eu l'occasion de te croiser au parc aujourd'hui, j'ai pensé qu'il était de mon devoir d'ouvrir cette lettre et de découvrir si mes craintes étaient fondées, auquel cas je me serais arrangée pour te trouver…

Mark partit d'un rire sans joie et dégagea ses mains des doigts de Barbara qui s'étaient doucement faufilés pour lui caresser voluptueusement les paumes des mains. Croyait-elle vraiment qu'il se laisserait amadouer avec quelques caresses ?

— Tu mens comme un arracheur de dents, Barbara, et c'est loin d'être ton seul défaut.

Il s'éloigna d'elle et, alors qu'il passait déjà la porte, il se retourna et lui lança :

— C'est vraiment dommage que nous en soyons arrivés là, toi et moi. Je n'ai pas le temps d'en dire davantage pour l'instant, mais je pense que tu devines ce que je ressens. En tout cas, sache-le bien : je hais les menteurs et les voleurs plus que tout au monde !

Mark était reparti à toute allure. Emily courait un sérieux danger ! Il eut à peine le temps de descendre de sa calèche qui venait de s'immobiliser devant la maison des Beaumont que Tarquin dévalait déjà les marches du perron, comme s'il avait guetté son arrivée.

— Dieu merci, tu es revenu, Mark ! Emily n'est pas à la maison et personne ne l'a vue depuis le début d'après-midi, bafouilla ce dernier, le visage marqué par la consternation.

Mark sentit une angoisse folle l'étreindre. Ses craintes étaient malheureusement fondées. C'était exactement la nouvelle qu'il s'était préparé à entendre de la bouche de l'un des membres de la famille Beaumont ! Emily n'avait donc pas attendu son retour, et elle s'était jetée tête la première dans le piège…

— Mes parents n'ont pas l'air très inquiets pour l'instant. Ils pensent qu'elle est probablement partie se promener avec son amie Sarah Harper. Cela leur arrive très souvent de passer plusieurs heures ensemble. Allons voir si elle est chez Sarah, ce n'est pas loin…

— Elle n'est pas là-bas, assena Mark d'un ton morose, en se passant les doigts dans ses cheveux bruns.

Tarquin se crispa. Mark venait de réduire ses espoirs à néant. Celui-ci sortit de sa poche le message de la jeune femme et le lui mit sous le nez.

En toute hâte, Tarquin fit quelque pas pour aller se placer sous la pâle lueur d'un lampadaire au gaz. Il lut le message très attentivement.

— Misère ! Jenny a raison ! Delvin lui a bien tendu le piège dont elle avait parlé ! On arrive trop tard, Mark. Emily est à la merci de ce débauché. Mon Dieu, qu'allons-nous faire ?

L'horreur de la situation le laissait totalement affolé, incapable de réfléchir.

— Mais où sont-ils ? Où peut-il la retenir ? demanda alors Mark d'une voix proche du désespoir.

Il se mit à faire les cent pas pour essayer de retrouver

son calme. Il commençait visiblement à perdre le contrôle de ses nerfs et ce n'était pas bon du tout. S'il succombait à la rage qui l'animait, il finirait par perdre tous ses moyens, songea-t-il, et il n'en était pas question ! Ce n'était sûrement pas de cette manière qu'il pourrait apporter une aide quelconque à Emily. Or elle comptait manifestement sur lui et il avait bien l'intention de lui donner raison. Son message constituait la preuve irréfutable de la grande confiance qu'elle lui accordait. Il avait lu sa lettre entre les lignes et avait parfaitement compris qu'elle le suppliait du fond du cœur de lui venir en aide.

Il pencha la tête en arrière et adressa un chapelet de jurons plus grossiers les uns que les autres aux étoiles qui montaient dans le ciel. Quel imbécile il avait fait ! Si seulement il s'était trouvé chez lui quand elle était passée ! Mais non, au lieu de cela, il s'était rendu à Enfield pour expulser Tarquin de son pavillon de chasse. Comme si c'était la priorité ! Il ferma les yeux en tenant ses paupières bien fermées pour faire le vide. Mais il n'y avait rien à faire : des images abominables d'Emily livrée au bon vouloir de Devlin restaient toujours aussi vivaces dans son esprit. Il ne parvenait pas à les chasser.

— Riley est sûrement en train de se terrer quelque part, dit-il d'une voix grave. Il se sera certainement méfié. Il s'est peut-être douté qu'Emily ne partirait jamais avec lui sans avoir d'abord laissé un message à quelqu'un en qui elle avait une confiance absolue. D'autre part, le bougre est suffisamment rusé pour savoir que cette personne se mettrait tout de suite à sa recherche, si elle ne réapparaissait pas rapidement.

Il arpentait le trottoir, les mains profondément enfoncées dans les poches, le visage douloureusement concentré.

— Devlin a forcément tout prévu. Il s'est probablement arrangé pour faire emmener Emily dans un lieu très isolé. Donc difficile à trouver. Ce qui veut dire que sans les indications précises de Riley pour nous y conduire, nous ne pourrons strictement rien faire !

— Allons chercher Jenny, suggéra alors Tarquin. Elle aura forcément sa petite idée sur la question. Elle connaît bien Riley. Elle saura où il se cache.

Tarquin s'animait tout à coup. Il venait d'entrevoir un mince espoir de sauver sa sœur et s'y accrochait avec la force du désespoir.

— Nous pouvons le retrouver et lui faire cracher le morceau. Il va nous dire où il a emmené Emily, cria-t-il presque.

Il jeta un coup d'œil à la résidence de ses parents et son visage s'assombrit de nouveau.

— Jusqu'ici, j'ai plus ou moins réussi à détourner la conversation chaque fois que mes parents m'ont posé une question embarrassante. Je leur ai d'ailleurs servi de bien piètres excuses. Mon père éprouve une telle répugnance envers moi qu'il ne peut rester en ma compagnie très longtemps… Mais ma mère, elle, ne me lâche plus d'une semelle. J'ai eu toutes les peines du monde à sortir de la maison tout à l'heure. Elle a même essayé de me faire rentrer par la force en me tirant par le bras quand je lui ai expliqué que je devais absolument repartir tout de suite avec toi.

Il savait pertinemment comment ses parents réagiraient s'ils venaient à apprendre le péril qui menaçait leur fille. Ils ne s'en remettraient pas. Il secoua la tête, en proie à un terrible chagrin.

— Il faut ramener Emily à la maison, Mark, quoi que ce salaud ait pu lui faire. S'il l'a déshonorée, nous devrons nous assurer que nous resterons les seuls à connaître cette atroce réalité.

— Mais tais-toi donc, Tarquin ! Nous n'en arriverons pas là ! Nous n'aurons aucun secret à garder. Nous devons absolument tout faire pour ne pas en arriver là, gronda Mark en le foudroyant du regard.

Tarquin acquiesça, songeant qu'avant toute chose, son ami devait absolument se calmer. Il avait l'air tellement hors de lui ! Il lui faisait presque peur. Cela faisait quelque temps déjà qu'il soupçonnait Mark d'avoir un faible pour sa sœur. Et il voyait bien qu'il faisait tout son possible pour parvenir à résoudre le mystère entourant le lieu où Emily était retenue contre son gré. Mais tant qu'ils n'avaient pas la moindre piste à exploiter, ils resteraient complètement impuissants et ne pourraient rien faire de concret pour lui venir en aide.

Mark semblait tellement bouillir de colère que d'ici peu il en deviendrait franchement violent.

— S'il la touche, je lui arracherai la langue et, ensuite, je lui arracherai son cœur de pierre !

— Il faut que tu gardes ton sang-froid jusqu'à ce qu'Emily soit saine et sauve, rétorqua Mark d'une voix plus mesurée.

Conscient de ses propres faiblesses, il ajouta cependant peu après :

— Et cela vaut aussi bien pour toi que pour moi…

Comme s'il avait peur que Mark lui refusât sa compagnie, Tarquin sauta à bord de la calèche et se cala fermement sur son siège.

— Il n'y a pas de temps à perdre, alors… Allons vite à la recherche de Jenny. Je parie qu'elle est dans ses petits papiers et qu'elle connaît bien ses planques.

Inquiet, il jeta un coup d'œil vers la maison de ses

parents. Il ne s'était pas trompé : sa mère les épiait derrière les rideaux !

— Nous devons la retrouver à tout prix, Mark. Mon père me tuera s'il arrive quelque chose à Emily.

— Ne t'en fais pas, il n'aura pas à le faire. C'est moi qui m'en chargerai, lui promit Mark d'une voix blanche en s'asseyant à son côté.

Chapitre 13

— On peut dire que tu as tout préparé avec le plus grand soin…

Emily porta le verre de vin à sa bouche, mais ne fit qu'y tremper les lèvres. Elle n'avait nullement l'intention de laisser Nicholas l'enivrer et entendait bien garder toute sa tête pour se tirer de ce mauvais pas. En revanche, il lui fallait absolument lui faire relâcher sa garde. Elle avait tout intérêt à encourager sa bonne humeur et à lui laisser croire qu'elle tolérait sa compagnie et appréciait même son hospitalité. Moins il la penserait capable de chercher à tout prix un moyen de s'échapper de cette maison, plus elle aurait de chances d'y parvenir.

Elle n'était plus en état de choc et avait accepté la donne : elle avait bel et bien été enlevée et il lui fallait désormais réfléchir à partir de ce fait. Il était idiot et vain de se répandre en jérémiades ou en crise de colère, ou encore de le supplier d'une quelconque manière. Coûte que coûte, elle devait garder toutes ses forces et toute sa clairvoyance, essayer de faire preuve à son tour de la rouerie dont il avait lui-même si bien usé contre elle.

Il y avait certainement quelques heures déjà qu'elle était retenue dans cette maison contre son gré, calcula-t-elle, même si elle n'avait pas une idée très précise de l'heure qu'il pouvait être. A première vue, les seules personnes présentes étaient le valet qui lui avait ouvert la porte à son arrivée et la jeune servante qui l'avait menée à sa chambre afin de l'aider à s'apprêter pour le dîner. Autrement dit, personne sur qui elle pourrait compter ; elle était désespérément seule…

Malgré la terreur que lui inspirait la situation et la colère qui bouillonnait en elle, cela lui avait fait énormément de bien de se retrouver un moment seule dans la chambre. Elle s'y était sentie comme dans un sanctuaire. Enfin à l'abri des regards !

Elle avait ressenti un vrai besoin de faire un brin de toilette après ce voyage long et éprouvant avec Riley. Quelle sotte elle faisait ! Elle était partie avec lui tête baissée, sans prendre le temps de réfléchir… Et sur le moment, elle ne s'était pas sentie prête à se mesurer à son ravisseur.

La douce chaleur qui régnait dans la chambre, de même que l'eau fumante et parfumée qu'on lui avait fait porter pour faire sa toilette l'avaient sans conteste aidée à apaiser son angoisse. Elle avait congédié la jeune servante sans ménagement malgré l'insistance de cette dernière, qui n'avait cessé de lui répéter qu'elle devait absolument donner un coup de fer à sa robe froissée et lui arranger sa coiffure. Et puis quoi encore ? Elle n'allait tout de même pas se pomponner pour le plaisir de l'infâme traître qui l'attendait en bas !

Elle avait demandé instamment à la domestique de sortir de la chambre pour avoir tout le loisir d'inspecter les lieux et de réfléchir ainsi à un moyen de s'échapper. Mais il ne lui avait pas fallu très longtemps avant de constater que toutes les fenêtres de sa chambre étaient solidement scellées et que la porte, quant à elle, avait été refermée à double tour de l'extérieur. Cette découverte lui avait causé un grand trouble. Son cœur s'était mis à palpiter furieusement et, l'espace de quelques minutes, elle s'était sentie submergée par la plus grande détresse. Des larmes brûlantes lui avaient piqué les yeux.

Quand Riley avait quitté la maison un peu plus tôt dans la soirée, l'abandonnant à son sort et la laissant seule avec le vicomte et ses sous-fifres, elle n'avait pas perdu tout espoir de réussir à s'échapper assez rapidement. Mais Nicholas avait apparemment bien fait la leçon à ses domestiques et il ne fallait donc pas compter sur une aide quelconque de leur part pour s'enfuir, ni espérer faire appel à leur compassion ou à leur sens de l'honneur. Le majordome et la servante avaient clairement participé à son enfermement, et ce, de leur plein gré.

Lorsque la jeune fille était revenue la chercher, Emily s'était calmée, bien décidée à contenir ses émotions. Elle avait même feint de prendre en compte ses suggestions et s'était rafraîchie avec l'eau parfumée à la lavande qu'elle lui avait apportée un peu plus tôt et lui avait laissé démêler les nœuds qui s'étaient formés dans ses boucles blondes. Elle était même allée jusqu'à accepter qu'elle lui fît un joli chignon. Mais tous ces efforts pour faire bonne figure, elle ne les avait faits que pour elle-même. Elle avait mûrement réfléchi. Il était hors de question d'apparaître totalement anéantie aux yeux de Nicholas sinon cette brute pourrait croire qu'il avait réussi à l'intimider. Elle s'était promis de s'en tenir à cette ligne de conduite, même si cela lui en coûtait terriblement. Elle ne larmoierait pas. Elle ne tremblerait pas non plus, même si elle sentait ses jambes se dérober sous elle. Elle n'obéirait certainement pas à ses ordres sauf à y être contrainte. Dire que jadis, elle avait cru qu'il la chérissait et lui avait prouvé qu'elle lui faisait entièrement confiance en lui offrant son corps en cadeau ! Les temps avaient bien changé… Désormais, elle se battrait jusqu'à son dernier souffle plutôt que de lui accorder ne fût-ce qu'un baiser !

En suivant la jeune servante et en descendant l'escalier monumental à sa suite, elle avait à peine remarqué la somptuosité du lieu dans lequel elle se trouvait. Toutes ses pensées étaient tournées vers ses chers parents. Elle s'était souvenue qu'ils avaient prévu de sortir ce soir-là et elle en avait tiré quelque réconfort. S'ils rentraient tard de l'opéra, peut-être se retireraient-ils dans leur chambre sans même s'apercevoir que le lit de leur fille était vide... Tout n'était pas encore perdu. Il était encore possible de leur éviter un terrible mal de tête... et d'avoir à affronter un nouveau scandale... Mais pour cela, il fallait évidemment qu'elle parvienne à rentrer chez elle dans les plus brefs délais et, surtout, prier pour que Mark vînt à son secours à temps.

Quoi qu'il en soit, elle devait rester optimiste et forte, se dit-elle mentalement, les doigts comprimés sur les genoux. A l'heure qu'il était, Mark devait avoir lu son message et, avisé comme il l'était, il s'était sûrement douté aussitôt que Riley ne l'avait pas emmenée hors de la ville pour de nobles motifs. Il allait se rendre à Callison Crescent sans perdre de temps et découvrirait qu'elle n'était pas rentrée chez elle. Il aurait la sagesse de ne pas pour autant prévenir ses parents du danger qui la menaçait, mais allait se mettre à la recherche de Riley. Il l'interrogerait et ne relâcherait pas cette crapule avant d'avoir obtenu ses aveux complets. Riley concéderait qu'il lui avait tendu un piège et lui révélerait le lieu où elle se trouvait actuellement.

A ces pensées, son moral remonta en flèche, mais ce doux répit ne dura guère car elle ne put empêcher bientôt une petite voix de lui susurrer : « Et si Mark n'arrivait pas à trouver Riley ? Et s'il était blessé au cours de la poursuite de ce bandit ? » Elle entrevit encore une autre possibilité. Et c'était la pire de toutes... Mark n'était peut-être pas encore rentré chez lui et il n'avait même pas eu connaissance de son message ! C'était tout de même l'un des hommes les plus en vue de la bonne société et il était fort occupé, partageant son temps entre sa famille, ses amis et sa maîtresse. Peut-être ne rentrerait-il même pas du tout de la nuit…

A cette perspective, Emily oublia tout à coup qu'elle s'était promis de rester d'une grande sobriété. Elle but une longue gorgée de vin sans même réfléchir, pour essayer de calmer son cœur qui s'était remis à tambouriner dans sa poitrine. Si seulement Mark avait été chez lui quand elle était passée le voir ! Elle avait vraiment joué de malchance.

Ses doigts étaient maintenant blancs et douloureux tant elle était crispée. Aussi reposa-t-elle brusquement son verre sur la table. Il fallait retrouver son calme le plus vite possible ! Elle se concentra également sur son souffle pour essayer de respirer plus posément et venir à bout de la panique qui recommençait à l'envahir.

Elle observa l'homme qui était assis en face d'elle. Elle n'avait pas le choix. Il fallait absolument engager la conversation avec lui et essayer de repousser ses avances tout en douceur. De cette manière, elle pourrait peut-être réussir à lui donner mauvaise conscience et le convaincre ainsi de rentrer chez lui sur-le-champ retrouver son épouse.

— Tu m'as l'air bien profondément plongée dans tes pensées, mon amour… Dis-moi, as-tu enfin réussi à concocter un plan pour t'échapper d'ici ? lui demanda soudain Nicholas, l'enveloppant d'un regard torride.

Elle remarqua alors avec horreur qu'il ne pouvait détacher les yeux de son corsage. Il les avait fixés à l'endroit même où le tissu se tendait, près des boutons, chaque fois que sa poitrine se soulevait au rythme de sa respiration saccadée.

Elle sentit des petits picotements sous sa peau. Il fallait à tout prix rester sur ses gardes ; il semblait presque lire dans ses pensées !

— M'échapper ? s'esclaffa-t-elle avec un air ostensiblement dédaigneux. Parce que tu penses que j'ai l'intention de courir à perdre haleine dans le froid ? En pleine nuit de surcroît ! C'est bien mal me connaître !

A la vérité, elle aurait mille fois préféré la noirceur de la nuit et la campagne désolée. Tout plutôt que cet homme démoniaque !

— Cette maison t'appartient-elle ou en disposes-tu simplement pour y jouer ton rôle de séducteur ?

Elle se félicita en son for intérieur de paraître si calme et si posée, alors qu'en fait, elle s'efforçait d'empêcher ses dents de claquer. Elle balaya la pièce du regard, prétendant admirer la décoration et apprécier l'ambiance teintée de romantisme, avec les bûches qui se consumaient dans l'âtre.

— C'est vraiment une très belle demeure… Je suis flattée de bénéficier d'un traitement aussi généreux !

Devlin ne put réprimer un petit gloussement de triomphe.

— Je suis très heureux d'entendre que tu n'as pas changé. Tu es toujours aussi fière et intrépide, mon Emily chérie. Tu n'as pas versé une seule larme… Tu n'as pas piqué une seule crise de colère… Au plus profond de ton cœur, tu le sais bien, n'est-ce pas, que nous sommes destinés l'un à l'autre ?

— Tu n'as pas répondu à ma question, Nicholas.

— Eh bien, si tu tiens tellement à le savoir, c'est l'une des nombreuses propriétés dont j'ai hérité en me mariant ; elle faisait partie de la dot de ma femme. Mais peu importe comment je l'ai acquise, en quoi cela t'intéresse-t-il ? En tout cas, je suis heureux qu'elle te plaise, parce que nous allons nous en servir régulièrement. Cette maison va devenir notre petit nid d'amour. Peut-être même — et cela ne dépend que de toi et des satisfactions que tu es prête à m'octroyer — que je finirai par te la donner…

— Quelle générosité ! Mais je ne suis pas tout à fait certaine de l'aimer tant que ça, répliqua Emily d'un ton acide. Et je crains fort par ailleurs que ta femme n'apprécie guère l'utilisation que tu ferais ainsi de sa propriété.

— Ce n'est plus sa propriété et à l'avenir nous allons, je te prie, éviter de parler d'elle.

— Et pourquoi donc ?

Plus longtemps le sujet de conversation tournerait autour de ses devoirs envers sa famille, plus Emily était confiante sur la tournure des événements : il finirait forcément par s'adoucir.

— Tu irais jusqu'à nier l'existence de ta femme ? Ou celle de ton enfant à naître ?

Nicholas poussa son assiette avec une telle force qu'elle sursauta et en laissa tomber sa fourchette. Apparemment, elle avait touché une corde sensible, mais ne l'avait pas attendri le moins du monde.

— Inutile de me faire la morale, nous savons bien tous les deux que tu n'es vraiment pas la femme la mieux placée pour remplir ce rôle !

— Et toi, tu manques vraiment du savoir-vivre le plus élémentaire pour oser me parler ainsi ! rétorqua-t-elle.

Elle s'était pourtant préparée à cette éventualité. Elle savait qu'il ferait référence, à un moment ou à un autre, à la nuit qu'ils avaient déjà passée ensemble. Elle s'était donc armée de courage pour parer à la situation. Malgré tout, son visage lui cuisait et elle avait la nausée rien que d'y penser. Elle se sentait terriblement honteuse, et la riposte effrontée qu'elle avait préparée resta coincée au fond de sa gorge.

— Je ne vais pas me plaindre de ta nature enfiévrée,

ma chérie, je suis certain que tu le sais aussi bien que moi, reprit Nicholas d'un ton plus onctueux, en lui lançant des regards lascifs.

Il venait sans doute de remarquer qu'elle avait rougi jusqu'à la gorge.

— Tu devrais avoir honte. Je pensais t'aimer, Nicholas, et tes moqueries ne te font pas honneur. J'étais d'une telle sincérité. Si je n'avais pas été si jeune et si terriblement naïve, j'aurais compris que pour toi je n'étais rien de plus qu'un divertissement. Quand j'ai couché avec toi, je pensais sincèrement que nous ne tarderions pas à être mari et femme.

— Et je regrette sincèrement que cela ait été impossible, répondit Nicholas d'une voix traînante. Hélas ! Tu m'as séduit avec ton corps et ta beauté, ma chérie, et j'ai cédé à la tentation. Mais tu n'avais pas une dot à la hauteur de mes besoins…

A ces mots, il émit un sourire désabusé.

— Mais je dois t'avouer que, pour quelques milliers de livres de plus seulement, j'aurais pu renoncer à une riche héritière…

— Tu me permettras d'en douter, dit Emily d'un ton brusque.

L'irrévérence avec laquelle Nicholas lui parlait avait excité sa colère à un tel niveau d'intensité qu'elle en avait presque oublié sa vive inquiétude.

— Je te le concède, lui avoua-t-il un grand sourire aux lèvres. Une femme qui apporte à son mari trente mille livres de dot, sans compter des propriétés qui, une fois réunies, ont une valeur sensiblement équivalente, a incontestablement plus d'attrait pour un panier percé dans mon genre, tu ne crois pas ?

— Tu m'as trompée avec de beaux mensonges et

de fausses promesses… Tu n'as jamais eu la moindre intention de m'épouser, n'est-ce pas ?

Nicholas haussa les épaules et écarta les mains, simulant des regrets avec une parfaite insolence.

Emily sentit qu'elle était sur le point d'exploser.

— Nos fiançailles n'ont été qu'un simulacre. Tu m'as demandée en mariage pour pouvoir mieux me séduire, c'est tout.

Nicholas poussa un soupir d'agacement et s'adossa à son fauteuil.

— Ne me fais pas jouer le rôle du scélérat sans cœur, je t'en prie.

Il lui jeta des regards concupiscents à travers ses cils baissés.

— Tu étais mûre pour l'amour. Innocente et libertine à la fois. Il ne m'a pas fallu longtemps pour te persuader de te déshabiller cette nuit-là !

Elle en resta la bouche ouverte, en proie à la plus vive indignation. Mais elle aurait dû savoir, après toutes ces années, que Nicholas se moquait pas mal de la blesser. Il n'était pas du genre à surveiller son langage et ne s'intéressait qu'à sa petite personne. Il fallait reconnaître aussi que, jeune ou pas, à l'époque de leurs fiançailles, elle s'était montrée bien sotte en se laissant si facilement berner. Elle n'avait pas voulu voir qui il était vraiment. Sa seule consolation, c'était de savoir qu'elle n'avait pas été la seule à avoir été aveuglée par ses beaux mensonges. Il avait également trompé ses parents avec ses belles paroles. Il n'avait que l'amour et l'honneur à la bouche à cette époque…

— Il va bien falloir te rendre compte que j'ai beaucoup changé, Nicholas, riposta-t-elle d'une voix glaciale. Je n'éprouve plus aucune affection pour toi, sans parler de sentiments plus forts bien sûr…

— Il suffit ! la coupa brutalement Nicholas pour l'empêcher d'exprimer plus avant le dégoût qu'il lui inspirait. Je préférerais de loin te traiter avec gentillesse, Emily… et partager mon plaisir avec toi, mais…

— Tu es vraiment un idiot si tu penses pouvoir t'en sortir en toute impunité.

Elle avait parlé d'un ton égal alors qu'en réalité elle avait les mains moites et tremblait comme une feuille.

— Comment comptes-tu justifier le fait que tu as enlevé une demoiselle de bonne famille et que tu lui as forcé la main ? A l'heure qu'il est, mes parents doivent être fous d'inquiétude et craindre pour ma sécurité. Les autorités ont sûrement été prévenues. Tu seras arrêté dès que la vérité éclatera au grand jour.

Nicholas pouffa de rire, nullement impressionné par cette perspective.

— Et, dis-moi, qui dira la vérité ? Toi ? Tes parents ? La dernière chose que vous désirez tous est que notre liaison — présente ou passée — soit connue de tous. Ta réputation serait perdue à jamais et la honte retomberait également sur toute ta famille.

Très à l'aise, il s'amusait maintenant à faire tourner son verre à vin entre ses doigts.

— Tu as déjà été consentante une fois par le passé. Pourquoi les gens ne croiraient-ils pas que tu l'as été de nouveau ? dit-il en lui adressant un sourire mauvais. Si on te le demandait, je parie que tu ne saurais pas mentir sous serment, Emily. Tu ne pourrais pas nier que nous avons été amants autrefois. Tu dois accepter que le sort en soit jeté. Le destin et les folies de ton frère nous ont réunis. Pour notre plus grand bonheur à tous les deux…

*
* *

— C'est quelle maison ?

Mark jeta un coup d'œil à la ronde pour observer les environs. A la pâle lueur du réverbère, tout ce qu'il put voir, c'était que Jenny l'avait conduit en plein cœur de l'un des bidonvilles les plus sordides de Londres. Des rangées de maisons bancales qui s'appuyaient les unes sur les autres s'étalaient à perte de vue comme des rangées de dents pourries. Il jeta un regard dur à la jeune femme, comme pour l'avertir silencieusement qu'il ne tolérerait pas la moindre tromperie.

Elle était assise entre les deux hommes dans la calèche, se faisant la plus petite possible. Elle désigna du menton une bicoque qui avait l'air un peu moins délabrée que les autres. Par la fenêtre du rez-de-chaussée, on pouvait voir une lampe qui éclairait faiblement l'une des pièces.

— Je pense qu'il est peut-être là, en train de jouer tout son argent. Quand il est en veine, je sais qu'il aime bien faire des gros paris au jeu de dés. Je suis déjà venue ici une fois avec lui.

Elle déglutit péniblement, regarda Tarquin et Mark à tour de rôle d'un air inquiet et les prévint :

— Vous feriez bien de faire attention à vous, tous les deux. Il y a toujours des types dangereux qui traînent avec lui. Ils sont tout à fait capables de vous fendre le crâne en moins de temps qu'il ne faut pour le dire.

— Riley n'est donc pas assez grand pour régler ses affaires tout seul ? ironisa Tarquin, nullement affecté par les recommandations de Jenny.

Il était prêt à en découdre avec le premier qui lui chercherait des histoires.

Jenny retroussa sa lèvre supérieure avec mépris et répondit :

— C'est un lâche qui ne sait cogner que les filles qui travaillent pour lui. Son nez, c'est son père qui le lui a cassé quand il était plus jeune. Pour que ça lui apprenne à mal lui parler, paraît-il…

Tarquin accueillit l'anecdote par une moue dédaigneuse. Puis il se dégagea fermement du bras de Jenny qui, lui semblait-il, s'accrochait à lui avec l'énergie du désespoir et il lui intima l'ordre de rester tranquille dans la calèche jusqu'à son retour. Puis il suivit Mark qui s'avançait déjà vers le bâtiment.

— Vous êtes dans de sales draps tous les deux, je vous le garantis !

— Vous aussi, rétorqua Mark sans même se donner la peine de se retourner pour regarder l'homme qui gigotait, ligoté derrière lui.

C'était Riley, qui se tortillait pour essayer de défaire ses liens. N'y parvenant pas, il se laissa retomber lourdement sur la banquette de la calèche.

— S'il m'arrive quoi que ce soit, vous ne la retrouverez jamais ! glapit-il.

— Et si je ne la retrouve pas… Je peux t'assurer qu'à toi, il va t'en arriver de bonnes, le menaça Mark avec une tranquille assurance.

Mais son air sûr de lui n'était qu'une façade. Son angoisse ne faisait qu'augmenter plus le temps passait.

Il connaissait la vie de dépravé que menait Devlin, et cela depuis fort longtemps, mais jamais auparavant il ne l'avait cru capable d'un comportement aussi ignoble. En enlevant Emily, il venait de démontrer qu'il était également un criminel sans aucune pitié. Jusqu'où irait-il pour assouvir ses appétits lubriques ? Aurait-il recours à la violence pour amener Emily dans son lit, si elle résistait à ses avances ? Lui ferait-il boire un tranquillisant quelconque afin de l'empêcher d'opposer de la résistance et de pouvoir la violer tranquillement ? La jeune femme était littéralement à sa merci ; il pouvait donc faire d'elle ce qu'il voulait. D'horribles images torturaient Mark, et il souffrait le martyre dans la crainte affreuse de ne pas arriver à son secours à temps.

Il aimait Emily, il n'avait plus aucun doute à ce sujet, et avait résolu de lui demander de l'épouser. Malheureusement, les derniers événements ne lui en avaient pas donné l'occasion. S'ils avaient été fiancés, au moins, elle aurait été protégée par son nom ! Devlin n'aurait jamais osé la forcer à lui donner un baiser, sans parler du reste. Comment se pardonnerait-il jamais s'il arrivait trop tard ?

Il jura entre ses dents et incita les chevaux à galoper plus vite. Il devait absolument la trouver ! Un homme et un seul pouvait l'amener jusqu'à elle, et cet homme était Riley. Mark avait commencé par le menacer verbalement, mais si cela ne suffisait pas à le faire passer aux aveux, il était prêt à aller beaucoup plus loin, sans sourciller, si nécessaire… Dieu lui en était témoin : le scélérat qui se trouvait à son côté méritait une belle correction pour ce qu'il avait fait à Jenny, sans parler du rôle qu'il avait joué dans ce plan machiavélique d'enlèvement.

Il tourna brusquement la tête vers lui et lui jeta un regard si haineux que Riley se recroquevilla dans un coin du véhicule.

— Tu t'es mis dans un sale pétrin ! J'espère que tu en as conscience… Alors, le plus raisonnable pour toi, ce serait de coopérer et d'essayer de réparer le mal que tu as fait à miss Beaumont. Aux yeux d'un juge, cette bonne volonté te rachèterait un peu et atténuerait la sévérité de sa sentence.

— De toute façon, je serai pendu au bout d'une corde si Jenny finit par claquer.

Mark sentit tous les muscles de son visage se tendre à l'évocation du déchaînement de violence qu'il y avait eu un peu plus tôt.

Car Jenny n'avait pas suivi les conseils de Tarquin et n'était pas restée à les attendre sagement dans la calèche. Elle s'était au contraire faufilée à l'intérieur de la maison — probablement pour venir en aide à Tarquin et s'assurer qu'il ne lui arriverait aucun mal — au moment même où une bagarre avait éclaté. Riley se trouvait alors en compagnie de ses hommes de main et, tandis que Tarquin et Mark se battaient avec eux, Riley avait remarqué Jenny qui se tenait également dans le couloir, ne sachant que faire. Elle était aussitôt devenue l'instrument de sa terrible vengeance. Riley avait immédiatement compris qu'elle l'avait trahi, ce qui expliquait leur présence à tous les trois dans la bicoque, et cette espèce de brute l'avait sauvagement frappée. Jenny avait perdu connaissance.

Ayant eu finalement le dessus sur les hommes de main de Riley, Tarquin s'occupait à présent de sa femme. Inconsciente, elle saignait abondamment lorsqu'ils l'avaient trouvée par terre dans le couloir et Tarquin la soignait comme il le pouvait. Mark, quant à lui, avait filé vers le comté du Surrey en emmenant Riley avec lui. Le scélérat jurait comme un beau diable et ne cessait de se contorsionner à ses côtés. Toutefois, maintenant que ses cogneurs n'étaient plus là pour le secourir, il n'offrait pas une très grosse menace, mais Mark savait pertinemment qu'il avait affaire à un rusé et qu'il était en train de faire toutes sortes de calculs pour trouver un moyen de s'échapper.

— Si tu as envie de sauter, vas-y, lui dit-il d'une voix féroce. Il y a de grandes chances pour que tu n'en meures pas… Pas tout de suite, en tout cas. Et la vue de tes membres brisés ne me gênera pas. Aussi longtemps que tu pourras parler, cela me suffira amplement…

Riley donna un coup de pied rageur dans la paroi de la calèche, puis s'affala sur son siège, la mine renfrognée.

Comme ils approchaient d'un carrefour, Mark ralentit l'allure des chevaux et demanda :

— Quelle route dois-je prendre ?

Dans un premier temps, Riley garda le silence. Mais quand Mark se pencha vers lui et lui répéta la question sur un ton glacial, en le fixant d'un regard impavide, il lui désigna aussitôt la route qui se trouvait sur leur droite.

Mark empoigna immédiatement les rennes et donna un bon coup de fouet sur le dos des chevaux. Puis ils se remirent à foncer à toute vitesse dans la nuit.

Le repas allait bientôt se terminer et Emily commençait à ne plus savoir comment alimenter la conversation. Elle était dans un tel état d'épuisement et de désespoir ! Nicholas n'allait sans doute plus tarder à passer à l'attaque. Puisqu'il avait su faire preuve d'une relative galanterie jusque-là, et lui avait procuré du bon vin et un bon repas, il se sentirait probablement conforté dans son bon droit.

Elle posa ses doigts fébriles sur le couteau de table qu'elle avait réussi à dissimuler dans les plis de sa robe. Elle espérait secrètement ne pas avoir besoin de l'utiliser, mais il était bien clair qu'elle n'avait pas l'intention de monter paisiblement dans la chambre à coucher avec lui !

Pourquoi Mark n'était-il pas encore venu lui porter secours ? Avait-il seulement eu connaissance de sa lettre ? Comment avait-elle pu, à un moment donné, le détester, éviter sa présence ? Que ne donnerait-elle pas, en ce moment même, pour le voir devant elle et se blottir au creux de ses bras protecteurs ?

Elle fit soudain tomber la cuillère avec laquelle elle tournait distraitement sa crème dessert et se leva d'un bond, sans réfléchir, pour la ramasser. Nicholas s'était levé aussi et en profitait pour se rapprocher d'elle. La peur la fit frissonner. Il avait sans conteste un air de prédateur. Elle n'avait pas encore réussi à s'extirper correctement de sa chaise pour s'enfuir qu'il l'attrapait déjà.

Il lui tourna sans ménagement le poignet pour lui faire lâcher le couteau de table qu'elle avait subtilisé, avec un petit rire égrillard. Il devait avoir anticipé sa pauvre tactique défensive, songea-t-elle. Apparemment désappointé, il fit glisser le couteau sur la table. Il lui serrait les poignets avec tant de force qu'elle avait l'impression d'être enchaînée.

Il approcha son visage du sien et elle se cambra, essayant de se soustraire à ses lèvres. Il posa alors de petits baisers sur sa gorge tout en lui murmurant des mots tendres. Puis il colla sa bouche à la sienne, la forçant à ouvrir les lèvres.

Elle se contorsionnait tant bien que mal pour échapper à son étreinte, mais ses efforts pour échapper à sa poigne étaient vains et ne parvinrent qu'à provoquer un grand éclat de rire. Et il était des plus désagréable, ce rire… Nicholas s'amusait beaucoup de ses piteux efforts. Ah, ça l'amusait, de la voir se débattre ? Eh bien, elle ne lui donnerait pas ce plaisir ! Elle s'immobilisa brusquement et le laissa fourrer son nez dans son cou, tandis qu'elle fouillait la table des yeux pour y trouver quelque chose qui aurait pu lui servir d'arme. Ses yeux se posèrent de nouveau sur l'immense candélabre en argent. Il n'était pas hors de sa portée et son poids ferait bien plus de dégât que la délicate vaisselle en porcelaine qu'elle pouvait, pour l'instant, plus facilement atteindre. Le couteau qu'il lui avait arraché des mains avait glissé assez loin sur la table en acajou, mais une fourchette semblait la narguer, à portée de main.

Elle était révulsée : elle sentait maintenant sur elle les doigts fébriles de Nicholas qui cherchait à déboutonner son corsage. Elle fit bonne figure, cependant, se força à se détendre et accepta même un baiser. Puis elle détourna coquettement la tête.

— Est-ce que tu regrettes, finalement, de ne pas m'avoir épousée, Nicholas ? demanda-t-elle, la gorge serrée, tout en profitant de cette pause dans ses assauts pour se déplacer très lentement sur le côté. J'aimerais croire que cela au moins est vrai.

— Bien sûr que c'est la vérité, grogna-t-il avec impatience, haletant.

Et il planta sa bouche brûlante à la naissance de ses seins, là où sa gorge se soulevait si rapidement.

Emily se tortilla de nouveau pour se dégager et parvint à le conduire à relâcher suffisamment son étreinte pour faire encore un pas de côté et se rapprocher un peu plus de la fourchette. L'objet ne se trouvait maintenant qu'à quelques centimètres de ses doigts qu'elle avait tendus au maximum.

— Tu ne dis pas ça pour pouvoir me séduire plus facilement ? le cajola-t-elle.

Nicholas releva la tête, la regarda de ses yeux enfiévrés et murmura d'une voix rauque :

— Souviens-toi de ce que je t'ai dit tout à l'heure. Je préférerais ne partager que le plaisir avec toi, Emily. Je ne suis pas un homme violent… Mais je saurai l'être si tu me pousses au désespoir, sache-le bien.

Il lui glissa la main sous le menton et le maintint fermement.

— J'ai envie de toi… Je te veux désespérément. Pourquoi te montres-tu si cruelle envers moi ?

Il exprima sa plainte avec une perplexité si naturelle dans la voix qu'Emily eut toutes les peines à contenir sa surprise. Elle avait, de son côté, une telle envie de proférer des railleries à son encontre !

— Sois gentille avec moi, mon amour ! la supplia-t-il presque. Et en retour, moi aussi, je serai gentil avec toi.

Et il essaya de lui prouver ses affirmations en mordant sa gorge avec un peu moins de brutalité.

— J'ai bien peur de ne pas pouvoir y parvenir, car tu me dégoûtes, lui dit Emily dans un souffle au moment même où elle saisissait la fourchette sur la table, et la lui plantait de toutes ses forces dans la cuisse.

Nicholas glapit de douleur et recula en chancelant, les yeux écarquillés de stupeur autant que de douleur. Il massait furieusement la blessure qu'elle venait de lui infliger.

Emily s'élança alors pour s'emparer du candélabre en argent et le brandit à deux mains au-dessus de lui.

— Ecarte-toi de moi, espèce de porc infâme, ou je te jure bien de ne pas hésiter à m'en servir pour me défendre ! hurla-t-elle.

— Espèce de garce ! Tu vas me le payer !

Puis il se mit à ricaner doucement.

— Si tu crois t'en sortir avec un chandelier, c'est que tu es vraiment une pauvre imbécile !

Il fit quelques pas dans sa direction, l'obligeant à reculer à mesure qu'il avançait.

— Tu dépasses toutes mes espérances, ma chère… Engageons-nous donc dans une véritable lutte si ça te chante. Ça va beaucoup me plaire de te dompter ! J'aurais dû te le dire plus tôt. C'est la chasse, la victoire… qui m'excitent avant tout !

Au moment où Emily rassemblait toutes ses forces pour lui envoyer son projectile à la figure, elle entendit un bruit qu'elle ne put identifier avec certitude. Elle tourna la tête pour voir ce qui se passait. Mais elle eut vite fait de comprendre que l'interruption n'était qu'un sursis et non pas la délivrance qu'elle désirait tant. Le valet, hésitant, se trouvait à la porte de la salle à manger. Son visage était parfaitement neutre et ne trahissait aucune émotion, comme s'il était parfaitement habitué à voir des jeunes femmes repousser les avances de son maître avec un candélabre qui flamboyait encore dans les mains.

Nicholas était au comble de la fureur et proféra quelques jurons bien sentis, tout en se dirigeant à grands pas vers le valet.

Celui-ci se pressa de le rejoindre tout en se confondant en excuses. Il lui murmura très vite un message à l'oreille. Nicholas hocha la tête et lui murmura à son tour des instructions.

— On dirait que Riley est revenu sur ses pas pour des raisons que lui seul connaît, dit-il ensuite à voix haute, d'un ton passablement irrité. Tu voudras bien m'excuser quelques instants, ma chérie, le temps de faire comprendre à ce balourd qu'il est de trop et n'est plus du tout le bienvenu.

Il lui adressa un petit sourire douceâtre, et dit encore :

— Je ne t'abandonne pas pour longtemps, je te le promets, ma chérie. Mais en attendant, mets-toi à l'aise, assieds-toi je t'en prie…

Il semblait avoir retrouvé son calme. Il se passa la main de manière théâtrale sur sa manche immaculée comme pour en enlever des grains de poussière. Emily le trouva proprement ridicule.

— Il n'est pas possible de t'échapper, je te le rappelle. Mes serviteurs me sont entièrement dévoués. Aussi, je te conseille de te détendre. Si tu finissais tranquillement ta crème dessert en attendant que je revienne ?

Nicholas avait ordonné au majordome d'empêcher Riley de mettre un seul pied dans la maison. Il se dirigea donc à grands pas vers le porche en disant d'un ton brusque :

— J'espère vraiment que vous avez une excellente raison de venir m'importuner, Riley !

— Il en a une, dit soudain Mark en sortant de l'obscurité créée par la corniche. Il n'a tout simplement pas envie qu'une balle se loge au beau milieu de son cœur de pierre.

Mark tenait son pistolet contre la poitrine de Mickey Riley d'une main qui ne tremblait pas. Puis, brusquement, il changea la trajectoire de son arme de manière à les tenir en joue tous les deux.

— Pour toi, Devlin, j'adopterai une tout autre stratégie. Je pourrais bien avoir envie de te tirer une balle dans une autre partie du corps, si tu vois où je veux en venir, espèce de brute !

Puis il indiqua du bout de son pistolet qu'il tenait à rentrer avec eux à l'intérieur de la maison.

— Que diable ! Ça ne te ferait rien de me dire ce que tout cela signifie ? fulmina Devlin, affectant la réaction d'un homme outragé.

Il jeta à Riley un regard pernicieux.

— Je pense au contraire que tu sais très bien de quoi il s'agit, rétorqua Mark en lui jetant un regard glacial. Où est miss Beaumont ?

Devlin s'humecta les lèvres pour gagner un peu de temps. Pas un seul instant il n'avait imaginé une telle situation. Il était maintenant en présence d'un véritable preux chevalier prêt à aller jusqu'au bout pour sa dame, et qui risquait fort de faire avorter son projet ! Ce doux projet qu'il caressait depuis si longtemps... Forcer Emily à redevenir sa maîtresse...

— J'exige que tu répondes à ma question ! J'ai assez

de munitions pour vous rendre à tous deux le reste de votre vie très inconfortable.

— Miss Beaumont est en train de dîner, Hunter, dit alors précipitamment Devlin.

Son cerveau tournait à plein régime. Il cherchait à comprendre pourquoi Mark Hunter se retrouvait impliqué dans cette histoire. Il savait que Tarquin Beaumont et lui étaient amis, mais il y avait fort à parier que ce n'était pas au nom de cette amitié que Hunter venait au secours d'Emily. Et ce fut pour lui une révélation des plus contrariante… Il savait que cet idiot de Stephen Bond tournait autour de la jeune femme, mais il ignorait qu'un individu de l'envergure de Hunter était aussi sur les rangs des prétendants d'Emily. Il était grand temps de marquer son territoire, songea-t-il, même si, ce faisant, il allait entacher la réputation de la jeune femme.

Il adressa un sourire de conspirateur à Mark.

— Je pense qu'il ne faut pas que tu oublies, Hunter, qu'Emily et moi avons été fiancés à une certaine époque. Le mariage a hélas été annulé, mais nous sommes toujours passionnément épris l'un de l'autre.

Il leva les bras au ciel d'un air faussement navré.

— Voilà, c'est dit ! Tu es au courant de notre petit secret. Il s'agit d'une situation un peu délicate, mais nous faisons tous les deux partie du beau monde. Je sais que tu n'irais pas compromettre de manière intentionnelle les perspectives éventuelles de mariage d'Emily, en allant raconter un mot de cette histoire à qui que ce soit.

— Lui non… Mais toi, en revanche, tu le ferais sans vergogne et sans te préoccuper des conséquences que cela aurait pour moi ou pour ma famille !

Emily avait suivi Nicholas lorsque celui-ci avait quitté la salle à manger. Il avait tellement confiance en ses domestiques, qu'ils croyaient loyaux et extrêmement vigilants, qu'il n'avait même pas pris la peine de refermer la porte à clé derrière lui. Elle s'était alors avancée, d'abord à petits pas, mais, en voyant Mark, elle éprouva un tel soulagement qu'elle s'élança tout à coup pour se réfugier à son côté.

Il la protégea aussitôt de son bras puissant et entoura ses épaules tremblantes, comme pour témoigner de ses droits sur elle. Mais la main qui tenait le pistolet ne s'écarta pas de sa cible.

Devlin scruta le couple qui se tenait devant lui avec attention. Emily avait trouvé refuge au creux du bras de Mark avec le plus grand naturel, comme s'il ne s'agissait absolument pas de la première fois.

Il sourit alors d'un air sinistre.

— Peut-être que vous deux, vous avez aussi vos propres secrets…, dit-il.

Mais ses insinuations furent de courte durée car Mark l'interrompit :

— Tu ne verras certainement pas d'inconvénient à ce que nous partions dès à présent ?

Puis, regardant Riley et le vicomte à tour de rôle, il ajouta avec une moue méprisante :

— Je suppose que tous les deux vous avez des tas de choses à régler.

Et tout en les gardant en joue, il guida Emily vers la porte d'entrée.

— Tu m'as bien eu et tu dois te croire très malin, Hunter ! dit Devlin entre ses dents, terriblement frustré et furieux de voir Emily lui échapper ainsi.

— Non, pas vraiment, répondit Mark. Mais, toi, tu es vraiment bien stupide d'avoir cru pouvoir t'en sortir après un tel outrage !

Mark souleva le canon de son pistolet et tira en direction de la suspension qui éclairait le vestibule de ses flammes vacillantes. On entendit aussitôt un fracas de cristal et de métal et le hall d'entrée fut plongé dans l'obscurité.

Sans attendre, Mark pivota sur ses talons et, de son bras maintenant posé au creux de sa taille, il conduisit fermement Emily vers la sortie.

Chapitre 14

— J'en étais sûre ! Je savais vous viendriez me porter secours !

— Et cela vous a-t-il fait plaisir, au moins ?

Emily tressaillit. Qu'est-ce que cette question pouvait bien signifier ? Elle lança un regard interrogateur à Mark. Elle n'avait eu qu'une chose en tête, en lui faisant cette déclaration d'une voix vibrante : lui exprimer son immense gratitude. Or, en retour, Mark lui avait répondu sur un ton qui lui avait paru bien cynique. Décidément, elle ne comprenait rien à l'attitude de cet homme.

— N'avez-vous pas remarqué la joie… et le soulagement que j'ai éprouvés dès que je vous ai vu ? lui demanda-t-elle, piquée au vif.

— Etant donné les circonstances, avouez qu'il aurait été plutôt malvenu de votre part d'afficher une quelconque déception en me voyant arriver pour vous venir en aide ! Même si vous avez autrefois été fiancée à l'homme qui vous a enlevée, il n'empêche que vous devez d'abord penser à votre réputation.

— Que voulez-vous dire par là exactement ? demanda-t-elle, légèrement estomaquée.

Après l'enchaînement chaotique des événements qui s'étaient abattus sur elle en moins de vingt-quatre heures, elle avait senti ses forces décliner peu à peu et même l'abandonner, mais la réaction — pour le moins incongrue — de Mark lui donnait à présent un véritable coup de fouet, et un regain de vitalité, pour ne pas dire d'indignation, s'empara d'elle.

— Parce que vous croyez que cela a pu me procurer un quelconque plaisir de découvrir que le vicomte avait manigancé mon enlèvement ? Comment avez-vous pu penser cela un seul instant ?

— Tout ce que je sais, c'est qu'autrefois, vous auriez été bien contente de l'épouser.

Il y avait de la violence dans le regard que Mark lui jeta, tout en lui faisant cette remarque. Elle releva le menton fièrement alors qu'au fond elle était sur le point de s'effondrer. Mais jamais elle ne lui donnerait ce plaisir ! Quelque chose, dans son attitude vis-à-vis d'elle, lui échappait toutefois... C'était pourtant lui qui l'avait aidée à tenir le coup ! Alors qu'elle était retenue prisonnière et se trouvait littéralement à la merci de Nicholas, elle n'avait cessé de penser à Mark, voyant en lui le recours absolu... Tant et si bien que ses propres sentiments avaient commencé à lui faire peur : n'était-elle pas en train de tomber amoureuse de lui ? Il était son héros, l'homme sur lequel elle avait fondé tous ses espoirs. Elle n'avait pas douté un seul instant qu'il parvînt à renverser la situation et à contrecarrer le projet diabolique de Nicholas. Et avant de lui adresser ces remarques acerbes, il s'était montré tout à fait à la hauteur de ses attentes. Pour être tout à fait honnête, même, il l'avait tellement ensorcelée qu'il lui faisait carrément tourner la tête... Il lui faisait de l'effet, comme aucun autre homme n'y était parvenu auparavant, pas même Nicholas, dans la meilleure période de leurs fiançailles...

Et il avait tout gâché maintenant ! Elle était terriblement déçue et lui en voulait. Pourquoi avait-il réagi ainsi ? Il venait de l'obliger à se souvenir qu'il n'y avait pas si longtemps encore, elle affirmait haut et fort qu'elle ne l'aimait pas et elle ne s'en cachait pas...

Elle se sentit brusquement très déprimée et une profonde tristesse l'envahit.

— Sur ce point, vous avez entièrement raison : Nicholas et moi avons été fiancés, mais il y a bien des années..., finit-elle par dire.

Après une courte pause, elle ajouta :

— Et je me permets de vous rappeler qu'aujourd'hui la situation est tout autre. Nicholas a une épouse. Comment pourrais-je accueillir favorablement les avances d'un homme marié ? J'espère quand même que vous n'osez pas me croire capable d'une telle horreur !

— Et s'il n'était pas marié ?

— Cela ne changerait absolument rien !

— Devlin a pourtant déclaré que vous étiez toujours passionnément amoureux l'un de l'autre.

— C'est un pur mensonge ! De quel droit a-t-il pu proférer une telle absurdité ? Et de quel droit vous le croyez ! s'écria Emily en suffoquant à demi.

Elle était profondément indignée, mais c'était de constater que Mark doutait de sa sincérité bien plus que la calomnie en elle-même qui la blessait.

— Je le déteste et je crois sincèrement que, de son côté, il ne doit pas beaucoup m'aimer non plus. S'il avait la moindre estime envers moi, jamais il n'aurait pu envisager de me traiter d'une manière aussi odieuse ! Oh, et puis, à quoi bon tenter de me justifier ? Rien de tout cela ne vous concerne après tout !

Elle s'interrompit, regrettant presque de s'être laissé emporter, et se mit à triturer nerveusement les poignets de son corsage.

— Et pour être tout à fait honnête avec vous, si j'ai accepté de répondre à vos questions, c'est uniquement parce vous vous êtes donné beaucoup de mal pour me porter secours, dit-elle encore, d'une voix tremblante de colère mal maîtrisée et d'émotion.

Elle sentit les larmes lui monter aux yeux. Elle les essuya rageusement du revers de la main. Ce n'était vraiment pas le moment de flancher.

Alors qu'ils roulaient à toute allure en direction de Londres, Mark lui demanda si elle avait suffisamment chaud et si elle désirait éventuellement faire une pause quelque part. Mais Emily n'était pas dupe. S'il se montrait aussi prévenant en façade et cherchait à lui assurer le meilleur confort possible, elle voyait bien qu'au fond, il était d'humeur très maussade, comme s'il lui en voulait de quelque chose. Elle n'en comprenait pas la raison. Bien évidemment, elle s'était attendue à subir un interrogatoire serré, et même à se faire sérieusement réprimander pour s'être exposée à de tels risques en acceptant de partir seule avec Riley. Mais ce qu'elle n'avait pas prévu, c'était cette curieuse atmosphère de morosité. Elle avait l'impression qu'une barrière était désormais érigée entre eux.

Plusieurs fois au cours du trajet, elle avait tenté d'engager de nouveau la conversation, mais Mark s'était contenté chaque fois de lui répondre de manière laconique et elle avait fini par s'avouer vaincue. Elle avait d'abord cru que Mark avait fort à faire avec l'organisation de leur fuite et qu'il était trop occupé à diriger les chevaux pour distancer au maximum leurs poursuivants pour lui parler. Elle supposait maintenant que c'était d'elle, en fait, qu'il cherchait absolument à s'éloigner !

Depuis qu'ils avaient fait cause commune pour résoudre le mystère qui entourait la disparition de Tarquin, elle s'était habituée aux beaux yeux bleus que Mark ne cessait de poser sur elle. Lorsqu'il se moquait d'elle par exemple, ou lorsqu'il la désirait. Il était tellement différent à présent ! Elle ne pouvait pas franchement lui reprocher un manque de politesse. Mais il se montrait si distant ! Et elle n'aimait vraiment pas cette sensation. Elle, tout ce qu'elle voulait maintenant, c'était l'entendre lui murmurer à l'oreille des paroles réconfortantes et pouvoir se lover au creux de ses bras protecteurs. Elle avait terriblement besoin de son assentiment et de son affection…

— Je suis vraiment désolé, Emily, dit-il tout à coup. Je ne voulais pas vous faire de peine.

Il se massa vigoureusement les tempes d'un air soucieux. Il s'était montré excessivement grossier et avait bêtement laissé ses soupçons prendre le pas sur ses bonnes manières ! se reprocha-t-il amèrement. Depuis qu'il avait découvert que Devlin et Riley avaient tendu un piège à Emily et qu'elle avait suivi ce dernier sans connaître ses intentions méprisables, il avait été fou d'inquiétude. Il avait imaginé de telles horreurs ! Et maintenant, au lieu de profiter du cadeau qui lui était fait de se retrouver en compagnie d'une Emily saine et sauve, et au lieu de se féliciter de cet heureux dénouement, il agissait comme un parfait idiot, malade de jalousie ! Impensable ! Il lui fallait absolument se ressaisir au plus vite !

Par ailleurs, Emily avait largement eu son compte d'émotions fortes pour la journée, et lui, il n'avait pas pu s'empêcher de lui en causer davantage encore. C'était absolument impardonnable de sa part !

Il lui prit doucement la main, tenant à s'excuser sans ambiguïté possible.

— Je vous prie de m'excuser, Emily. Je n'avais pas le droit de vous parler comme je l'ai fait tout à l'heure. Pas plus que je n'avais le droit de m'immiscer dans votre passé. Me pardonnerez-vous ?…

Comme elle gardait le silence, Mark s'adossa à son siège en poussant un profond soupir.

— J'ai passé des heures à me faire du mauvais sang. J'ai pensé en boucle à tout le mal que ce gredin de Devlin pouvait vous faire, Emily.

Il semblait à présent manquer d'assurance, et Emily le trouvait plutôt touchant…

— Il a essayé de m'embobiner, et on peut dire qu'il y est presque parvenu. Il a sous-entendu que vous l'aviez rejoint de votre plein gré, que vous étiez sa maîtresse et que vous le voyiez en secret… Et ce depuis que vous fiançailles ont été rompues. Ça m'a rendu complètement fou, confessa-t-il avec une sincérité troublante.

Il se passa brutalement la main sur le visage et dit tout aussi brusquement :

— Je ne suis qu'un imbécile. Comment ai-je pu croire une seule seconde les inepties que ce goujat a proférées ?

Emily était à présent pleinement rassurée sur les motifs de la mauvaise humeur de Mark. Aussi fit-elle pivoter son poignet, de manière à caresser la paume de main de Mark qui enserrait toujours la sienne.

— J'étais tellement heureuse quand j'ai vu que vous étiez venu me chercher, Mark ! Tout au long de la soirée, je me suis raccrochée comme une forcenée à l'espoir de vous voir surgir d'un instant à l'autre pour me porter secours. Si vous saviez comme cette pensée m'a aidée ! Je n'aurais pas réussi à garder le moral autrement, je peux vous l'assurer.

D'instinct, ses doigts s'accrochèrent à ceux de Mark, alors qu'une onde de soulagement la faisait frissonner de la tête aux pieds.

— J'ai prié pour que vous trouviez mon message à temps et que vous découvriez ensuite où Riley m'avait emmenée. Si j'avais perdu espoir, si je n'avais pas eu une confiance aveugle en vous, je ne sais pas si j'aurais trouvé la force de résister, dit-elle d'une voix tremblante, réprimant un sanglot. Je venais de planter une fourchette dans la cuisse de Nicholas pour me dégager de son étreinte et j'étais sur le point de lui jeter un candélabre à la figure quand vous êtes arrivé.

A ces mots, Mark émit un petit rire, puis porta les doigts d'Emily à ses lèvres et les baisa tendrement.

— Je vous reconnais bien là ! Devlin ne vous arrive décidément pas à la cheville !

Aux inflexions de sa voix, Emily eut la certitude qu'il ne faisait pas uniquement référence au courage dont elle avait fait preuve en attaquant Nicholas, armée d'une simple fourchette.

Il dégagea doucement sa main. Il lui en coûtait, mais une telle sensualité s'en dégageait qu'il préféra saisir son verre et boire une gorgée d'alcool.

— Buvez votre grog avant qu'il ne refroidisse, Emily. Ça vous requinquera. Nous avons encore un long voyage à faire, vous savez.

Il lui fit alors glisser son verre sur la table, pour lui permettre de l'attraper plus facilement. Elle le gratifia d'un grand sourire. Comme elle lui était reconnaissante de pouvoir réchauffer ainsi ses mains glacées sur la tasse brûlante ! Elle parcourut ensuite des yeux l'agréable salle dans laquelle ils se trouvaient.

Il s'était avéré impossible de poursuivre le voyage sans prendre des risques inconsidérés. Les chevaux avaient besoin de se reposer et de s'abreuver. Mark et elle s'étaient donc arrêtés dans une auberge située en bord de route.

Lorsqu'ils avaient pénétré dans la salle principale du pub The Rose and Crown », elle était pleine à craquer et l'animation battait son plein, aussi Mark avait-il requis une salle privée. Le propriétaire des lieux — un homme jovial qui, bien qu'il fût bien loin des côtes, avait l'air d'un pirate avec son bandeau en travers du visage — les avait emmenés dans un petit salon situé à l'arrière de l'établissement. Alors qu'il les guidait à travers d'étroits couloirs, il s'était confondu en excuses car, leur avait-il expliqué, il ne pouvait pas leur proposer son salon le plus raffiné. Celui-ci venait en effet juste d'être investi par une famille qui se rendait au festival de musique de Guildford. Cependant, l'autre salon dont il disposait était également très joli, leur avait-il assuré. Et il n'avait pas menti, songea Emily. La pièce était de dimensions modestes mais plutôt propre, soignée et meublée de manière tout à fait satisfaisante. Il faisait très bien l'affaire. Une fois confortablement installés dans leurs fauteuils respectifs, de part et d'autre de l'âtre rougeoyant, Mark l'avait assurée qu'ils se remettraient en route dans moins d'une heure et que, par conséquent, elle serait vraisemblablement rentrée chez elle avant minuit.

A la vérité, Emily avait accueilli cette pause dans leur trajet avec un très vif soulagement. Depuis qu'ils étaient partis à tombeau ouvert en direction de Londres, elle n'avait guère eu l'occasion d'échanger plus de quelques mots avec Mark. Après ce préambule peu aimable, elle n'avait pas su quelle stratégie adopter. Valait-il mieux ne pas rompre le silence poli qu'ils observaient tous les deux ? Valait-il mieux au contraire obtenir des réponses aux questions pressantes qui la taraudaient ? L'ennui, c'était qu'elle avait la désagréable impression que, dès qu'ils se mettaient à parler, ils commençaient aussi à se chamailler. Elle avait pourtant tant de choses à apprendre !

Avait-il eu des nouvelles de Tarquin ? Qu'arriverait-il à Riley et au vicomte Devlin ? Mark lui avait affirmé que Nicholas paierait pour ce qu'il avait fait et elle y comptait bien. Un comportement aussi méprisable méritait d'être sévèrement sanctionné. Mais pour autant, voulait-elle d'un scandale ? Non, sûrement pas ! Ses parents n'étaient en rien responsables de la situation et n'avaient pas à souffrir des imprudences de leur fille, pas plus que des caprices et de l'inconduite de leur fils.

Mark observait avec intérêt les multiples émotions qui s'imprimaient sur le visage d'Emily. Elle paraissait si préoccupée… Quelques mèches de cheveux s'étaient échappées de son chignon, à l'arrière de sa tête, ce qui lui donnait un teint encore plus lumineux. Elle devait, par ailleurs, avoir terriblement envie de dormir, songea-t-il. Ses paupières semblaient si lourdes. L'heure tardive lui faisait de si jolis yeux langoureux…

Mais avant de lui permettre de se reposer, il avait terriblement envie d'obtenir des réponses aux questions qui continuaient à le torturer sans répit. Le vicomte avait certes comploté avec Riley pour prendre Emily au piège. Mais qu'en était-il de leurs relations passées ? Avait-elle été, oui ou non, la maîtresse de Devlin et s'était-elle donnée à lui de son plein gré, à l'époque de leurs fiançailles ? Et si tel était le cas, serait-il parvenu, à force de cajoleries, à lui faire accepter une nouvelle fois de coucher avec lui ?

Il but une bonne gorgée de son grog, espérant calmer les fourmillements qui s'intensifiaient dans ses reins. Malgré la terrible épreuve qu'Emily venait de traverser, il la trouvait tellement désirable… Et si vulnérable, une fois encore… Car elle était seule, de nouveau, avec un homme qui la voulait avec la force du désespoir. Il savait qu'elle lui faisait pleinement confiance et qu'elle se sentait en sécurité avec lui. Raison de plus, tâchait-il de se persuader, pour tenir la bride à ses élans. Mais il n'y avait rien à faire : il lui était impossible de chasser de son esprit les pensées érotiques qui l'assaillaient !

Et il soupçonnait fort Emily à présent de ne pas être aussi innocente qu'aurait dû l'être une jeune femme de bonne famille. A quel point, cependant, était-elle expérimentée ? Devlin lui avait-il fait perdre sa virginité ou avait-il mis au point ce plan diabolique pour pouvoir terminer ce qu'il avait commencé des années plus tôt ?

Il se leva brusquement et se dirigea à grands pas vers la fenêtre. Il posa la main sur l'encadrement et plongea son regard dans l'obscurité qui régnait à l'extérieur. Ses pensées étaient à peu près aussi enfiévrées que ses reins. Il la désirait plus que tout. Si jamais il l'embrassait… Et si elle se lovait tout contre lui, comme elle l'avait déjà fait auparavant, il ne répondrait plus de rien… Mais, après tout, quel mal y avait-il donc à cela ? Ils étaient à des kilomètres et des kilomètres de chez eux, à l'abri des regards indiscrets. Et Emily n'était plus une enfant… Elle se montrerait peut-être tentée, elle aussi… Et il y avait des chambres disponibles à l'étage…

— Avez-vous faim ? Voulez-vous manger quelque chose ? demanda-t-il brusquement.

Il s'écarta de la fenêtre et se mit nerveusement à faire les cent pas dans la pièce.

— Je n'ai pas faim du tout. J'ai dîné avec Nicholas…

A peine avait-elle prononcé le nom du vicomte qu'elle vit immédiatement s'allumer une lueur féroce dans les yeux de Mark.

Aussi s'empressa-t-elle d'ajouter :

— J'ai pensé qu'il était préférable de le divertir aussi longtemps que possible et qu'il valait mieux accepter son hospitalité et le repas qu'il m'offrait pour vous donner le temps de venir à mon secours.

Elle porta son verre à ses lèvres et but une gorgée tout en l'observant. Il semblait hors de lui et faisait de drôles de mouvements saccadés pour saisir la carafe et se resservir un verre.

— Très avisé de votre part..., finit-il par dire avec un soupçon d'ironie dans la voix.

Puis il reposa bruyamment son verre vide sur la table.

— Dites-moi, Mark, êtes-vous toujours en colère contre moi ? lui demanda Emily avec douceur, osant l'appeler pour la première fois par son prénom et lui adressant un sourire timide. Je suis tout à fait consciente de vous avoir causé bien des soucis. Je sais que je me suis montrée très imprudente en partant avec Riley. C'était même, pour être honnête, vraiment stupide de ma part de prendre de tels risques. Je m'en rends compte maintenant que j'ai eu le temps d'y réfléchir à tête reposée. Mais je pensais sincèrement que Tarquin courait un grand danger, dit-elle en passant le doigt sur le rebord de son verre. Riley m'avait affirmé qu'il était souffrant...

Elle semblait hypnotisée par le mouvement circulaire qu'effectuait son doigt sur le verre.

Elle ajouta :

— J'étais terrifiée à l'idée que mon frère puisse mourir tout seul, frigorifié et affamé.

Elle frissonna, rien que d'y penser de nouveau.

— Je ne savais vraiment pas quoi faire. J'étais totalement perdue. C'est pour cela que je me suis rendue immédiatement chez vous.

A ces souvenirs, elle soupira et secoua la tête.

— J'espérais tellement que vous seriez là pour me conseiller sur la meilleure conduite à tenir.

Elle termina son fond de vin chaud, puis lui avoua avec une certaine tristesse :

— Ce n'est pas tout à fait vrai. Ce n'était pas un conseil que je voulais. Ce que je voulais vraiment, c'était que vous me déchargiez de ce fardeau et que vous vous en occupiez à ma place.

— Et c'est ce que j'aurais fait, je vous le jure, Emily,

lui répondit Mark avec sincérité. Je ne suis pas en colère contre vous. Mais je le suis terriblement contre Devlin et Riley et plus particulièrement encore contre votre idiot de frère. C'est lui qui est à l'origine de ce fiasco. Et je suis également en colère contre moi-même.

Emily était sur le point de l'interrompre, mais il ne la laissa pas faire. Il lui intima l'ordre de se taire d'un grand geste de la main.

— Allons, ne parlons plus de tout cela ce soir, je vous en prie.

Il lui caressa alors la joue du bout du doigt, jouant à remettre en place une mèche de cheveux qui bouclait près de la commissure de ses lèvres.

— Vous êtes saine et sauve, et c'est bien cela l'essentiel.

Il lui inclina le visage de manière à l'obliger à le regarder droit dans les yeux.

— Vous êtes très fatiguée, à bout, et ma foi, c'est bien naturel après tout ce qui vous est arrivé aujourd'hui. Cela constitue déjà une raison amplement suffisante pour vous inciter à rentrer immédiatement chez vos parents, à Callison Crescent, mais n'oubliez pas non plus qu'il faut aussi penser à votre famille et à votre réputation. Nous devons faire en sorte de vous ramener chez vous le plus vite possible et espérer que votre absence n'a pas encore été remarquée.

Il plissa le front, visiblement soucieux.

— Dieu seul sait quelle excuse pourra bien satisfaire vos parents si jamais ils ont remarqué votre absence !

Mark lui prit alors les mains avec douceur pour l'aider à se lever de son fauteuil. Il ramassa également son manteau et le lui mit sur les épaules. « Quel parfait gentleman », pensa Emily, touchée par ses attentions.

— Si vous êtes prête, Emily, il est grand temps de nous remettre en route.

*
* *

— Monsieur Hunter ?

Mark s'arrêta net en entendant son nom. A qui pouvait bien appartenir cette voix féminine à l'accent distingué qui l'interpellait ainsi ? Il tourna immédiatement la tête et jura aussitôt à mots couverts, envahi par la consternation. Mais il parvint néanmoins à rester maître de ses émotions et à conserver un visage impassible.

Emily se trouvait légèrement en avant. Elle s'était également crispée quand elle avait entendu ce ton hautain qu'elle ne connaissait, hélas, que trop. Elle demeura parfaitement immobile. Les jurons que Mark venait de marmonner n'étaient pas encore parvenus à ses oreilles qu'elle savait déjà avec certitude qu'elle se trouvait une nouvelle fois dans une situation des plus fâcheuse. Comme elle commençait à se sentir vaciller, elle posa une main sur le mur. Juste à temps, pensa-t-elle. Ses jambes se dérobaient déjà sous elle.

— Je pensais bien vous avoir reconnu, monsieur, dit Violet Pearson alors qu'elle émergeait de l'encadrement de la porte de l'autre salon privé que comptait l'auberge The Rose and Crown ».

Elle enveloppa aussitôt ses bras plus étroitement dans son châle pour éviter de prendre froid. Mais, à ce stade, sa curiosité était bien trop aiguisée pour pouvoir se résoudre à retourner dans le salon chercher la chaleur qui se dégageait des bûches en train de se consumer dans l'âtre.

Quand, quelques instants plus tôt, son fils Bertie avait déclaré en bougonnant qu'il montait se coucher, il n'avait pas correctement fermé la porte derrière lui. Elle avait alors jeté un regard entendu à son mari pour lui demander de la refermer. Mais ce dernier avait trouvé le moyen de s'assoupir au même moment et elle avait dû s'en charger elle-même, car il n'était vraiment pas question de rester ainsi en plein courant d'air.

Mais pour une fois, elle se réjouissait d'avoir un mari et un fils dont le sans-gêne n'avait d'égal que la paresse. En effet, lorsqu'elle avait posé la main sur la poignée de la porte du salon pour la refermer, elle avait aperçu quelque chose de vraiment très intéressant dans le couloir...

Par l'entrebâillement de la porte, elle avait entrevu une femme et un homme qu'elle avait cru vaguement reconnaître. Elle ne les avait aperçus que de manière très fugace, mais elle avait immédiatement remarqué qu'une forme de familiarité semblait rapprocher ces deux personnes. A bien y réfléchir même, cela ne faisait pas le moindre doute : ces deux-là étaient amoureux. Elle-même n'avait hélas jamais connu les délices que pouvaient procurer un tel sentiment et la douce intimité qui allait avec, songea-t-elle avec tristesse, mais elle se délectait proportionnellement de l'amertume qu'un tel manque lui provoquait.

Et puis elle était sûre qu'il y avait quelque chose de louche là-dessous... Elle pouvait sentir comme un parfum de scandale. Car, même si elle n'avait pas bien vu la jeune femme qui se trouvait au côté de M. Hunter, elle avait eu le temps néanmoins d'apercevoir une boucle de cheveux blonds qui sortait négligemment du chapeau de celle-ci. Elle se souvenait également d'avoir vu le profil d'un visage à la beauté classique ainsi qu'une silhouette aux courbes assurément très enviables. Et peu de femmes pouvaient se targuer de posséder une telle physionomie et de se mouvoir avec une telle grâce. Naturellement, jamais elle n'avouerait à cette jeune femme, ni à sa mère d'ailleurs, qu'elle la trouvait extrêmement jolie. S'agissait-il donc vraiment de miss Emily Beaumont ?

Elle savait que Mark Hunter et Tarquin Beaumont étaient de bons amis et qu'il existait par conséquent une sorte de lien entre Emily et Mark. Mais la situation paraissait si étrange... Que faisaient-ils donc dans une auberge tous les deux, à mi-route de Guildford, et à dix heures du soir ? Se rendaient-ils eux aussi au festival de musique ? Miss Beaumont était peut-être accompagnée d'une parente, comme l'exigeaient les convenances, parente qui se trouvait ailleurs dans l'établissement... Mais peut-être que non...

Son imagination débridée la rendait fébrile et lui donnait terriblement chaud à présent. Elle reprit ses esprits dans un sursaut. Mark Hunter était presque arrivé à la porte et sur le point de quitter l'auberge. Il lui avait auparavant adressé un signe de tête et l'avait saluée d'un murmure.

Elle chercha à toute vitesse ce qu'elle pouvait lui dire pour le retenir.

— C'est drôle tout de même de vous trouver ici. Vraiment un étrange hasard, monsieur, dit-elle d'une voix stridente en allant à sa rencontre en toute hâte. Est-ce que vous vous rendez, vous aussi, au festival de Guildford ? C'était un pur plaisir l'année dernière. L'orchestre et les chants étaient divins !

— Non, madame. Je prends la direction opposée, je suis en route pour Londres, répondit Mark, d'une voix passablement irritée.

Mais Violet Pearson n'était vraiment pas du genre à se laisser éconduire aussi facilement. Ce n'était tout de même pas un regard noir et une réponse abrupte qui allaient lui faire peur ! s'amusa-t-elle.

Elle se faufila le long du couloir de manière à mieux voir la mignonne demoiselle qui était partiellement cachée derrière les larges épaules de Mark Hunter. Elle jubilait. Il y avait bien longtemps qu'elle n'avait connu un tel état d'agitation. M. Hunter faisait tout ce qu'il pouvait pour masquer sa compagne, il n'y avait aucun doute à avoir là-dessus. Elle ne tenait plus en place. Allait-elle rentrer en ville avec une histoire croustillante à raconter à tout le monde au sujet de la famille de son ennemie jurée ?

Elle s'avança d'un pas décidé vers le couple, savourant par avance le piquant de la situation. Rien au monde ne pouvait lui faire davantage plaisir que de remporter une victoire éclatante sur Penelope Beaumont.

Mark propulsa littéralement Emily vers la sortie. Celle-ci comprit parfaitement ce qu'il cherchait à faire en agissant de la sorte et fit donc de son mieux pour accélérer le pas et ramener son chapeau le plus bas possible sur son visage pour le dissimuler. Il n'y avait plus un instant à perdre ! S'ils étaient vus ensemble, sa réputation était ruinée, songea Emily avec inquiétude.

Violet mit alors les bouchées doubles et, à sa grande satisfaction, ses efforts furent largement récompensés : elle parvint à jeter un coup d'œil par-dessus les épaules incroyablement larges de Mark Hunter qui essayait de lui bloquer le passage.

— Mais, dites-moi si je me trompe, ne serait-ce pas Mlle Beaumont ? dit-elle en ronronnant. Comment allez-vous, ma chère ? Et comment se porte votre mère ? Est-elle ici, avec vous ?

Emily demeura pétrifiée et complètement muette l'espace d'un court instant. Quelque part dans un coin de sa tête, elle enregistra l'information désastreuse : elle était désespérément et irrévocablement compromise ! Mais elle prit tout de même la peine de se retourner lentement et affronta le regard terriblement triomphant de Violet Pearson.

— Non, elle n'est pas ici, dit-elle d'une voix légèrement tremblante.

— Ah… je vois, répondit Violet.

Elle avait prononcé ces quelques mots sur un ton pernicieux. Emily Beaumont était maintenant à sa merci ! Quelle chance inespérée ! Elle avait toutes les peines du monde à essayer de contenir son allégresse.

Elle ajouta ensuite d'un ton doucereux :

— Je suppose que vous m'avez entendue dire à M. Hunter que nous nous rendons au festival de Guildford. Vous y allez vous aussi ? Ou alors rentrez-vous également à Londres ?

Emily s'humecta les lèvres pour répondre, mais Violet ne lui en laissa pas le temps.

— Si vos parents ne sont pas ici, je suppose que c'est votre frère qui vous accompagne. Tarquin est certainement quelque part dans l'auberge ?

Sur ce, elle scruta les alentours en exagérant beaucoup son geste de la tête, comme si elle s'attendait vraiment à le trouver caché dans un coin.

— Je sais bien que jamais vous ne pourriez vous trouver seule ici, avec M. Hunter… N'est-ce pas ?

— Mlle Beaumont voyage avec moi, déclara Mark, sur un ton glacial.

Puis il lança un regard clairement cynique à Violet Pearson et ajouta :

— Passez un bon festival !

— Je n'y manquerai pas, répondit-elle en se fendant d'un large sourire.

Puis elle les salua en relevant légèrement les pans de sa robe. Une véritable parodie de révérence, songea-t-elle en gloussant à demi. Elle regarda avec grande attention le couple sortir dans la nuit noire. Une bourrasque ne serait pas parvenue à la déloger. Elle demeura ainsi quelques minutes, immobile au beau milieu des courants d'air, un sourire béat sur les lèvres. C'était, sans conteste, un des plus beaux jours de sa vie !

— Qu'est-ce que je vais devenir ? Cette femme est une épouvantable langue de vipère. Elle va prendre un malin plaisir à causer des ennuis à ma famille.

Emily se tenait le visage à deux mains, en proie à une grande détresse.

— Mais tout cela ne s'arrêtera-t-il donc jamais ? Quelle journée épouvantable ! C'est une véritable catastrophe ! Les choses ont pris un tour encore plus désastreux !

Ils roulaient à toute allure. Il faisait nuit noire et un vent glacial leur cinglait le visage. Mais Mark ne pouvait pas rester indifférent à la souffrance qu'endurait Emily. Aussi n'hésita-t-il pas un instant : il prit le risque d'ôter une main des rênes pour la glisser derrière les épaules de la jeune femme et l'attira doucement près de lui. Il lui caressa la joue — qui était frigorifiée — de son pouce pour l'apaiser, à un rythme lent et régulier, et il se réjouit lorsqu'il la sentit enfin se détendre.

Emily lui passa la main dans le dos de manière à lui enserrer la taille. Elle s'agrippa à lui avec un tel abandon qu'une immense vague de joie le traversa. Elle regardait droit devant elle, face au vent, les yeux plissés et embués de larmes.

— Chut…, lui dit Mark avec douceur. Vous avez fait ce qui vous paraissait le plus juste, et votre frère a vraiment beaucoup de chance d'avoir une sœur aussi loyale et aussi aimante que vous.

Il l'incita à poser la tête sur son épaule alors que les chevaux poursuivaient leur course effrénée.

Emily se pelotonna volontiers contre lui. Elle appréciait tant la protection que lui offraient ses larges épaules !

Le visage collé à son manteau, elle crut bon de préciser :

— Moi, tout ce que je voulais, c'était éviter des soucis supplémentaires à mes parents ! Et regardez ce que j'ai fait maintenant ! J'ai provoqué des problèmes dix fois plus importants ! C'est une chose d'avoir un fils qui n'en fait qu'à sa tête. Même si c'est vraiment désolant pour la famille du jeune homme en question, au fond, les gens de la bonne société sont prêts à tolérer quasiment toutes ses frasques. Mais c'est une tout autre affaire si cela concerne une fille ! Si une jeune femme se retrouve, ne serait-ce qu'une fois, dans une situation compromettante, elle peut être sûre qu'on ne lui fera pas de cadeau et qu'on le lui reprochera toute sa vie !

— Calmez-vous… Chut…

Mark tourna la tête vers Emily et lui redressa doucement le menton de manière à ce que leurs lèvres se touchent. Elle avait un goût sucré-salé absolument délicieux, songea-t-il. Puis il détacha sa bouche de la sienne à contrecœur pour mieux se concentrer sur la route, plongée dans une obscurité totale.

— Il n'y a rien d'insurmontable dans cette histoire. Il existe mille et une manières d'arranger ce genre de situation…

— Non, ce n'est pas vrai ! Il n'existe qu'un moyen, un seul, et vous le savez fort bien, répliqua Emily en étouffant une attaque convulsive de rire hystérique. Nous devrions immédiatement annoncer notre prochain mariage. Mais c'est impossible ! Je me rends bien compte que vous ne pourrez jamais en avoir la moindre envie avec tout ce que vous savez désormais sur mon compte !

Chapitre 15

— Tu n'es qu'un misérable égoïste !

— Je sais… Je sais… Emily. Je suis vraiment désolé, marmonna Tarquin, sincèrement honteux, les yeux baissés sur ses ongles rongés.

Il se pencha tout à coup au-dessus de la table pour saisir les mains de sa sœur. Comment pouvait-il lui exprimer l'ampleur de ses regrets ? Il s'en voulait tellement ! Il aurait voulu remonter le temps et tout effacer.

Mais Emily eut un mouvement de recul et croisa farouchement les bras sur la poitrine. C'était trop facile ! Il ne suffisait pas de faire acte de contrition ! Elle ne se laisserait certainement pas attendrir par une simple démonstration de bons sentiments.

— As-tu seulement idée du véritable chaos que tu as semé derrière toi ?

Puis elle s'adossa brusquement à sa chaise, l'air totalement désespérée.

Elle connaissait évidemment la réponse à la question qu'elle venait de poser à son frère dans un moment d'exaspération. Tarquin, quoi qu'il en dît, ignorait encore une grande partie des dommages que ses folies avaient causés. La rencontre effroyablement inopportune à l'auberge avec Violet Pearson en était l'exemple le plus dramatique. Elle ne doutait pas qu'elle aurait bientôt des conséquences désastreuses sur toute la famille.

Elle soupira. Elle avait tant de choses à dire à Tarquin,

et tant également à lui demander… Mais, pour l'instant, elle éprouvait déjà tellement de difficulté à ne pas laisser exploser sa colère et à entretenir un semblant de conversation avec lui.

Elle se versa une tasse de thé d'un air résigné. Quelques gorgées bien chaudes ne lui feraient pas de mal…

— Est-ce que tu as donné à nos parents la véritable raison qui t'a poussé à t'enfuir et à te cacher ? Tôt ou tard, ton mariage va finir par se savoir, tu en as bien conscience j'espère ? Tu ne vas pas pouvoir cacher ta femme éternellement.

Elle avait parlé à voix plus basse, tout en jetant des regards inquiets vers la porte. Pourvu que personne ne l'ait entendue !

Il y avait fort à parier, heureusement, que leur mère était encore couchée. Elle n'était pas debout à cette heure aussi matinale en général. Emily avait également bon espoir que son père fût déjà sorti pour affaires. C'était un lève-tôt, quelle que fût son heure de coucher. Mais les domestiques avaient toujours le chic pour surprendre des bribes de conversation dont ils se repaissaient ensuite en cuisine.

Emily remercia en pensée une nouvelle fois sa bonne étoile — et Mark Hunter ! — d'être rentrée à la maison, la veille, quelques minutes seulement avant le retour de ses parents de l'opéra. Elle se trouvait au beau milieu de l'escalier quand elle avait entendu une clé ouvrir la porte d'entrée, puis la conversation joyeuse de ses parents dans le vestibule. Elle ne tenait presque plus debout, mais, malgré sa fatigue, elle avait quand même trouvé la force de monter en quatrième vitesse les dernières marches et de se mettre hors de leur vue.

Dissimulée derrière la rampe du palier, elle leur avait souhaité une bonne nuit d'une voix ensommeillée comme si elle avait veillé expressément pour attendre leur retour. Elle s'était ensuite traînée jusqu'à son lit, un peu honteuse d'avoir usé d'un tel subterfuge. C'était idiot de sa part. Violet Pearson se ferait sans aucun doute une joie de colporter ce qu'elle avait vu à l'auberge dès son retour à Londres, et sa balade infernale avec Riley finirait par se savoir. Peu importait donc, finalement, qu'elle ait bien joué son rôle, la veille au soir.

Elle émergea de ses pensées et fixa Tarquin de nouveau. Elle attendait toujours la réponse à sa dernière question. Leurs parents étaient-ils oui ou non au courant du mariage scandaleux qu'il avait contracté ?

— Jenny est morte, laissa-t-il alors échapper dans un souffle.

Puis, les yeux brillants, il ajouta :

— Elle n'était pas vraiment ma femme, en fait.

Emily laissa retomber sa tasse et sa soucoupe dans un fracas.

— Jenny est morte ? répéta-t-elle. Et tu dis que tu ne l'as pas épousée ?

Elle prit sa tête entre ses mains et se mit à se masser le front et les tempes frénétiquement, comme si ce geste pouvait l'aider à mieux se rendre compte des implications de cet aveu.

— Mais alors… Tout cela n'était donc que du vent ?

Elle releva la tête et le fixa, incrédule.

— Tu savais depuis le début que ce mariage n'était en réalité qu'une espèce de canular ?

— Non ! Je croyais vraiment que nous étions légalement mariés, je te le jure, Emily !

Ses lèvres tremblaient. Il lui expliqua succinctement les circonstances du décès de la pauvre Jenny, à la suite des coups que ce diable de Riley lui avait administrés.

Puis il s'éclaircit la voix et ajouta d'un ton bourru :

— Jeremiah Plumb est bien un homme d'Eglise, il n'y a aucun doute là-dessus. Il est un peu retors, certes, mais les choses ont été faites dans les règles. Et le mariage a sans conteste été consommé…

Il cligna des yeux nerveusement et s'empourpra. Qu'allait penser Emily de ces propos si indécents ?

— Continue, le pressa-t-elle en lui faisant comprendre que des excuses n'étaient pas nécessaires.

— Jenny a repris connaissance un court moment après le départ de Mark Hunter. Avant de rendre son dernier soupir, elle m'a expliqué que je n'étais pas son seul mari. C'était une idée de Riley… Je crois qu'elle s'était vraiment entichée de lui à une époque, c'est pourquoi elle a accepté de se prêter à ses combines. Mais elle a appris à le connaître et a fini par comprendre quel sale type il était.

Tarquin reprit son souffle et se jeta en arrière sur le dossier de sa chaise.

— Je n'étais pas le premier. Riley avait déjà réussi à extorquer de l'argent à d'autres types par ce même stratagème. Comme moi, ils sont tombés dans le panneau et ont prononcé des vœux de mariage en état d'ébriété totale. Une fois dégrisés, tous ont accepté avec empressement de se délester d'une belle somme d'argent contre le silence de Riley, comme tu peux l'imaginer…

— Et Riley pensait que ce serait également ton cas. Mais tu n'avais pas un sou en poche.

Tarquin hocha la tête et poursuivit :

— Il a donc eu l'incroyable toupet de t'accoster à la place pour se faire payer.

Ses lèvres étaient maintenant blanches de rage.

— Rien que pour ça, je lui ferais la peau avec plaisir, sans parler de ce qu'il a fait à Jenny !

— Et en faisant cela, tu nous emporterais tous dans

la tourmente de manière définitive, lui fit remarquer Emily avec colère. Tu es incroyable, quand même ! Nous ne sommes pas encore sortis d'une catastrophe que tu parles déjà d'en provoquer une autre !

— Je vais en tout cas m'occuper d'organiser un enterrement convenable pour Jenny. Elle ne méritait pas de mourir. Elle n'avait pas un mauvais fond, tu sais, murmura-t-il en étouffant un sanglot.

Même si elle était très fâchée contre lui, Emily fut touchée de sa peine ; elle ne doutait pas de sa sincérité.

Elle s'agenouilla à son côté et leva les yeux vers lui.

— Je suis absolument désolée d'apprendre ce qui est arrivé à Jenny, Tarquin… Si je l'avais su plus tôt, je ne t'aurais pas parlé de cette façon.

Elle prit ses mains dans les siennes et les pressa longuement pour le réconforter.

— C'est un terrible gâchis, à n'en pas douter. Mais je suis heureuse de savoir que vous teniez l'un à l'autre. Jenny aurait pu emporter son secret dans la tombe et ne pas te révéler cette affaire de mariages multiples. Mais elle a fait le choix de te rassurer. Elle t'aimait aussi, Tarquin, dit-elle doucement.

Tarquin hocha la tête en reniflant et s'essuya le nez du revers de sa manche.

Emily se remit debout. Son frère paraissait profondément affecté par la mort de la jeune femme. Il s'était amouraché d'une prostituée qui avait comploté contre lui pour lui extorquer de l'argent, mais elle avait en fin de compte risqué et sacrifié sa vie pour lui venir en aide. Elle n'éprouvait aucune répugnance à savoir à qui son frère avait choisi d'accorder son amour. A vrai dire, elle avait plutôt de l'admiration pour lui. Il avait eu le cran de se moquer des conventions et avait choisi d'aimer qui lui plaisait véritablement. Elle le soupçonnait même d'avoir été davantage en possession de ses facultés devant l'autel qu'il ne voulait bien l'admettre. Et de le croire lui procura curieusement une certaine sérénité.

Elle pivota sur ses talons et se dirigea à grands pas vers la fenêtre où elle se posta. C'était une belle matinée de printemps. Le soleil brillait et elle appuya son visage contre la vitre pour sentir la chaleur de ses rayons sur sa peau. Les bourgeons avaient presque tous éclos et les arbres étaient maintenant en feuilles.

Elle détourna le regard en soupirant et demanda :

— Vas-tu dire à nos parents la vérité concernant ta disparition ?

Tarquin fit non de la tête.

— Je me considère comme veuf, Emily, peu importe la légalité de ce mariage… Je ne vois cependant pas l'intérêt de leur causer une quelconque inquiétude en leur apprenant l'existence d'une belle-fille décédée.

— Tu as raison, convint-elle doucement.

Elle se mit à déambuler nerveusement dans la pièce, puis s'arrêta devant lui et dit, d'un ton navré :

— J'ai pour ma part une très mauvaise nouvelle à t'annoncer… Quelque chose qui risque bientôt de perturber fortement nos parents.

Elle n'avait pas encore pris le temps de réfléchir à la situation difficile dans laquelle elle se trouvait depuis qu'elle s'était levée. Combien de temps pourrait-elle profiter d'un répit avant le retour à Londres de Violet Pearson qui se ferait alors un malin plaisir de ruiner sa réputation dans tous les salons où elle avait ses entrées ?

Il y avait un jour à peine — mais comme cela lui semblait loin à présent ! — elle avait écrit une lettre à Stephen Bond, lettre dans laquelle elle lui expliquait qu'elle ne pourrait jamais le considérer que comme un ami, rien de plus. Elle l'avait fait pour le bien du jeune homme. Il avait droit au bonheur. Mais la lettre était finalement restée dans la poche de son manteau et n'avait pas été postée. Et maintenant, elle se sentait terriblement méprisable d'en éprouver un grand soulagement…

Cela dit, qu'allait-elle faire au juste ? Irait-elle jusqu'à inciter Stephen à l'épouser simplement pour sauver sa réputation ? Une telle attitude ne ferait que confirmer les insinuations de Sarah selon lesquelles elle était égoïste et sans égard pour les sentiments d'autrui.

Si ses fiançailles étaient proclamées avant le retour de Violet Pearson en ville, celle-ci admettrait-elle sa défaite et garderait-elle le silence ? Par ailleurs, si des rumeurs commençaient à circuler sur son compte, Stephen n'allait-il pas renoncer, malgré son intérêt pour elle, à la demander en mariage ? Il en aurait bien le droit ! Elle avait été vue dans des circonstances terriblement ambiguës en compagnie d'un homme, tout de même !

— Je ne suis pas devin, Emily. Il faut que tu m'expliques ce qui se passe, dit Tarquin pour l'inviter à poursuivre.

Emily poussa un soupir et s'exécuta, puis elle conclut :

— Violet Pearson ! Tu te rends compte ? C'est ce qui pouvait m'arriver de pire !

Tarquin fit une moue de dégoût.

— Je ne fréquente pas beaucoup les dîners mondains mais, même moi, je sais que cette vieille bique irait au bout du monde pour assister au spectacle, si quelqu'un de notre famille devait être pendu. Bon sang ! A quoi Mark Hunter pouvait-il bien penser lorsqu'il t'a emmenée sans chaperon dans une auberge, au risque que vous soyez vus ensemble ? Je vais lui en toucher deux mots lorsque je le verrai, je peux te le dire !

Emily ne put réprimer un éclat de rire. La situation tournait à la farce, décidément !

— Comment ? C'est toi qui auras deux mots à lui

dire ? répéta-t-elle, incrédule. Il t'a sans doute échappé qu'en réalité Mark Hunter nous a fait à tous les deux une grande faveur en s'impliquant dans cette histoire sordide ! Et si tu y réfléchis, tu comprendras que notre arrêt à l'auberge était une nécessité et non pas un petit plaisir ! Mark avait gravement mis en danger la santé de ses chevaux en voyageant sur une telle distance, et à toute vitesse, qui plus est. Les pauvres bêtes étaient dans un piteux état, et si nous avions poursuivi notre route, peut-être que je ne serais jamais rentrée saine et sauve à la maison.

— Calme-toi, Emily, murmura Tarquin.

Il avait bien conscience qu'il méritait ses reproches.

— Je préfère te savoir compromise plutôt que morte au fond d'un fossé…

Puis il ajouta avec un petit rire :

— Pour quelqu'un qui, si je m'en souviens bien, ne trouvait jamais une gentillesse à dire sur le compte d'un certain gentleman, on peut dire que tu as pris sa défense plutôt âprement !

« Quel fin observateur ! » songea Emily qui sentit ses joues picoter.

— Et j'ai de très bonnes raisons de le faire ! se défendit-elle. Tout comme toi d'ailleurs. Si Mark n'était pas arrivé au moment où il l'a fait, je serais à l'heure qu'il est toujours à la merci de Devlin, et par ta faute !

— C'est bien simple, Emily, Hunter doit t'épouser !

Emily partit d'un éclat de rire amer, mais s'interrompit presque aussitôt. La porte du salon venait de s'ouvrir et Millie, leur domestique, se tenait dans l'encadrement.

— Une visite pour vous, miss Emily, annonça-t-elle d'une voix qui trahissait la surprise.

C'était, en effet, contraire à tous les usages. Un visiteur

extérieur à la famille ne devait jamais se présenter à une heure aussi matinale.

— M. Hunter est dans le hall.

Emily demeura quelques instants indécise, prise de court. Elle jeta un coup d'œil à Tarquin qui arborait un large sourire.

— Faites-le entrer s'il vous plaît, Millie, dit-elle finalement d'une voix qu'elle s'efforça de rendre aussi neutre que possible.

En entendant prononcer le nom de Mark, elle avait eu l'impression que son cœur s'était arrêté de battre. Et maintenant, elle le sentait cogner follement contre sa poitrine. Elle s'était bien sûr attendue à sa venue dans la journée. Ils devaient parler de ce qui s'était passé à l'auberge, mais elle ne s'attendait pas à le voir si tôt et n'était absolument pas prête à le recevoir.

Mais aussi, si elle n'avait pas fait cette remarque stupide la nuit précédente ! se reprocha-t-elle vertement, l'arrivée de Mark ne lui causerait pas toute cette agitation. Seulement, elle l'avait faite, même si elle avait une excuse : elle était fatiguée et au bord de la crise de nerfs.

Mark avait accueilli sa réflexion sans le moindre sourire et avec un visage grave. Il était resté impavide, regardant droit devant lui, alors qu'il incitait les chevaux à accélérer la cadence. Et la fin du voyage s'était déroulée dans le silence le plus complet.

Il ne songeait tout de même pas qu'elle s'attendait sérieusement à une demande en mariage de sa part ? s'alarma-t-elle soudain. Elle ne ferait jamais une chose pareille ! Elle savait bien qu'il aimait une autre femme et que son cœur était pris. Les quelques baisers qu'ils avaient échangés n'étaient rien de plus que du batifolage, elle en avait bien conscience et n'y accordait pas plus d'importance qu'ils ne devaient en avoir. Mark avait simplement saisi l'occasion qui se présentait, d'autant qu'elle n'avait pas offert beaucoup de résistance…

Non, ce qui l'inquiétait, et lui faisait regretter sa mauvaise plaisanterie, c'était qu'ils savaient tous les deux qu'elle avait exprimé tout haut ce que les gens penseraient. Si une jeune femme distinguée avait la malchance de se retrouver dans une situation compromettante avec un gentleman, la bonne société estimait du devoir de ce dernier de protéger la réputation de la demoiselle en la demandant immédiatement en mariage. Mais, évidemment, il s'agissait ici d'un cas bien différent. Le gentleman en question avait de bonnes raisons de penser que la demoiselle n'était pas aussi vertueuse que la bonne société l'imaginait, et il répugnerait forcément à faire ce sacrifice.

— Il est venu pour sauver ta réputation, j'en suis sûr, lui murmura Tarquin.

Mais Emily n'avait cure des encouragements de son frère et lui jeta un regard noir pour le faire taire. Loin d'avoir fait le déplacement pour lui demander de devenir sa femme, Emily songeait plutôt que si Mark s'était présenté si tôt à son domicile, c'était parce qu'il tenait au contraire à lui faire comprendre qu'il connaissait très bien le proverbe « inutile d'envoyer les pompiers après l'incendie ». Et comment pourrait-elle l'en blâmer ? Il risquait d'être calomnié et considéré comme un séducteur sans cœur plutôt que comme son sauveur, malgré tous les risques qu'il avait encourus pour lui porter secours.

Mark pénétra calmement dans le salon. Emily le trouva d'une prestance à couper le souffle, beau et l'air parfaitement maître de lui-même. Et habillé avec une telle élégance ! Une queue-de-pie gris anthracite, un foulard blanc immaculé, des bottes qui brillaient comme un sou neuf… Le soin qu'il avait accordé à son apparence laissait présager de la très haute importance qu'il conférait à cette visite. Emily, embarrassée, prit conscience de sa propre apparence, quelque peu négligée. Les événements récents l'avaient trop accaparée et elle n'avait pas consacré beaucoup de temps à sa toilette. Elle dégagea les mèches de cheveux blonds qui barraient son front et elle passa discrètement la main sur sa jupe rose pour la lisser.

Mark la regarda droit dans les yeux. Elle lui adressa un petit sourire amical. Elle espérait ainsi le rassurer sur ses intentions : elle n'allait lui causer aucun souci. C'était un homme bon et honorable, elle le savait désormais, et s'il venait pour lui demander sa main, elle allait lui rendre sa liberté. Ainsi, il pourrait épouser la femme qu'il aimait sans remords.

Mais son sourire s'estompa rapidement. Mark arborait maintenant un air légèrement ironique.

Tarquin ne perdit pas de temps et se dirigea prestement vers son ami en lui tendant la main.

— Je suis bien content de te voir, Mark ! Et tellement, tellement reconnaissant de ce que tu as fait !

Mark hésita un quart de seconde, puis serra la main que Tarquin lui présentait.

— Pardonne-moi si je ne te retourne pas le compliment, lui répondit-il.

Et il interrompit rapidement ses effusions.

— Pour être franc, cela ne me poserait même aucun problème de ne plus jamais te voir, Beaumont.

Tarquin rougit jusqu'à la racine des cheveux à cette remarque.

— J'ai causé quelques soucis, je sais…, marmonna-t-il en baissant la tête.

— Quelques soucis ! releva Mark d'un ton sarcastique. Quel euphémisme ! Comment va Jenny ?

Tarquin secoua la tête, les yeux fixés sur le sol.

— Je suis vraiment désolé, dit alors Mark d'un ton plus doux.

Puis il ajouta, après quelques instants de silence :

— J'aimerais parler à ta sœur en privé…

Tarquin les regarda l'un après l'autre et dit en s'éclaircissant la gorge :

— Oui… Bien sûr… Je comprends…

Il battit en retraite et se dirigea vers la porte en adressant un clin d'œil malicieux à sa sœur au passage.

— A ce que je vois, votre frère a l'air très au courant de la situation, commenta Mark sur un ton sec dès que la porte fut refermée.

Emily acquiesça par de petits mouvements de tête saccadés, tout en maudissant son frère intérieurement. Quel imbécile ! Mark devait sûrement penser qu'ils étaient de mèche, maintenant…

— Je viens tout juste de lui raconter les circonstances regrettables de notre rencontre avec Mme Pearson…, dit-elle en chuchotant.

Un long silence s'ensuivit. Emily se sentait terriblement gênée.

— Je vous présente mes excuses. Ce n'est guère l'heure de rendre une visite, dit Mark. J'espérais juste trouver votre père chez lui. Je sais qu'il est du genre matinal.

— Il est du genre très matinal, en effet, répondit Emily d'une voix très faible.

Mark s'approcha d'elle, et elle eut l'impression que son estomac allait se retourner. Il en imposait tellement ! Elle s'aperçut qu'elle s'était habituée à se lover au creux de ses bras ainsi qu'à ses baisers et à ses caresses qui savaient si bien lui faire oublier ses soucis… Il était devenu le pilier de son existence. Qu'avait-elle donc à se tenir les mains derrière le dos, raide comme un piquet, alors qu'elle ne rêvait que d'une chose : se jeter dans ses bras et le laisser une nouvelle fois prendre soin d'arranger les choses.

Elle recula soudain d'un pas en se rendant compte avec une certaine angoisse qu'elle ne désirait rien d'autre au monde, en fait, que de devenir l'épouse de Mark Hunter.

— Vous connaissez la raison de ma présence ici, Emily, dit Mark d'un ton égal.

— Oui…, répondit-elle. Mais avant que vous n'en disiez davantage, il y a quelque chose qu'il faut absolument que je vous annonce…

— En effet, approuva-t-il doucement. Quelques-unes de mes questions sont restées sans réponse. Mais je pense que je suis parvenu à me débrouiller tout seul pour l'une d'entre elles au moins. Le jour où je vous ai rencontrée à Whiting Street, vous aviez bel et bien rendez-vous avec Riley, mais vous vous êtes réfugiée dans le bureau de l'avocat Wilson pour éviter Devlin, c'est bien cela ?

Emily le lui confirma d'un léger hochement de tête.

— Et l'autre question ? demanda-t-elle d'une voix brusque.

Elle voulait en venir au cœur du problème et lui rendre sa liberté. Elle n'avait plus que cela en tête.

— Je vous ai déjà demandé la raison pour laquelle vous m'avez rabroué lorsque je vous ai complimentée sur votre innocence. J'attends toujours vos explications à ce sujet.

Elle ne s'était pas préparée à se justifier sur ce point. Les mots qu'elle avait commencé à former sur ses lèvres pour le libérer lui restèrent en travers de la gorge.

— Je pense que vous avez parfaitement compris…, dit-elle.

Elle sentit la colère monter en elle et elle le fixa d'un air provocant.

— Je suppose que cela a un rapport avec la passion dont Devlin a parlé.

Elle releva le menton un peu plus haut, piquée au vif.

— Vous êtes très clairvoyant, monsieur.

— A quel point étiez-vous passionnément éprise de lui ?

— Autant qu'il est possible de l'être, répondit-elle d'une petite voix. Et ce n'est pas la peine de parler à mots couverts. Que les choses soient dites une bonne fois pour toutes. Vous n'offenserez nullement ma sensibilité en parlant d'amour charnel.

Elle laissa pendre ses mains le long de ses hanches et se mit à bouger les doigts vigoureusement, à la limite des crampes.

— Je pense que vous l'avez deviné… J'ai été la maîtresse de Nicholas Devlin, lorsque nous étions fiancés. Je ne suis pas vierge, ajouta-t-elle dans un murmure. Et je ne veux surtout pas que vous vous sentiez obligé de protéger ma réputation en me faisant une demande en mariage… Si telle était votre intention…

Elle lui jeta un regard à la dérobée. Son visage était toujours aussi impassible. Il demeurait parfaitement immobile et regardait fixement devant lui.

Elle chercha désespérément quelque chose à ajouter.

— C'est finalement une bonne chose que vous n'ayez pas trouvé mon père à la maison si vous aviez l'intention de discuter avec lui d'un contrat de mariage. Mais vous n'avez pas pour autant perdu votre temps en venant ici, poursuivit-elle.

Elle se sentait maintenant pousser des ailes. Mark pouvait bien continuer à se taire, elle lui dirait ce qu'elle avait sur le cœur.

— Vous devez vraisemblablement vous sentir investi d'une obligation dont vous vous seriez bien passé. Tranquillisez-vous donc, ce n'est pas le cas et vous n'avez pas à parler avec mon père.

Elle se dirigea vers la table du petit déjeuner qu'elle se

mit à débarrasser pour se donner une contenance. Elle était terriblement troublée par sa présence autant que par son mutisme. Une fourchette lui tomba des mains et toucha le sol avec fracas. Emily reposa la pile de vaisselle et s'agrippa au rebord de la table.

— Nous avons réellement joué de malchance, reprit-elle. Nous ne pouvions pas deviner que l'on nous verrait lors de notre petite pause à l'auberge. Et par une personne aussi malveillante qui plus est… Mais il n'est vraiment pas nécessaire de vous sentir obligé de protéger ma réputation.

Elle ferma les yeux et attendit. Toute réaction de la part de Mark serait la bienvenue à présent… Même une remarque méprisante lui aurait convenu. Il pouvait bien lui assener qu'elle n'avait plus de réputation à perdre. Tout, plutôt que ce silence assourdissant.

— Je connais un gentleman, poursuivit-elle. Il est maintenant temps d'officialiser les choses entre nous…

— Et vous pensez vraiment que Stephen Bond acceptera d'épouser une femme à la réputation compromise ?

Emily s'empourpra.

— Je ne vois pas pourquoi le fait d'avoir été vus ensemble mériterait de faire circuler de tels commérages.

— Vous savez bien que ce n'est pas ce que je voulais dire.

— Stephen ne l'apprendra jamais… A moins que Nicholas ou vous-même ne le lui disiez.

— Il le saura forcément, la railla Mark, il le saura dès le jour où il couchera avec vous !

Il lui décocha au même instant un regard ardent.

— Peut-être l'a-t-il déjà découvert d'ailleurs, murmura-t-il. Etes-vous également passionnément éprise de M. Bond, Emily ? Ou était-ce simplement la pensée de devenir comtesse qui vous avait tellement excitée avec Devlin ?

Chapitre 16

— Comment osez-vous me parler ainsi ?

Au comble de l'humiliation, Emily crut défaillir. Elle trouva néanmoins le courage de s'éloigner de la table et s'apprêta à affronter Mark avec toute l'indignation dont elle se sentait capable. Il l'avait calomniée et elle ne se laisserait pas faire !

— J'étais très jeune lorsque j'ai fait la rencontre de Nicholas, se justifia-t-elle. Je suis tombée follement amoureuse de lui et me suis laissé séduire. Je regrette amèrement d'avoir cru alors à tous les mensonges avec lesquels il m'a convaincue de lui céder. J'ai bien changé depuis, je ne suis plus la jeune fille écervelée et naïve que j'étais à l'époque.

Elle releva brusquement la tête et planta ses yeux dans ceux de Mark avec un air hautain.

— Quant à vous, qui êtes-vous pour me donner des leçons ? Vous n'êtes pas, de votre côté, un modèle de vertu que je sache ! Et je vous trouve vraiment bien mal placé pour me faire la morale ! Je me demande si Mme Emerson, la pauvre, se rend compte à quel point vous pouvez être un homme volage.

— Ce qu'elle pense n'a guère d'importance, répliqua-t-il froidement.

— Voilà une remarque qui ne fait que confirmer une fois encore la piètre opinion que j'ai de vous ! Le peu de respect que vous témoignez envers les sentiments de la femme que vous aimez est proprement scandaleux.

Mark partit d'un rire guttural. Comment pouvait-il faire preuve d'un tel sarcasme ? se demanda Emily en frissonnant.

— Vous ne savez vraiment pas de quoi vous parlez, miss Beaumont, et je vous suggère de ne plus vous occuper de mes affaires de cœur à l'avenir.

— Ce sera avec grand plaisir ! rétorqua aussitôt Emily d'un ton sec.

Elle faisait la fière parce qu'elle ne voulait pas perdre la face devant lui, mais, au fond, elle était vraiment piquée au vif et avait beaucoup de mal à se ressaisir après les propos blessants que Mark lui avait adressés.

— Et je vous prierai de faire de même avec les miennes, ajouta-t-elle.

Un long silence suivit. Et un véritable combat de regards s'engagea : c'était à celui qui baisserait les yeux le premier. Allait-elle flancher ?

Après un long moment, comme Mark ne semblait pas prêt à abandonner la partie, elle finit par détourner le regard.

— Plus rien ne semble vous retenir ici, monsieur Hunter. Vous êtes libre de partir quand vous le voudrez, dit Emily avec raideur. Et si vous vous attardez simplement parce que votre conscience vous taraude au sujet de mon avenir, veuillez surtout vous tranquilliser sur ce point. Je pense que vous savez fort bien que j'éprouve très peu d'affection pour vous. Jamais je ne vous épouserai, même si en contrepartie cela doit me contraindre à faire le trottoir pour pouvoir subvenir à mes besoins !

— Je ne doute pas un seul instant que Devlin serait alors votre plus fidèle client ! Il sait bien que vous êtes particulièrement douée pour ce travail, répliqua Mark d'une voix cinglante.

Emily lui parut manquer d'air tant elle était scandalisée. Mais si, de son côté, il arborait cet air blasé, c'était uniquement pour se garder une contenance, songeait Mark avec amertume, car, à la vérité, une jalousie quasi incontrôlable bouillonnait en lui. Ses pires craintes s'étaient avérées : la femme dont il était tombé amoureux avait couché avec un homme qu'il détestait farouchement. Mais il devait bien reconnaître qu'il n'aurait pas davantage supporté de savoir qu'Emily avait offert sa virginité à Stephen Bond, pourtant la gentillesse incarnée. Il aurait aimé être le premier à la posséder. Une réaction des plus primaire, il en avait bien conscience… Mais c'était plus fort que lui. Il était comme enragé et peinait à se contrôler.

— Peut-être que vous ne m'aimez pas, ma chère, dit-il, mais cela a-t-il vraiment la moindre importance dans l'affaire qui nous concerne ? Nous savons tous les deux que nous pouvons facilement renoncer à tout sentiment d'affection et nous concentrer uniquement sur la passion charnelle.

Emily eut un brusque mouvement de recul, les joues cuisantes. Elle cherchait désespérément une formule cinglante. Ce que Mark venait d'insinuer à propos de leur entente physique était inacceptable. Mais c'était aussi la vérité, elle ne le savait que trop bien. Avant même de s'apercevoir que ses sentiments envers lui étaient en train de changer, elle avait senti qu'il l'attirait terriblement physiquement. Il avait beau se moquer d'elle en la fixant de ses grands yeux ironiques, ses paroles insultantes avaient beau encore résonner à ses oreilles, elle mourait d'envie de se réfugier dans ses bras et de ressentir de nouveau cette sensualité douce-amère qu'il savait si bien provoquer en elle.

Elle ne s'était pas montrée tout à fait honnête envers lui, s'avoua-t-elle avec quelques regrets. Elle était bien loin, désormais, cette époque où elle pouvait encore se convaincre qu'elle ne l'appréciait pas. Elle craignait même carrément d'être tombée amoureuse de lui. Mais cela ne changeait rien au fond du problème : jamais elle n'accepterait de devenir sa femme, pas plus qu'elle n'avait voulu autrefois souffrir l'humiliation d'épouser Nicholas sous la contrainte. Il lui fallait simplement trouver une autre solution avant le retour de Mme Pearson.

— Aimeriez-vous que je vous prouve à quel point nous serions bien ensemble, Emily ? Je chasserai Devlin de vos pensées avec le plus grand plaisir…

Emily ne put s'empêcher de frissonner à l'évocation des images que Mark venait sciemment de lui mettre en tête. Un afflux de sang semblait se déverser maintenant dans ses veines. Des bruits de pas résonnèrent juste derrière elle. Des doigts résolus lui effleuraient les avant-bras. Des lèvres chaudes et enivrantes lui caressèrent la nuque puis remontèrent vers le creux derrière son oreille. Un point extrêmement sensible…

Elle pencha la tête pour lui laisser davantage le champ libre et s'abandonna avec délice à la sensation fiévreuse qu'il avait si facilement provoquée. Puis, reprenant ses esprits tout à coup, elle s'arma de courage et chercha la force de ne pas succomber à son redoutable pouvoir de séduction. Certes, il la désirait passionnément. Mais il la prenait aussi pour une femme de peu de vertu et ne craignait pas de le lui dire en face. Elle ne pouvait pas accepter un tel comportement. Le désir pouvait avoir de merveilleux côtés, mais, sans amour et sans respect, toute relation était vaine. Elle avait au moins retenu l'amère leçon de son expérience avec Nicholas.

Mark dut sentir qu'elle était sur le point de le repousser.

Il desserra immédiatement son étreinte, lui refusant ainsi même ce petit triomphe. Il s'écarta d'elle, posa un pied contre le pare-feu et une main sur le manteau en marbre de la cheminée. Il la regardait fixement avec une nonchalance tout étudiée, qui agaça profondément Emily.

— Soyez certaine que, dès que vos parents auront découvert ce qui s'est passé, grâce à la discrétion légendaire de Violet Pearson, ils feront tout ce qui sera en leur pouvoir pour vous marier au premier homme qui voudra bien de vous.

Il se baissa, ramassa une bûche et la déposa sur les braises dans le foyer.

— Mais ce ne sera pas Stephen Bond ; lui n'acceptera jamais de vous épouser. Il est sans doute très amoureux de vous, je vous l'accorde aisément. Il envisagera peut-être même une relation plus… discrète avec vous, mais jamais au grand jamais, il ne prendra le risque de perdre l'héritage de sa grand-mère en épousant une femme déshonorée. Dès que Violet Pearson aura pris un malin plaisir à répandre la nouvelle dans toute la ville, il sera aussitôt la risée de tous et Augusta Bond ne permettra pas que le nom de leur famille soit entaché de honte, croyez-moi !

Emily tressaillit. Mark n'avait fait qu'énoncer la triste réalité. Augusta Bond lui avait déjà dit ouvertement qu'elle n'était pas la femme qu'il fallait à son petit-fils, et elle avait dit cela alors qu'elle pensait que sa réputation n'était pas entachée. La vieille dame donnerait encore moins son aval au mariage de son petit-fils avec elle une fois qu'elle aurait entendu les rumeurs scandaleuses qui allaient bientôt courir à son sujet.

Découragée, Emily dut également admettre que Mark ne s'était pas trompé sur le caractère de Stephen : jamais celui-ci n'irait à l'encontre des conventions et il ne renoncerait pas non plus à son héritage juste pour ses beaux yeux !

Mark était parvenu à ranimer le feu dans la cheminée. Il se dirigeait maintenant vers la porte et s'y adossa, les bras croisés sur la poitrine.

— Je vais réfléchir très sérieusement à notre mariage, Emily, finit-il par dire, non pas parce que je me sens obligé de le faire, mais parce que je m'intéresse beaucoup aux douces faveurs dont je bénéficierais en épousant une femme de petite vertu…

— C'est bien Mark Hunter que j'ai aperçu dans le vestibule tout à l'heure ? Il était drôlement matinal. Cette visite était pour Tarquin, je suppose. Des affaires urgentes à régler suite aux dernières frasques de mon vaurien de fils, j'en ai peur, dit Penelope Beaumont en entrant dans le salon, sa robe pastel flottant sur les chevilles.

— Où est Tarquin d'ailleurs ? Parti se cacher une fois encore pour éviter les reproches que son ami est venu lui adresser ?

Comme Emily ne répondait pas, Penelope regarda sa fille plus attentivement.

— Que t'arrive-t-il, Emily ? Tu as une mine affreuse !

Penelope posa une main sur sa gorge. Elle manquait d'air tout à coup.

— Ne me dis pas que c'est M. Hunter qui t'a mise dans un état pareil ? C'est à Tarquin qu'il doit s'en prendre, pas à toi !

Puis elle posa sur sa fille un regard soupçonneux. Ces dernières années, elle avait frémi plus d'une fois en entendant le ton sur lequel Emily parlait à Mark Hunter. La sérénité dont faisait preuve ce dernier l'avait d'ailleurs toujours étonnée. Mais, s'il avait fini par lui tenir des propos bien acérés, Emily l'avait amplement mérité après tout.

— T'es-tu montrée grossière envers lui ?

Emily était sur le point de rassurer sa mère sur ce point quand, tout à coup, elle fut prise d'un fou rire incontrôlable. Elle se plaqua aussitôt une main sur la bouche pour réprimer les spasmes qui la secouaient.

— Pour l'amour du ciel, Emily ! la réprimanda Penelope, tu crois vraiment que nous n'en avons pas assez comme cela avec un fils qui se comporte la plupart du temps comme un idiot ?

Elle avait l'air terriblement exaspérée, nota Emily, ne cessant d'ajuster son châle sur ses épaules.

— Mark Hunter a toujours eu une bonne influence sur ton frère. J'espérais que tu pourrais le persuader de rester ami avec lui. Il a toujours eu l'air d'avoir un petit faible pour toi malgré ton impétuosité.

Penelope se dirigea vers la porte d'un pas lourd, puis se retourna vivement au moment de sortir pour dire d'un ton autoritaire :

— Je sors faire quelques emplettes et je préférerais y aller seule.

Après le départ de sa mère, Emily courut se réfugier dans sa chambre. Sa tête était sur le point d'exploser. Une bonne petite sieste la requinquerait peut-être un peu. Mais elle n'en eut pas la possibilité. Son frère venait tout juste de se poster devant sa porte et essayait d'obtenir l'autorisation d'entrer dans sa chambre pour lui parler. Comme elle refusait, il se mit à lui poser des questions à travers le trou de la serrure. Allait-il devenir le beau-frère de Hunter ou bien un scandale allait-il éclater la semaine suivante lorsque leur insupportable voisine rentrerait en ville ?

Emily était allongée sur son lit, les mains plaquées

sur les oreilles. Elle était dans un tel état de trouble et de tension qu'elle ne pouvait envisager une seule seconde de se chamailler de nouveau avec qui que ce fût. Aussi ignora-t-elle tout bonnement Tarquin. De guerre lasse, il avait fini par marmonner qu'il allait s'occuper des funérailles de Jenny et était parti. Emily s'était aussitôt dirigée vers la fenêtre de sa chambre et avait observé son frère dans la rue. Il marchait d'un pas résolu, et elle, elle allait enfin pouvoir s'octroyer un petit somme ! Mais elle changea brusquement d'avis et prit la décision de sortir elle aussi. Un peu d'air lui remettrait peut-être les idées en place et lui redonnerait un peu de baume au cœur. Peut-être même qu'elle trouverait une solution à ses problèmes.

Cela faisait quelques jours qu'elle n'avait pas vu Sarah et la perspective d'aller bavarder avec une amie en toute simplicité la réjouissait d'avance. Pourquoi n'essaierait-elle pas d'apprécier le petit répit qu'il lui restait, après tout ? Dans peu de temps, Violet Pearson rentrerait de Guildford et les choses deviendraient alors beaucoup plus difficiles.

Emily eut cependant un mouvement d'hésitation au moment de partir et lissa ses gants avec une certaine agitation. Sarah et elle parleraient forcément de Stephen Bond à un moment ou à un autre. Or elle n'était pas certaine de savoir ce qu'elle dirait à son sujet. Elle poussa un profond soupir en descendant les marches du perron et prit tout de même la direction de la maison de Sarah. Elle verrait bien, après tout ! Lorsqu'ils se présenteraient, elle saurait bien surmonter les obstacles qui se dresseraient sur sa route. Elle inspira profondément, se délecta d'une bouffée d'air frais et accéléra le pas.

*
* *

— Ça me fait vraiment très plaisir de te voir, Emily ! s'exclama Sarah en se levant de son fauteuil pour accueillir son amie.

Elle posa sa broderie et lui étreignit les deux mains avec enthousiasme. Aussitôt, Emily la serra dans ses bras pour lui témoigner toute son affection. Elle était tellement heureuse que la gêne qui avait prévalu la dernière fois qu'elles s'étaient quittées eût totalement disparu.

— Viens... Assieds-toi... Je vais demander qu'on nous apporte tout de suite du thé, dit Sarah qui se dirigeait déjà vers la sonnette. Mon père a entendu dire que ton frère était enfin rentré en ville. Vous devez tous vous trouver soulagés d'un terrible poids.

Elle s'assit à côté d'Emily et lui adressa un regard bienveillant.

— Est-ce un réel soulagement ou est-ce que Tarquin n'a fait que rapporter ses problèmes à la maison ? demanda-t-elle.

Alors qu'Emily réfléchissait au moyen de détourner la conversation de ce sujet plutôt épineux, Mme Harper apparut dans l'encadrement de la porte. Une diversion bienvenue !

— Oh, bonjour, ma chère Emily. Comme je suis contente de te voir. Je ne savais pas que tu avais de la visite, Sarah. Est-ce que tu m'accompagnes finalement ? Peut-être préfères-tu rester bavarder avec Emily ? De toute façon, je n'avais pas spécifié si tu venais ou non...

— Je ne tiens pas spécialement à y aller, je te remercie, maman, répondit Sarah en adressant un petit sourire complice à Emily.

— Oh, je t'en prie, Sarah... Ne change pas tes projets pour moi. Je ne veux pas t'empêcher te sortir si tu avais prévu de le faire, s'exclama immédiatement Emily. Je peux repasser un autre jour...

Elle se leva d'un bond.

— Non ! Reste, j'insiste ! s'écria Sarah en s'accrochant à son bras pour l'obliger à se rasseoir.

Mme Harper leur adressa alors un grand sourire et se retira en leur faisant un petit signe de la main.

Sarah se tourna vers Emily, une main placée sur le cœur, et dit avec un accent volontairement tragique :

— Ne m'abandonne pas, s'il te plaît ! J'étais sur le point d'invoquer une migraine pour échapper à cet atroce supplice ! Je ne tenais pas franchement à siroter du thé léger et à me gaver de quatre-quarts rassis ! Pas plus que je n'ai envie de me coltiner cette vieille rombière ! Quelle langue de vipère, celle-là !

Emily ôta ses gants et s'installa confortablement sur les coussins du canapé. Enfin un peu de bonne humeur ! Le poids qui comprimait sa poitrine semblait s'être allégé brusquement.

— Et quelle hôtesse de maison, dis-moi, a l'immense privilège de correspondre à ta description diabolique ? demanda Emily d'une voix enjouée.

Elle fit semblant de réfléchir sérieusement à la question et ajouta :

— J'en connais beaucoup à qui cela irait comme un gant… Il faut absolument que tu éclaires ma lanterne, sinon je risque d'insulter une des meilleures amies de ta mère sans le vouloir.

Sarah piqua son aiguille dans sa broderie pour éviter de la perdre et posa ensuite le tambour à broder sur une petite table attenante. Elle s'installa confortablement, croisa les bras sur la poitrine, et expliqua :

— Violet Pearson a annulé son voyage à Guildford et vient tout juste de rentrer chez elle. A peine la porte fermée, elle invitait déjà toutes ses connaissances à prendre le thé.

Emily blêmit, mais Sarah ne s'en aperçut pas et poursuivit son récit :

— Tout à l'heure, ma mère m'a fait remarquer qu'il est de notoriété publique que les Pearson sont plutôt près de leurs sous. Par conséquent, une seule et unique raison peut expliquer que Violet ait littéralement dilapidé le prix d'un voyage et qu'elle ait engagé de tels frais pour recevoir du monde alors qu'elle vient à peine de rentrer : elle a forcément découvert quelque chose d'incroyable et tient à être la première à répandre les ragots et à donner à tous un tas de détails croustillants.

Pour la deuxième fois en l'espace de vingt-quatre heures, Mark était passé en trombe devant Geoffrey Lomax sans même prendre la peine de lui parler. Le majordome en était resté bouche bée. Qu'est-ce qui pouvait encore une fois avoir mis son maître dans un tel état ? Quelques instants plus tôt, il était rentré et s'était immédiatement dirigé vers son bureau en lui adressant de vagues salutations, les dents serrées.

Lomax était sur le point de lui annoncer qu'il avait de la visite, mais il ne lui en avait pas laissé le temps. Or il n'avait plus l'âge de lui courir après, et n'allait certainement pas se mettre à hurler dans le hall en espérant être entendu. M. Hunter découvrirait bien par lui-même que son frère l'attendait dans le bureau.

Mark trouva Jason près de la cheminée, un verre de cognac à la main.

— Tu t'es mis à ton aise, on dirait !

Jason leva la tête. Il était assis dans un fauteuil et étira ses longues jambes devant lui pour prouver que oui, il s'était mis à son aise.

— C'est un reproche ? Je n'aurais pas dû ? demanda-t-il sans détour.

Etait-il contrarié ? se demanda Mark. Non… Et, de toute évidence, il enviait même sa situation. Il n'y avait pas si longtemps encore, il plaignait son frère. Comment Jason avait-il pu troquer sa liberté de célibataire contre la servitude du mariage ? Mais cela, c'était avant la disparition de Tarquin. Depuis, Emily Beaumont avait posé les yeux sur lui et l'avait littéralement envoûté. Malheureusement pour lui, il était désormais enchaîné à elle, corps et âme.

Il se servit à boire en entrechoquant bruyamment son verre et la carafe. Se souvenant soudain des bonnes manières, il présenta la bouteille à son frère, mais celui-ci refusa de prendre un autre verre. Mark se laissa ensuite tomber dans l'autre fauteuil qui se trouvait devant la cheminée, et avala son cognac d'un seul trait.

Jason observait son frère. Mark se comportait de manière très étrange depuis quelque temps, aussi était-il venu le voir pour découvrir si les soupçons de sa femme étaient fondés. Lady Hunter l'avait chargé de le ramener à dîner chez eux, mais Jason avait estimé qu'il valait mieux d'abord avoir une petite conversation en privé avec son frère.

Helen avait la certitude que, même si les apparences pouvaient se révéler trompeuses, Mark et Emily Beaumont étaient en train de tomber amoureux. Et Jason se serait bien gardé de contredire son épouse sur un tel sujet. L'intuition féminine était extraordinaire dès qu'il s'agissait d'affaires de cœur. Cependant, lui, de son côté, avait plutôt remarqué la froideur avec laquelle Emily s'adressait à Mark… Pendant la soirée récemment organisée par Fiona Gerrard, Emily et Mark avaient effectivement passé un long moment ensemble, mais Jason avait cru qu'il s'agissait uniquement d'une conversation discrète au sujet de cet imbécile de Tarquin.

Mark avait les yeux rivés sur le feu, la mine renfrognée. Jason l'observa plus attentivement encore. Pourquoi paraissait-il d'humeur si maussade ? De par son expérience personnelle, Jason savait combien le chemin qui menait à l'amour et au bonheur était semé d'embûches. Et, à n'en pas douter, son frère semblait errer sur ce chemin chaotique…

— C'est Helen qui m'envoie… Elle m'a demandé de te ramener à la maison pour le dîner. Et elle n'appréciera pas beaucoup si tu essaies de te défiler.

Mark parut réfléchir à ce qu'il allait bien pouvoir lui répondre pour se désister.

— Il y aura qui d'autre ?

Jason ne put réprimer un sourire. Il savait parfaitement la raison pour laquelle son frère se montrait si soupçonneux. Helen avait tant de fois placé son beau-frère à côté de jeunes femmes de sa connaissance en âge de se marier !

— On ne jouera pas aux entremetteurs, je te le jure, lui promit-il. Il n'y aura que nous trois. Helen s'inquiète juste de t'avoir si peu vu depuis quelque temps. Qu'est-ce que tu deviens ?

Mark semblait maintenant obnubilé par son verre vide. Il le faisait tourner entre son pouce et son index sans discontinuer. Puis il se leva brusquement et se servit un autre verre.

— Je fais la cour à une femme…

Il partit d'un grand éclat de rire sans joie et reposa ensuite son verre sur le bureau.

— Voilà à quoi j'étais occupé. Et je n'ai vraiment pas envie d'avoir de la compagnie ce soir.

— C'est toujours très délicat ces affaires-là, concéda

Jason en croisant les jambes. Je ne m'y remettrais pour rien au monde !

Il adressa un regard contrit à Mark. Il savait que son frère se souvenait des nombreux obstacles qu'il avait dû surmonter pour conquérir et séduire Helen Marlowe.

— Tu veux m'en parler ?

— Non.

— Dans ce cas, j'en conclus que tu as essuyé un refus de la dame en question, et que, forcément, Barbara n'est pas la femme que tu as décidé d'épouser. Elle serait capable de te retrouver à l'église demain à la première heure si tu le lui demandais.

— Tu es bigrement curieux ! ronchonna Mark. Remercie Helen pour l'invitation, mais…

— Je ne suis pas trop curieux, Mark, je suis ton frère et je me soucie de toi. Je vois bien que quelque chose ne va pas et je n'aime pas te voir malheureux, mais si tu ne veux pas en parler, ce sont tes affaires, dit Jason en haussant les épaules.

Puis il se leva et regarda son frère droit dans les yeux.

— J'ai fait de mon mieux. Toi aussi, tu pourrais en faire de même. Si tu ne reviens pas avec moi à la maison, je vais probablement me faire asticoter et passer une soirée très morose.

— Les plaisirs de la vie conjugale ? suggéra sèchement Mark.

— Tout à fait, répondit Jason. Mais ce n'est pas cela qui t'arrêtera, pas plus que cela ne m'a arrêté à l'époque. Si tu l'aimes vraiment, tu accepteras beaucoup de choses…

— Il faut vraiment que j'y aille maintenant.

Cela faisait quarante bonnes minutes — qui lui avaient paru une éternité — qu'Emily bavardait avec Sarah et elle n'avait pas osé dire plus tôt qu'elle devait partir. Depuis qu'elle avait appris que Violet Pearson avait annulé son voyage à Guildford, elle avait essayé de ne pas laisser transparaître son agitation et conservé autant que possible un visage souriant. Elle connaissait les bonnes manières. C'était uniquement par courtoisie qu'elle n'avait pas fait faux bond à Sarah cinq minutes après avoir été invitée à s'asseoir et à prendre le thé.

D'instinct, elle avait décidé ne pas se confier à son amie. Elle s'était bien gardée de lui expliquer ce qui avait motivé Violet Pearson à rentrer en ville à toute vitesse. Quand Mme Harper rentrerait tout à l'heure, Sarah connaîtrait toute l'histoire. Hélas, elle ne serait pas la seule ! Ce soir, les salons seraient en effervescence à cause d'un ragot… Un ragot qui la concernait !

Sarah la regarda d'un air interrogateur. Elle avait bien noté le changement d'humeur manifeste d'Emily.

— Ai-je dit quelque chose qui t'a blessée ? demanda-t-elle. Je ne me serais jamais permis de parler méchamment de Violet Pearson si j'avais su que tu l'appréciais.

Emily se força à rire.

— Grands dieux, non ! Tu sais bien que je ne l'aime pas !

Sarah fronça les sourcils, perplexe, et se pencha en avant pour prendre la théière.

— Reprends un peu de thé…

Emily posa sa tasse et sa soucoupe sur la table d'une main mal assurée et fit tinter la porcelaine.

— Non, je te remercie.

Comme Sarah paraissait vexée de ce refus, Emily s'empressa d'ajouter :

— Cela n'a rien à voir avec quelque chose que tu as dit ou fait, Sarah, je te le jure. Je… c'est juste que… Au fond, tu as raison…

Emily s'était soudain souvenue de ce que Sarah avait dit un peu plus tôt à propos de son frère. Cela tombait à point nommé…

— Le retour du fils prodigue ne s'est pas fait sans soucis, comme tu l'as parfaitement deviné, Sarah… Mais Tarquin ne serait pas Tarquin s'il ne revenait pas chaque fois avec son lot de problèmes.

Sarah la prit dans ses bras et lui embrassa la joue.

— Je comprends, mais reviens vite me voir.

Emily marchait d'un bon pas, mais, au coin de Callison Crescent, alors qu'elle pouvait déjà apercevoir la porte d'entrée de chez elle, elle s'immobilisa. Qu'allait-elle faire, une fois rentrée ? Allait-elle courir se réfugier dans sa chambre et se cacher la tête sous l'oreiller jusqu'à ce que demain son nom… le nom de sa famille… fût traîné dans la boue ? Il n'y avait pas si longtemps encore, elle se plaignait que Tarquin ne donnait pas le bon exemple à leur jeune frère, Robert. Elle pouvait parler ! Cela lui apprendrait à se croire supérieure, à l'avenir !

Elle avait eu l'imprudence de croire qu'elle aurait suffisamment de temps pour prendre les décisions qui s'imposaient. Mais les choses s'étaient brutalement accélérées. Elle était au bord du gouffre. De gros sanglots la secouèrent tout à coup, si bien qu'elle dut s'adosser au mur en brique derrière elle. Ignorant le regard des passants, elle pensait uniquement à l'homme qui pourrait la sauver.

Mark Hunter lui avait fait une demande en mariage, mais, par fierté, elle n'avait pas saisi l'opportunité qui s'offrait à elle. Et maintenant, c'était trop tard… Mais comment aurait-elle pu accepter une telle proposition ? Elle savait bien qu'il lui avait demandé sa main à contrecœur. Par sens du devoir uniquement, parce qu'en dépit des paroles cruelles qu'il avait proférées à son égard, il restait un gentleman. Si elle l'épousait, elle échapperait aux quolibets et à l'opprobre qui l'attendaient. Mais jamais elle ne pourrait supporter l'idée de rester à l'attendre à la maison pendant qu'il passait du bon temps avec sa maîtresse. A quoi bon porter son nom si c'était Barbara Emerson qui avait son amour ?

Elle essuya ses yeux embués de larmes et se redressa. Pourquoi n'y avait-elle pas songé plus tôt ? Il n'y avait qu'une personne à qui elle pouvait se confier…

Helen ne la jugerait pas. Elles étaient faites dans le même moule. Avant d'épouser sir Jason, alors jeune veuve, Helen avait été contrainte de compromettre son nom. Elle savait donc très bien ce que cela signifiait de risquer de se retrouver au ban de la société.

Emily plongea les mains profondément dans ses poches, fit demi-tour et rebroussa chemin en direction de Grosvenor Square.

Chapitre 17

— Je vais très bien, merci, Cedric, mentit Emily au vieux majordome qui s'avançait un peu vers elle et se plaçait de sorte à entendre les nouvelles du mieux qu'il le pouvait, étant donné qu'il était dur d'oreille.

Il n'avait nul besoin de lui demander son nom ou la raison de sa venue. Il la connaissait depuis si longtemps. Il savait parfaitement que miss Beaumont était venue bavarder un peu avec sa très bonne amie, lady Hunter.

Il la fit aussitôt entrer dans l'immense hall d'entrée.

— Et vous, comment allez-vous ? lui demanda-t-elle.

Il agita la tête de bas en haut.

— Je n'ai pas à me plaindre… Je n'ai pas à me plaindre… Lady Hunter est montée se préparer. C'est bientôt l'heure du dîner. Sa bonne doit être en train de la coiffer…

— Oh… Dans ce cas, je ne vais pas m'attarder alors… Je ne m'étais pas rendu compte qu'il était si tard.

Emily jeta un rapide coup d'œil à l'imposante horloge comtoise appuyée contre le mur et vit qu'il était en effet presque sept heures moins le quart. Tourmentée comme elle l'était, elle avait totalement perdu la notion du temps depuis qu'elle était partie de chez elle en fin d'après-midi. Il n'était certes plus l'heure de passer voir quelqu'un à l'improviste, même lorsqu'il s'agissait d'une amie proche !

Elle adressa un petit sourire d'excuse à Cedric et se dirigea vers la porte d'entrée.

— Emily !

Helen était en train de descendre avec grâce le majestueux escalier qui menait à l'étage. Elle était d'une élégance à couper le souffle dans sa belle robe vaporeuse jaune citron, avec ses jolies boucles brunes qui lui encadraient agréablement le visage.

Elle s'élança vers elle et l'entraîna par le bras.

— Je ne vais pas rester, Helen, s'empressa de l'avertir Emily. Je n'avais pas remarqué qu'il était si tard et tu es déjà prête pour le dîner...

Helen fit aussitôt un signe de main pour lui signifier que cela n'avait nulle importance.

— Tu vas rester bien sûr ! Jason n'est même pas encore rentré.

Helen leva les yeux au ciel d'un air entendu.

— Il est certainement en train de boire un verre avec son frère. Je sais qu'il devait passer chez Mark.

Helen observa son amie avec la plus grande attention. Elle avait donné cette information sur un ton volontairement négligent pour voir si cela provoquait une quelconque réaction chez elle. Non sans satisfaction, elle remarqua que la simple évocation du nom de Mark avait fait tressaillir Emily. Mais ce n'était pas tout. Emily avait une mine épouvantable : elle avait le teint blafard et des cernes violacés se creusaient sous ses yeux.

— Viens avec moi dans le salon bleu, lui dit-elle. Il vient juste d'être terminé et tu dois absolument me dire si tu aimes le mobilier que j'ai choisi.

Emily parcourut la pièce des yeux et félicita vivement son amie pour son bon goût. Puis elles prirent place, côte à côte, sur un canapé recouvert d'un tissu à rayures bleues et blanches. A peine assise, Helen se releva pour sonner un domestique afin qu'on leur apportât quelques rafraîchissements.

— Non, je ne veux rien, merci, Helen !

Elle l'empêcha de se précipiter sur la sonnette et esquissa un petit sourire.

— J'ai déjà avalé une quantité impressionnante de thé. Je sors de chez Sarah Harper, ajouta-t-elle en guise d'explication.

Jusque-là, elle était parvenue à contenir son trop-plein d'émotions, mais c'était maintenant plus fort qu'elle. Elle éclata en sanglots. Un peu gênée, elle essuya prestement ses yeux embués de larmes du revers de la main.

— Que se passe-t-il ? lui demanda aussitôt Helen en la prenant dans ses bras pour la consoler. Ce n'est quand même pas Sarah qui t'a mise dans un état pareil ? Je me doutais bien qu'il se passait quelque chose… Je l'ai vu tout de suite que tu n'allais pas bien…

— Ça n'a rien à voir avec Sarah… du moins pas directement. Elle m'a simplement appris tout à l'heure que Violet Pearson est déjà de retour en ville et je ne peux pas supporter cette idée.

Elle tremblait de la tête aux pieds. Helen lui tapota les épaules pour essayer de la calmer.

— Je sais bien que c'est une vraie sorcière, celle-là, mais il doit sûrement y avoir un moyen de lui cacher son manche à balai.

Helen avait essayé de détendre l'atmosphère avec cette remarque légère, mais, au fond, elle était inquiète. Emily n'avait pas l'habitude de se répandre en pleurs. Il lui était certainement arrivé quelque chose de grave.

Emily partit d'un petit rire sans joie. Puis elle se tut, essayant de rassembler tout le courage dont elle avait besoin pour raconter son histoire.

— S'agit-il de Tarquin ? demanda Helen d'une voix douce pour l'encourager à parler. Est-ce que ce fripon a encore fait en sorte de donner du grain à moudre aux commères ? J'ai entendu dire qu'il était de retour en ville.

— Si tu veux parler d'un scandale, il y en a effectivement un qui va éclater d'ici peu. Mais Tarquin n'y est pour rien cette fois. C'est moi et moi seule qui suis impliquée et je ne sais vraiment pas quoi faire, Helen ! Mes parents ne s'en remettront jamais !

— Doucement... Doucement... Ce n'est peut-être pas si grave. Mon beau-frère est-il au courant de la situation ?

Emily acquiesça d'un hochement de tête à peine perceptible.

— Raconte-moi tout depuis le début, lui conseilla Helen avec gentillesse.

Emily se dégagea de l'étreinte de son amie, se redressa, prit une profonde inspiration et s'apprêtait à parler quand elle fut interrompue dans son élan, avant même d'avoir pu prononcer un seul mot.

— Il n'y aura que nous trois au dîner ce soir, je te le promets..., fit une voix ironique.

Intriguées, Emily et Helen tournèrent la tête vers la porte en même temps.

Deux gentlemen de grande taille, tirés à quatre épingles, se tenaient dans l'encadrement de la porte. Mais tandis que l'un leur faisait un grand sourire, l'autre semblait vouloir tourner les talons plutôt que d'entrer dans la pièce.

Mark adressa à son frère un regard cynique, lourd de sous-entendus. Puis ses yeux s'attachèrent à Emily.

Jason répondit à l'accusation tacite de son frère en haussant les épaules. Mais ses yeux, fixés sur sa femme, étaient pleins d'un amusement perplexe et semblaient quelque peu admiratifs, remarqua Mark.

Helen accueillit à son tour son mari avec un large sourire. Mais son visage s'assombrit aussitôt. Emily venait de se lever d'un bond.

— Il faut que j'y aille, Helen. Je suis désolée de t'avoir causé le moindre souci, dit-elle dans un souffle, les joues en feu.

Elle avait entendu la remarque de Mark et le ton sarcastique sur lequel elle avait été proférée ne lui avait pas échappé. Il s'imaginait sans doute qu'elle avait arrangé cette rencontre avec la complicité d'Helen et que son frère avait été chargé de l'amener jusque chez eux pour pouvoir ensuite jouer aux entremetteurs. Il devait penser qu'elle avait changé d'avis et qu'elle était désormais si désespérée d'obtenir de lui une proposition de mariage dans les règles qu'elle s'était abaissée à comploter ce stratagème.

Si elle avait eu le temps de demander à son amie ce qu'elle pensait de la situation, elle savait ce qu'Helen lui aurait conseillé de faire. Et c'était la voix de la sagesse. Il n'y avait qu'une ligne de conduite raisonnable à adopter si elle voulait protéger sa famille de l'opprobre : il lui fallait épouser Mark Hunter s'il voulait encore d'elle.

Mais tout ce qui semblait encore rationnel quelques instants plus tôt avait été réduit à néant par le mépris et l'incroyable arrogance avec lesquels Mark avait parlé. Elle constata avec un certain soulagement qu'elle avait retrouvé son calme et ses esprits. Et elle était fortement tentée de fondre sur cet homme insupportable et de défendre ses intérêts, bec et ongles. La colère montait en elle et de multiples mots vengeurs lui venaient sur le bout de la langue. Pour tout dire, elle était à deux doigts de lui jeter à la figure que jamais elle ne se serait approchée de Grosvenor Square si elle avait su qu'il se trouvait dans les parages. Mais elle prit soudain la ferme résolution qu'elle ne s'abaisserait pas à de telles mesquineries. Elle releva la tête fièrement et se dirigea sans ciller vers la porte.

— Ne changez surtout pas vos projets pour la soirée, monsieur. Je m'en vais, dit-elle calmement alors qu'elle s'approchait de lui.

— J'espère que ce n'est pas moi qui vous fais fuir, miss Beaumont.

Mark entra dans la pièce et se dirigea vers elle d'un pas décidé.

Emily ralentit. Tel qu'ils étaient partis, ils allaient forcément se heurter et elle ne lui donnerait pas le plaisir de s'écarter de son trajet. Elle s'immobilisa brusquement alors qu'un mètre à peine les séparait.

Mark avança encore d'un pas. Il pouvait maintenant presque la toucher.

Nullement décidée à se laisser impressionner, Emily releva davantage le menton, ce qui fit bouger ses boucles blondes autour de son visage. Elle lui jeta un regard oblique. Pourquoi était-il si terriblement séduisant ? Elle sentait son corps osciller vers lui imperceptiblement et maudit intérieurement cette trahison. Même à cet instant précis, alors qu'il y avait une incroyable tension entre eux, elle continuait à aspirer à sa force et à la protection de ses bras. Il lui fallait vite se ressaisir et chasser vigoureusement toutes ces pensées de son esprit.

Elle commença à enfiler ses gants avec un certain empressement pour lui faire comprendre qu'il la retardait. Elle entendit alors un petit bruit. Elle pencha aussitôt la tête sur le côté pour voir ce qui se passait. La porte venait juste de se refermer. Jason et Helen s'étaient éclipsés discrètement.

— Laissez-moi passer, s'il vous plaît, monsieur, demanda-t-elle. Je dois partir. C'est l'heure du dîner.

— C'est sûrement la raison pour laquelle vous vous trouvez ici d'ailleurs.

— On ne peut pas dire que je sois vêtue pour l'occasion, dit-elle froidement en regardant d'un air entendu sa tenue des plus ordinaire.

Mark l'examina minutieusement.

— Vous êtes très bien comme cela, dit-il, pensant lui adresser un compliment.

— Votre remarque prouve bien que vous n'y connaissez rien aux femmes ! rétorqua Emily sèchement.

— Que voulez-vous répondre à cela ? déclara-t-il en partant d'un rire sec, sans la lâcher des yeux.

Elle fit un pas de côté, déstabilisée par sa trop grande proximité.

— Je sais que vous ne croyez pas au hasard de cette rencontre. C'est pourtant bien le cas. Je suis passée ici à l'improviste. Votre frère et votre belle-sœur n'en savaient rien du tout. Ils n'ont absolument pas manigancé quoi que ce soit pour vous piéger et ne sont pas responsables de votre embarras.

— Mais je n'éprouve aucun embarras. Par contre, j'aimerais connaître la raison qui vous a poussée, vous, à rendre une visite si tardive à Helen.

Elle lui adressa un regard effronté.

— Une affaire urgente m'a amenée ici.

— Et cette affaire urgente a-t-elle un rapport quelconque avec moi ?

Emily sentit le rouge lui monter aux joues.

— Cela ne vous regarde pas.

— Je crois que si, au contraire, Emily, corrigea-t-il avec douceur. Et que vous a donc conseillé lady Hunter ? De vous jeter à l'eau et de m'épouser ?

— Je pourrais moi aussi vous poser la même question, monsieur, répliqua aussitôt Emily. Quel conseil vous a donc donné votre frère ?

— Je n'ai pas dit à Jason que je vous avais demandé de devenir ma femme.

— Vous m'avez demandé de devenir votre femme ? répéta Emily d'un ton excédé. Est-ce que j'ai bien entendu ? C'est bien ce que vous venez de dire ?

Elle le foudroya du regard, folle de rage.

— Votre proposition était plutôt d'un autre genre, si mes souvenirs sont bons. Vous avez suggéré que je sois votre…

Elle se pinça les lèvres, regrettant amèrement d'avoir pu paraître vulgaire. Il n'y avait plus une seconde à perdre, se dit-elle. Elle devait s'en aller.

Elle essaya de le contourner, mais Mark lui bloqua le passage.

— Et vous, vous avez insinué que m'épouser serait encore pire que la mort !

Elle s'immobilisa, submergée par une brusque vague de remords. Mark semblait avoir été blessé par ses propos et il paraissait également très en colère. Elle ferma les yeux. Ses pensées étaient totalement embrouillées à présent. Avait-elle été trop orgueilleuse ? En voulant à tout prix préserver son amour-propre, avait-elle injustement ignoré les dommages causés au sien ? Elle s'était imaginé que Mark était invulnérable. Il semblait toujours si sûr de lui ! Elle l'avait repoussé avec une certaine brutalité, mais, ce faisant, elle avait cru qu'en fin de compte il serait bien content d'être libéré de ce poids. Il n'allait quand même pas l'épouser uniquement pour sauver sa réputation ! Brusquement, elle eut l'impression que toute la tension qui s'était accumulée au cours de la journée était en train de se dissiper, comme par magie.

— Vous ne pensez pas qu'il est grand temps d'arrêter de nous conduire comme des enfants ? proposa-t-elle d'une voix douce.

Mark l'observait sans rien dire, apparemment perplexe.

Mais elle voyait bien que, lui aussi, au fond, n'avait rien contre une petite trêve.

Maintenant qu'elle était davantage sûre de son fait, elle avait l'intention d'avancer à pas comptés. Ils devaient pouvoir débattre à présent tranquillement des questions qui la perturbaient tant.

— Je sais que vous comptez faire payer Nicholas Devlin pour ce qu'il a fait, mais je vous prie de ne pas aggraver la situation en vous battant avec lui.

Les lèvres de Mark se contractèrent en un sourire contrit.

— Je mentirais si je vous disais que telle n'était pas ma première intention, mais Riley m'a devancé. Le vicomte et lui en sont venus aux mains juste après notre départ. Devlin est rentré chez lui et on peut dire qu'il fait peur à voir. Selon la version officielle, il s'est fait attaquer en route par des brigands.

Comme Emily semblait affectée, Mark s'écria, la mine renfrognée :

— Vous vous inquiétez encore pour lui, sacrebleu ?

Emily secoua la tête vigoureusement.

— Bien sûr que non ! J'espère même qu'il mettra de très longues semaines à se remettre de ses blessures ! Mais je crains que l'état dans lequel il se trouve n'attise une curiosité malsaine et que, par ricochet, cela n'amène des questions embarrassantes.

— Il se terre chez lui et il est apparemment très occupé à faire ses malles. Il quitte la ville. Il va sans dire qu'officiellement, son déménagement à la campagne est motivé par le bien-être que cela procurera à son épouse.

— Un exil qui risque fort de durer, si je comprends bien…

Elle lui adressa un sourire timide et demanda :

— C'est vous qui l'avez fait fuir, n'est-ce pas ? Je ne

veux pas savoir comment vous vous y êtes pris, s'empressa-t-elle d'ajouter.

Mark ferma les paupières un instant.

— J'ai simplement suggéré que ce serait une sage décision. Devlin n'est pas stupide au point de ne pas comprendre que sa conduite pourrait avoir de graves répercussions. Il sait que Riley le déteste et le trahirait sans vergogne pour une somme dérisoire. Un enlèvement et une tentative de viol sont deux crimes passibles de lourdes peines, même pour les pairs du royaume.

Emily approuva lentement de la tête.

— Et Riley ?

— Je pense qu'il va hésiter à se montrer à l'avenir, car ce qu'il a fait à Jenny n'a guère été apprécié, même dans son milieu de malfrats. Certaines personnes ont été folles de rage en apprenant qu'elle a été mortellement blessée. Sa mort va mener à l'ouverture d'une enquête et ils vont avoir les autorités sur le dos pendant un moment.

Il regarda Emily et ajouta d'une voix douce :

— Je suis vraiment désolé de ce qui lui est arrivé.

— Tarquin aussi, répondit Emily. Je pense qu'il l'aimait d'un amour sincère et ce, depuis le début de leur histoire. Il l'aime toujours d'ailleurs, même maintenant qu'il sait qu'elle était bigame…

— Bigame ? répéta Mark. Est-ce à dire ils n'étaient pas véritablement mariés ?

Son visage et sa voix avaient retrouvé une certaine dureté, remarqua Emily. Aussi prit-elle immédiatement la défense de son frère.

— Tarquin n'en a rien su jusqu'au bout. Riley forçait Jenny à se marier avec différents hommes pour pouvoir les faire chanter par la suite. Elle a tout raconté à mon frère avant de rendre son dernier souffle. Sa mort l'a vraiment beaucoup peiné, vous savez. Ne vous fâchez pas contre lui ou je…

Mais elle ne termina pas sa phrase et ses menaces restèrent en suspens.

— Ou sinon ? railla doucement Mark. Que ferez-vous, Emily ? Vous allez encore chercher à résoudre les problèmes de votre frère toute seule, la prochaine fois ?

Emily se crispa, même si, au fond, elle avait bien mérité ses moqueries. Elle ne pourrait pas lui en vouloir s'il s'en allait sur-le-champ et sermonnait son frère jusqu'à la fin des temps.

— Il a bien changé, dit-elle doucement. Je ne l'ai jamais vu éprouver autant de remords. D'habitude, il n'est pas sitôt rentré à la maison qu'il est déjà pressé de partir à la recherche d'une nouvelle table de jeu et ne prend même pas le temps de présenter ses excuses. Je pense sincèrement que cette épouvantable épreuve va l'inciter à s'amender.

— J'espère que vous avez raison, il est grand temps tout de même…

Comme un long silence s'installait, Emily commença à se sentir mal à l'aise. Pendant quelques minutes, ils s'étaient concentrés sur Tarquin et les conséquences malheureuses de sa folie, évitant délibérément celle qui importait le plus. Mais ils ne pouvaient plus l'occulter très longtemps. Emily savait qu'il fallait maintenant faire confiance au destin. Et se jeter à l'eau…

— Nos petites querelles nous empêchent de trouver une solution à nos propres problèmes.

— Il n'y a qu'une seule solution, Emily, et vous savez parfaitement en quoi elle consiste.

Il se passa la main dans les cheveux avec impatience et, nota-t-elle, ruina par la même occasion son apparence très soignée.

— Il nous faut publier les bans immédiatement. Le temps presse…

— Le temps qui nous était imparti est malheureusement déjà écoulé, murmura Emily.

Elle leva la tête et croisa son regard interrogateur.

— Violet Pearson ne s'est pas rendue à Guildford, finalement. Elle est, au contraire, rentrée directement en ville, et j'imagine que je n'ai pas besoin de vous dire pourquoi.

Mark fit la grimace.

— Ainsi donc, vous n'avez même pas eu droit à quelques jours de répit.

— Vous non plus.

Puis elle ajouta, les yeux rivés aux siens :

— Je suis tellement navrée !

Elle s'approcha de lui, la mine contrite.

— Si je ne vous avais pas demandé de m'aider à retrouver Tarquin… Si je n'avais pas été assez stupide pour partir seule avec Riley… Vous ne vous retrouveriez pas aujourd'hui dans une situation aussi abominable.

Mark posa délicatement son index sur sa bouche pour la dissuader d'en dire davantage. Elle baissa les paupières et se délecta un instant de la sensation de sa peau sur ses lèvres. Puis elle inspira profondément et s'écarta de lui.

— Non… Laissez-moi finir. J'ai beaucoup de choses à vous dire. Je ne vous ai pas encore remercié pour votre aide et, Dieu m'en est témoin, vous méritez amplement que je vous exprime toute ma gratitude.

— Je ne veux pas de votre gratitude, Emily, dit Mark d'une voix rauque.

— Je le sais bien. Malgré les mots durs que vous avez prononcés ce matin, je sais que vous m'avez accordé votre aide sans attendre de ma part aucune contrepartie et que vous le referiez si la situation l'exigeait.

Elle s'interrompit. Elle côtoyait Mark Hunter depuis de longues années. La plupart du temps, elle s'était comportée envers lui avec la plus grande froideur, pour ne pas dire avec la plus grande impolitesse. Elle lui en avait beaucoup voulu d'avoir contribué à l'emprisonnement de son frère, même si, au fond, elle avait parfaitement conscience d'avoir manqué de discernement en prenant systématiquement position en faveur de Tarquin. Ce dernier s'était comporté comme un jeune chien fou, sans aucune limite, et Mark avait eu mille fois raison d'essayer de le maîtriser. Il était très difficile pour elle de faire maintenant amende honorable, mais elle devait le faire, au moins pour soulager sa conscience.

— Je ne vous dois pas uniquement ma gratitude, Mark… Je vous dois également des excuses.

Encouragée par ses yeux doux qui semblaient la couver, elle poursuivit :

— Lorsque vous avez fait emprisonner Tarquin, je sais que c'était par amitié pour lui, même si cela pouvait sembler cruel en apparence. Pendant son incarcération, il a cessé de faire des paris hasardeux et de perdre le peu de biens qu'il lui restait. J'ai eu tort de vous faire endosser la responsabilité de son séjour en prison. J'ai également eu tort de vous parler avec tant d'insolence.

Elle lui jeta un coup d'œil furtif et ajouta :

— Tarquin a vraiment de la chance que vous soyez toujours amis et que vous ayez entrepris autant de choses pour lui venir en aide.

— Je ne l'ai pas fait pour lui, Emily… C'est pour vous que je l'ai fait. Vous l'avez compris, j'espère ?

Emily le regarda avec la plus grande attention. Nulle trace d'ironie dans ses yeux… Il semblait au contraire épier sa réaction avec beaucoup d'appréhension.

— Parce que vous voulez coucher avec moi ? demanda Emily dans un murmure.

— Parce que je vous aime.

Puis il ajouta à voix basse :

— Et, naturellement, je veux aussi vous le prouver entre les draps.

Il s'approcha d'elle.

— Pour tout dire, j'aimerais vous le prouver tout de suite.

Il tremblait légèrement, et lui prit tendrement le visage entre les mains.

— Vous m'aimez, alors que vous savez que j'ai couché avec Nicholas de mon plein gré ?

— Je mentirais si je vous disais que cela ne me pose aucun problème, admit Mark tendrement. J'ai également bien conscience de m'être comporté comme le plus parfait imbécile quand vous me l'avez dit. J'ai pourtant toujours eu horreur des hypocrites, mais là, on peut dire que je me suis comporté comme le pire d'entre eux !

Il fit glisser ses pouces sur ses joues et se mit à la caresser tendrement.

— Je vous dois des excuses. Ce n'est pas votre faute si vous avez été séduite par les mensonges et les fausses promesses de Devlin. Vous étiez jeune, sincère et vulnérable, et vous avez été abusée par un expert en tromperie. On ne peut pas vous en vouloir pour cela. Ça me déplaît beaucoup de savoir que vous lui avez donné une partie précieuse de vous-même ou que vous étiez amoureuse de lui au point de vouloir l'épouser. Mais peut-être que de votre côté, cela vous déplaît aussi de savoir que, lorsque j'étais jeune, j'aimais sincèrement Barbara Emerson et voulais qu'elle devînt ma femme.

— Ça ne me plaît pas du tout, en effet. Les rumeurs selon lesquelles vous allez bientôt vous marier me font même horreur. Et savoir qu'elle est toujours votre maîtresse m'attriste beaucoup, admit-elle d'une voix légèrement stridente qui fit sourire Mark.

— Ce n'est pas ma maîtresse… Enfin, plus maintenant… J'ai vu Barbara aujourd'hui et je lui ai dit que tout était fini entre nous.

Il n'eut pas le temps d'ajouter que, depuis ses vingt et un ans, il n'avait nullement eu l'intention de demander sa main à Barbara.

Emily s'était jetée à son cou et le serrait très fort dans ses bras.

— Je pensais que vous l'aimiez toujours. Je pensais que vous vouliez l'épouser et que, par conséquent, vous me haïriez de vous priver d'une union avec elle…

— C'est vous la femme que je veux épouser, Emily, lui dit Mark d'une voix grave. Nous avons tous les deux aimé et failli épouser des personnes qui auraient fini par nous rendre malheureux. Mais estimons-nous heureux finalement : tout cela, c'est du passé, et nous avons maintenant tout le loisir de nous pencher ensemble sur notre avenir.

Il lui souleva le menton d'un doigt et lui demanda :

— Est-ce que vous êtes d'accord avec moi ?

Chapitre 18

— Oui, je suis entièrement d'accord avec vous ! approuva Emily avec empressement.

— Et que faites-vous de Stephen Bond, alors ?

— Stephen est un homme que je trouve absolument charmant. Adorable, même… Mais je ne l'aime pas. Je lui ai d'ailleurs écrit une lettre dans laquelle je lui faisais part de mes véritables sentiments envers lui, juste avant de me faire enlever. Je veux qu'il se sente libre d'aimer une autre femme et de lui faire la cour. Mais, avec tout ce qui m'est arrivé entre-temps, je n'ai finalement pas eu l'occasion de poster ma missive.

Elle s'interrompit et lui adressa un sourire éclatant.

— Je vous aime, Mark… Je vous aime tant ! Je serais extrêmement honorée de devenir votre femme.

Elle lui prit le menton entre les doigts et planta son regard dans le sien.

— Je vous aime bien plus que je n'ai jamais aimé Nicholas, vous savez…

— Eh bien, prouvez-le-moi, alors, fit Mark d'une voix éraillée toute chargée de désir.

Eperdue d'amour, Emily n'hésita pas un seul instant. Mark l'aimait donc ! Qui aurait cru qu'un tel bonheur s'offre à elle ? Elle se mit immédiatement en demeure de lui donner la preuve qu'il réclamait. Elle se souleva sur la pointe des pieds et posa délicatement ses lèvres sur les siennes, tout en devinant qu'il ne se contenterait certainement pas d'un chaste et timide baiser. Mais par jeu, elle déposa d'abord une multitude de petits baisers sur sa bouche, l'effleurant à peine, puis elle entrouvrit les lèvres et l'incita à faire de même. Il semblait conquis. Elle glissa ensuite doucement sa langue dans sa bouche.

Enflammé de désir, Mark l'embrassa avec fougue en retour, se mettant à gémir sourdement tout en la soulevant brusquement du sol. Il voulait absolument avoir son visage collé au sien et plonger son regard au plus profond de ses yeux. Il voulait absolument y lire la montée du désir… Instinctivement, Emily entrouvrit les jambes et les enroula autour des hanches de Mark, en s'y accrochant de toutes ses forces. Mark n'en pouvait plus d'excitation. Ces petits jeux amoureux l'avaient rendu fou de désir… Il lui dévora la bouche, tout en cherchant à l'exciter à son tour avec une grande sensualité.

Après avoir échangé avec elle de longs baisers langoureux, il la porta jusqu'au mur le plus proche, contre lequel il la plaqua avec beaucoup de douceur.

Le dos bien calé sur les tentures de soie bleue et le corps fermement soutenu par celui de Mark, Emily s'enhardit et entreprit d'ouvrir largement son manteau. Le visage toujours contre celui de Mark, se délectant de ses baisers voraces, elle dégrafa son corsage de ses doigts fébriles, à tâtons.

Mark releva la tête et l'observa un instant, les yeux étincelants de désir. Elle avait écarté les pans de son corsage, grand ouvert maintenant, et laissait apparaître sa peau d'albâtre. Sans le quitter des yeux un seul instant, elle desserra ensuite son corset et tira nerveusement dessus pour libérer sa poitrine. Puis, emportée par la fièvre, elle approcha ses seins nus de sa bouche.

Mark n'en croyait pas ses yeux. Il n'en revenait pas du spectacle qui s'offrait à lui… Ce buste si joliment galbé… Cette chair délicieusement crémeuse… Rien que pour lui… Terriblement reconnaissant, il embrassa longuement Emily, avec une grande tendresse. Mais elle, elle était dans un état d'exaltation tel qu'elle commençait à se contorsionner lascivement contre lui.

Puis, se cambrant brusquement, elle se mit à onduler des hanches contre le bas-ventre de Mark et à se frotter à son membre raidi, sans équivoque. Sans prononcer un seul mot, elle le suppliait d'apaiser ce désir lancinant qui se faisait sentir au plus profond de sa féminité. Nul doute, elle était toute à lui désormais.

Mark avait bien l'intention de faire usage de ses deux mains, aussi maintint-il fermement la jeune femme contre le mur en pressant contre elle son bassin. Il commença par l'effleurer à peine, puis il prit de l'assurance et la couvrit de mille caresses et de mille baisers. Rien d'autre n'avait plus d'importance.

Emily frémissait de la tête aux pieds, sentait ses mamelons se dresser de plaisir anticipé. Lentement, Mark se mit à titiller de la pointe de la langue leurs petits boutons érigés qui durcissaient encore. C'était délicieux… Des ondes de volupté la parcouraient. Elle ne maîtrisait plus le plaisir presque douloureux qui la submergeait, et quand son excitation fut portée à son paroxysme, elle eut beaucoup de peine à contenir le cri de plaisir qui montait en elle. Puis elle s'abandonna totalement à l'étreinte de Mark. La tête renversée en arrière, elle haletait et se tordait de plaisir. Impossible de se contrôler… Trop tard ! Un début de gémissement jaillit de sa gorge.

Mark lui couvrit aussitôt la bouche en l'embrassant goulûment. Il leur fallait rester discrets !

— Chut…, murmura-t-il d'une voix amusée, les lèvres toujours collées aux siennes. Pas si fort, Emily. Tu vas alarmer le vieux Cedric inutilement et il est pourtant sourd comme un pot !

Emily se crispa soudain, ramenée la réalité par la mention du vieux majordome. Terriblement contrariée, elle ferma les yeux avec force. Qu'était-elle en train de faire ? La douce sensualité qui l'enveloppait et lui avait fait tourner la tête un instant plus tôt la quittait déjà. Un terrible embarras la saisit. Elle commençait à reprendre ses esprits, rouge de confusion. Elle se trouvait dans la demeure d'un lord et on ne pouvait pas dire qu'elle avait le comportement auquel on pourrait s'attendre de la part d'une invitée ! Elle se conduisait comme une… une… oui… comme une vulgaire prostituée.

Réprimant un cri d'horreur cette fois, elle tenta de se dégager et de reposer les pieds au sol dans l'espoir de retrouver un peu de dignité. Elle repoussa Mark avec ferveur, se tortillant dans tous les sens pour qu'il la lâche à son tour. Ne comprenait-il pas ? Il fallait absolument qu'ils se détachent l'un de l'autre.

Mais tout ce qu'elle parvint à faire, ce fut d'exciter Mark encore un peu plus. Il s'était mis à pousser des petits grognements de plaisir, et la serrait encore un peu plus fort entre ses bras. Visiblement, il essayait de la calmer et de faire taire ses protestations, mais il avait complètement oublié où ils se trouvaient. Affamée de caresses, sa bouche ne cessait de poursuivre la sienne.

— Lâche-moi, Mark, je t'en prie, l'implora-t-elle alors d'une voix angoissée.

Il s'interrompit, une lueur d'étonnement dans les yeux. Elle était maintenant affolée.

— Tu penses qu'ils nous ont entendus ? Qu'est-ce que ton frère va bien pouvoir penser de moi ? Tu crois qu'ils ont compris que nous… C'est-à-dire… Tu crois qu'ils savent ce que nous sommes en train de faire ? demanda-t-elle dans un souffle.

Elle l'implorait du regard. Elle avait tellement besoin d'être rassurée !

A regret, Mark se détacha d'elle. Il avait pourtant une vue très alléchante. Sa poitrine nue se soulevait à quelques centimètres seulement de sa bouche avide.

— Et toi, que vas-tu penser de moi ?

Il avait les traits durs, tendus par le désir. Mais elle, ce qu'elle voulait vraiment, c'était de la tendresse. Juste de la tendresse… Quels sentiments éprouvait-il réellement pour elle désormais ? Après un tel comportement, n'allait-il pas la prendre pour une véritable petite coquine ? Avait-il, malgré tout, toujours de nobles intentions à son encontre ?

Elle craignait tant de ne plus lui apparaître comme une épouse convenable à présent !

Il la regarda alors profondément dans les yeux et déposa un léger baiser sur ses lèvres.

— Je vais te montrer ce que je pense de toi…

Alors qu'elle s'attendait à un nouvel élan enfiévré, il la déposa doucement sur le sol. Il remit son corset en place avec une grande délicatesse et commença à reboutonner son corsage. Puis il glissa une main dans sa poche pour en ressortir une jolie boîte à bijou. Il souleva le couvercle avec d'infinies précautions et lui tendit l'écrin. Un énorme diamant rose étincelait de mille feux.

— Je l'avais apportée avec moi ce matin. Mais comme tu le sais, je n'ai pas eu l'occasion de te faire ma demande en mariage ni de te donner cette bague…

Emily prit une profonde inspiration, sur le point de manquer d'air. Cette bague de fiançailles était magnifique. Elle n'avait jamais rien vu d'aussi beau ! Fascinée par son éclat, elle ne s'étonna pas outre mesure de l'extrême habileté avec laquelle Mark finissait de lui réajuster ses vêtements.

Alors qu'elle ne pouvait apparemment pas détacher les yeux de la bague qu'il venait de lui offrir, Mark l'observait. Elle était si merveilleusement belle… Il se serait damné pour elle ! Mais son apparence trahissait de façon éloquente la fougue qui les avait animés quelques instants auparavant. Sa robe était toute froissée, ses cheveux parfaitement désordonnés et sa bouche portait encore les marques de leurs baisers voraces. Il s'en réjouissait intérieurement. Quel bonheur de savoir qu'Emily était désormais tout à lui… Elle allait devenir sa femme !

— Elle est magnifique, finit par dire Emily d'une voix pantelante.

— J'ai beaucoup hésité. Je ne savais pas ce que tu préférerais. Et puis je n'avais aucune idée de la pierre précieuse que Devlin t'avait offerte.

— C'était un saphir, et je le lui ai rendu sans le moindre regret, dit-elle d'une voix un peu voilée. Mark, c'est la pierre la plus belle que j'aie jamais vue !

Elle fit une petite pause et déclara, en détachant bien ses mots :

— Tu ne la récupéreras jamais, je te préviens !

Mark retira soigneusement la bague de son écrin en satin et la passa ensuite lentement au doigt d'Emily, sans la quitter des yeux un seul instant.

— Je ferais mieux de t'épouser dans ces conditions… parce qu'elle m'a coûté une petite fortune.

Et il lui déposa un baiser furtif sur les lèvres, terriblement reconnaissant.

— Si tu éprouves toujours de l'inquiétude sur l'opinion que je peux avoir à ton sujet, ma chère Emily Beaumont, je vais te dire de vive voix la véritable nature de mes sentiments. Je t'aime et j'éprouve pour toi le plus profond respect. Je veux que nous nous mariions demain à la première heure sans attendre la publication des bans.

Et il ajouta, en esquissant un petit sourire d'excuse :

— Sois sans crainte, si nous avions eu cette conversation ce matin, je t'aurais dit exactement la même chose. Avant même d'avoir eu un avant-goût des douces faveurs dont je pourrais bénéficier en épousant une femme qui n'a décidément pas froid aux yeux…

À découvrir ce mois-ci

7 nouveaux romans dans la collection

Les Historiques

SCANDALEUSE ALLIANCE

de Mary Brendan - n°559

Emily en est sûre : cette fois-ci, son frère s'est attiré de gros ennuis. Habitués à la vie débauchée de leur fils, ses parents ne semblent pas s'inquiéter de sa disparition ; Emily, au contraire, est convaincue qu'il court un grave danger. Aussi se décide-t-elle à demander l'aide de Mark Hunter — le meilleur ami de son frère. Mais avec quelle réticence ! Séducteur cynique, bien trop conscient de son charme dévastateur, Hunter représente tout ce que déteste Emily chez un homme. Un sentiment qu'elle ne s'est jamais retenu d'exprimer, surtout en sa présence. Mais il en faudrait bien davantage pour déstabiliser Mark, qui s'empresse d'accepter de l'aider, visiblement ravi de faire d'Emily sa débitrice...

MARIÉE À L'ENNEMI

de Terri Brisbin - n°560

Nord-est de l'Angleterre, 1067. Plutôt mourir que se soumettre au barbare auquel le roi l'a donnée ! Alors que les envahisseurs sont aux portes de son château, lady Sybilla d'Alston est déterminée à se battre jusqu'au dernier instant. Hélas, à peine le combat a-t-il commencé qu'elle est gravement blessée et perd connaissance.

A son réveil, plusieurs heures plus tard, un homme se tient à son chevet. Une longue cicatrice barre son visage pourtant parfait et lui donne un air sombre et incroyablement viril. Dans ses yeux brille l'éclat de la revanche, farouche et implacable. Frissonnante, Sybilla comprend aussitôt que ce ténébreux guerrier n'est autre que celui auquel on l'a promise : Soren Fitzrobert...

L'HÉRITIER DE SHELBOURNE
de ANNE HERRIES - n°561

Angleterre, Régence. Lorsque le duc de Shelbourne, gravement malade, lui annonce l'arrivée de son héritier à Londres, Hester croit avoir une idée très précise du personnage auquel elle est chargée de trouver une épouse : un Américain opportuniste et sans le sou, un aventurier qui lorgne sur la fortune de son oncle bien aimé. La réalité lui donne tort : loin du rustre qu'elle imaginait, Jared Clinton est riche. Et surtout, incroyablement séduisant. Si séduisant qu'Hester, en dépit de son éducation irréprochable, éprouve immédiatement pour lui un irrésistible désir. Dans ces conditions, la mission dont l'a chargée son oncle ne tarde pas à devenir la plus frustrante des expériences…

L'HONNEUR DE LUCIE
de Jenna Kernan - n°562

Dakota 1884. Libérée de son union forcée avec un chef indien, et revenue dans sa famille, Lucie a le plus grand mal à trouver sa place parmi les siens. A jamais marquée par ce mariage, elle sent la réprobation partout autour d'elle. Même dans l'école pour orphelins où elle s'occupe avec ferveur de ses élèves qu'elle adore, on la condamne du regard…
L'arrivée d'un mystérieux étranger va de nouveau bouleverser sa vie. Paré comme un Sioux, mais doté d'yeux bleus comme l'azur, le troublant émissaire affirme qu'il est venu la chercher pour la ramener à son époux...

LE CADEAU DE LA REINE
de Deborah Simmons - n°563

Philtwell, Angleterre, régence. Glory Sutton n'en dort plus. Quel secret plane donc sur son héritage pour que des vandales s'y attaquent la nuit et que les villageois la vilipendent le jour ? Elle ne fait pourtant que rénover les Eaux de la Reine, ces thermes qui ont fait la fortune de ces ancêtres… Résolue à retrouver le sommeil et la paix, Glory mise tous ses espoirs sur l'arrivée d'un procureur qui doit l'aider à démasquer les coupables. Mais elle déchante quand elle apprend son nom : le duc de Westfield ! Celui-là même qui l'exaspère — et la trouble, hélas — avec son charme envoûtant et son insupportable arrogance ! Pourra-t-il se ranger de son côté, ou va-t-il s'amuser des tourments dont elle est victime ?

LE PACTE DE VELOURS

de Tori Phillips - n°564

Angleterre, 1528. Las de sa vie de dangers et de frasques, Cavendish s'apprête à renoncer aux femmes et au monde. Mais, avant cela, il doit accomplir une dernière mission : escorter Céleste de Montcalm, une inconnue qu'il a retrouvé blessée, alors qu'elle était en chemin pour rejoindre son fiancé. Tout de suite, la fragilité et la beauté de la jeune femme le troublent plus qu'il ne faudrait, éveillant en lui le désir qu'il veut désormais s'interdire. Plus vite elle sera en sécurité auprès de l'homme qu'elle doit épouser, plus vite Cavendish se sentira libéré. Mais voilà qu'il apprend que Céleste est promise à un félon, un individu cruel entre les mains duquel aucun homme d'honneur n'abandonnerait une femme. Fût-elle la tentation incarnée…

LA CITADELLE DES PASSIONS

de Catherine Archer - n°565

Angleterre, 1188. Quand lady Lillian disparait tragiquement, lord Tristan est anéanti. Lui qui, faisant fi de la guerre des Deux-Roses, s'était épris de la fille d'un ennemi à la grande colère de son père, est désormais seul avec un bébé qui ne connaîtra jamais sa mère… Mais, trois ans après le drame, Tristan croit assister à un miracle: dans une auberge, il tombe face à face avec une jeune femme qui ressemble trait pour trait à celle qu'il pensait avoir perdue pour toujours. Lillian, *sa* Lillian, est là devant lui. Émerveillé, il ne songe d'abord qu'à remercier le Ciel pour ce prodige. Mais, très vite, vient le temps des questions, et l'émotion de Tristan se mue en incrédulité : il semble que Lillian ne garde – ou feint de ne garder ? – aucun souvenir de leur amour passé...

A paraître le 1er octobre 2012

DANS LES BRAS D'UN HIGHLANDER
de Marguerite Kaye - n°566

Ecosse, 1747. Madeleine est désemparée. Alors qu'elle a fui sa Bretagne natale pour retrouver son fiancé disparu, la voilà fascinée par le mystérieux Ecossais qui lui sert de guide, et dont elle ne sait presque rien. Certes, Calumn Munro lui est venu en aide à son arrivée à Edimbourg, et sans lui, Madeleine n'aurait jamais pu traverser les Highlands ; mais peut-elle vraiment faire confiance à cet inconnu ? Calumn ne s'est-il pas moqué de ses fiançailles avec Guillaume en lui affirmant que cette union n'était qu'une comédie ? Ne lui a-t-il pas promis qu'avant la fin de leur périple, il lui ferait connaitre le plaisir qu'elle n'éprouvera plus jamais dans les bras d'un autre ? Le pire dans tout cela, c'est que Madeleine ne peut s'empêcher de déceler une part de vérité dans les paroles du Highlander. Une vérité qui pourrait bouleverser sa vie…

LE SECRET DES HAUTES-TERRES
de Suzanne Barclay - n°567

Kennecraig, Ecosse, 1407. En ces temps incertains, Cathlyn Boyd ne peut se fier à personne et l'hostilité de ses hommes n'est pas la plus alarmante des difficultés qu'elle connaît. En plus de leur mépris, elle redoute une attaque : celle que risque de lancer Hakon Fergusson, ennemi juré de sa famille, pour voler le légendaire secret dont elle est désormais la dépositaire et qui a fait la fortune de son père. Alors comment accueillir sans frissonner le ténébreux Ross Sutherland, chef d'un clan voisin, lorsqu'il vient à Krennecraig demander asile après être, dit-il, tombé dans une embuscade ? Comment s'assurer que ce guerrier n'est pas au service de ceux qui la menacent ? Et, surtout, qu'il ne va pas se servir de son arme la plus redoutable : le désir irrépressible qu'il fait tout de suite naître en elle…

LA VENGEANCE DE FORD BARRETT
de Deborah Hale - n°568

Angleterre, 1821. Epouser Ford Barrett, l'héritier de son défunt mari, et devenir chaque jour l'objet de sa vengeance ? Pour Laura Penrose, ce serait sacrifier sa vie. Elle a beau avoir été éperdument amoureuse de Ford sept ans plus tôt, elle refuse de se voir imposer un nouvel époux, une nouvelle union sans amour, qui plus est avec un homme incapable de lui pardonner leur rupture de jadis, et décidé à la lui faire payer. Mais en voulant sauver son indépendance, Laura sait qu'elle prend des risques : Ford n'est plus le jeune garçon charmant d'autrefois. Devenu un homme froid, arrogant, il n'hésitera sans doute pas à la placer face à un dilemme : soit elle l'épouse, soit il les chasse, elle et sa famille des terres sur lesquelles elle vit, mais qui sont désormais à lui…

LA REBELLE DE GREEN VALLEY

de Lynna Banning - n°569

Green Valley, 1867. Quitter sa propriété, comme essaie de l'y forcer Wash Halliday ? Pour Jeanne, c'est une inconcevable perspective ! Après la terrible guerre civile qui a ravagé le pays, son champ de lavande et sa modeste maison sont tous les biens qu'il lui reste. Ce Halliday peut bien être envoyé par le président en personne, jamais elle ne cèdera ! D'ailleurs, elle a déjà prouvé que rien ni personne ne pouvait l'arrêter s'il s'agit de protéger son avenir et celui de sa fillette. Rien, sans doute, mais… personne ? Le jour où Wash Halliday décide de se présenter chez elle, Jeanne, saisie par tant de séduction, sent chavirer sa chère indépendance…

LA MAÎTRESSE DU LIBERTIN

de Christine Merrill - n°570

Londres, Régence. Le père d'Esme, un homme cruel et violent, a prévu de la marier à un vieil aristocrate dans le seul but de servir ses intérêts. C'est oublier le caractère impétueux de sa fille qui, lorsqu'elle devine ses intentions, décide d'échapper à l'union qu'il veut lui imposer. Comment ? En ruinant sa réputation, en provoquant un scandale, par tous les moyens… Et très vite, une solution apparaît clairement dans l'esprit d'Esme, ou plutôt un visage : celui du capitaine John Radwell, son séduisant voisin, un incorrigible débauché dont on ne compte plus les innombrables conquêtes. Aussitôt, Esme fuit la demeure familiale et s'introduit chez le célèbre capitaine, convaincue qu'un libertin tel que lui ne la repoussera pas…

FIANÇAILLES IMPROMPTUES

de Tori Phillips - n°571

Angleterre, 1528. Quand Henry VIII décide d'unir sir Brandon Cavendish et lady Katherine Fitzhugh, c'est un couperet qui s'abat sur la tête des intéressés. Désespéré, le premier s'épanche auprès de son meilleur ami John : comment pourrait-il être un bon époux, lui qui a toujours été le pire des débauchés ? Quant à la seconde, elle confie à Miranda, sa cousine, combien il lui coûte de renoncer à sa liberté après une première union désastreuse. L'idéal, bien sûr, consisterait à infléchir la décision du roi. Hélas, il est trop tard : les bans ont déjà été publiés, et la rencontre des fiancés est prévue pour la Saint Jean... Le premier choc passé, Brandon se présente donc au rendez vous - mais en se faisant passer pour John ! Son plan est savamment orchestré, à un détail près : il ignore que Katherine, elle aussi, a échangé sa place avec Miranda…

A paraître le 1er septembre

Best-Sellers n°532 • historique

Le secret d'Elysse - Brenda Joyce

Irlande, 1839

Si Elysse De Varenne occupe une place d'honneur dans la haute société irlandaise, elle n'ignore pas les cruelles rumeurs qui circulent sur son mariage. Des rumeurs qu'elles s'efforcent de démentir par tous les moyens. Pas question d'admettre qu'elle n'a pas vu son époux depuis le jour où ils ont échangé leurs vœux, et encore moins que leur union n'a jamais été consommée ! Car on ne tarderait pas alors à découvrir le scandaleux secret qui a poussé le ténébreux Alexi De Varenne à l'épouser… Hélas, son personnage de parfaite épouse vole en éclats lorsqu'après six ans d'absence, Alexi décide de rentrer en Angleterre. En effet, comment continuer à faire croire en leur mariage quand l'irrésistible Alexi refuse de lui adresser la parole ?

Best-Sellers n°533 • historique

Le mystérieux fiancé - Shannon Drake

19ème siècle, Londres.

Sous la protection des Carlyle depuis son enfance, Ally a grandi dans un havre de paix, loin des troubles qui agitent le royaume. Et si cette existence dorée a des inconvénients – comme celui d'être promise à un inconnu –, Ally a bien conscience que ses origines modestes auraient pu la conduire à un sort moins enviable. Aussi est-ce résignée qu'elle se rend au bal qui officialisera ses fiançailles avec Mark Farrow, l'époux que son parrain lui a choisi. Mais alors qu'elle est en chemin, sa voiture est attaquée par un ténébreux bandit. L'homme, aussi inquiétant que séduisant, fait aussitôt naître en elle un désir implacable. Un désir qu'elle s'efforce de réprimer pour lui tenir tête : comment ose-t-il s'en prendre à elle, Alexandra Grayson, pupille du puissant comte de Carlyle ? Son argument, elle le sait, est peu convaincant… Pourtant, contre toute attente, l'homme la libère dès qu'il apprend son nom, visiblement bouleversé par sa découverte…

Composé et édité par les

éditions HARLEQUIN

Achevé d'imprimer en France (Malesherbes)
par Maury-Imprimeur
en juillet 2012

Dépôt légal en août 2012
N° d'imprimeur : 173968